中国作家协会 2020 年度定点深入生活项目
青岛市宣传部精品工程扶持项目

村庄变身记

CUNZHUANG BIANSHEN JI

张金凤　著

中国海洋大学出版社

· 青岛 ·

图书在版编目（CIP）数据

村庄变身记 / 张金凤著 . -- 青岛：中国海洋大学
出版社，2023. 11
ISBN 978-7-5670-3696-3

Ⅰ. ①村… Ⅱ. ①张… Ⅲ. ①随笔－作品集－中国－
当代 Ⅳ. ①I267. 1

中国国家版本馆 CIP 数据核字（2023）第 223407 号

出版发行	中国海洋大学出版社
社　　址	青岛市香港东路 23 号　　　　邮政编码　266071
出 版 人	刘文菁
网　　址	http://pub.ouc.edu.cn
订购电话	0532－82032573（传真）
责任编辑	杨亦飞　　　　　　　　　　电　　话　0532－85902533
印　　制	青岛国彩印刷股份有限公司
版　　次	2023 年 11 月第 1 版
印　　次	2023 年 11 月第 1 次印刷
成品尺寸	144 mm ×215 mm
印　　张	8
字　　数	180 千
印　　数	1—3 000
定　　价	59. 80 元

发现印装质量问题，请致电 0532-58700166，由印刷厂负责调换。

自序：
在大地上开花结果，捧出芬芳

　　我是从乡村成长起来的作家，是一个纯粹的乡土题材写作者。盘点自己这些年来的创作，我惊讶地发现，几乎没有一篇城市题材作品，这并非刻意为之，而是本心使然。

　　我是农历正月十一出生的，这一天在我们乡下是个特殊的日子——庄稼生日。我就是大地上的一株庄稼，与土地血脉相连，不可分割。虽然青年时在城市求学，工作后一直在胶州县城，但我的根从来没有离开过土地。从 2003 年出版的第一本散文集《岁月流歌》开始，我就在写乡音乡情；2017 年和 2019 年出版的散文集《空碗朝天》《草岁月，花年华》以及 2021 年出版的山东省作家协会第四届新锐文丛作品《踏雪归乡》等，写的都是我的乡村记忆。我与故乡一直是零距离，我的文字之花开在广阔农村的大舞台上。我就是故乡的一株庄稼，根植于土地，开花、结果，奉献自己的芬芳和果实。

　　近年，我的乡村题材创作面临新课题，即怎样融入生活，反映当下。这对我是个挑战。我以此为契机，更多地深入到田间地头去聆听乡土故事，去发现动人的风景，去淘沥生活的金子。

作家不是坐家,不是只坐在电脑前的写作者。写作就像酿酒一样,要耕种庄稼、收获粮食,要采集泉水,要对原材料碾碎和筛选,更要把它们放在时间里发酵。我坚信,只有脚下沾满泥土,作品才会散发芬芳,写作的第一步,就是把根深扎到生活中。

在我的乡村行走中,一幅宏大的村庄变身画卷在我面前徐徐展开,我采访过、见证过、观摩过很多乡村人物,于是就有了这本《村庄变身记》。"烈焰与照亮"书写乡村别样的创业史;"改革与嬗变"书写乡村变迁,写的是那些古老甚至落后的村庄如何蝶变成现在的样子;"泥腿与高堂"是乡村人物记,书写破茧成蝶的乡村能人。他们或许平凡,但热爱生活,走出一条自己的阳光大道;他们或许是成功人士,归来反哺乡村。这本书从采访到撰写,陆陆续续几年时间,个中辛苦不必言说,也有收获的喜悦。此间所写文章大部分有了归宿,《渔家新歌》《照亮村庄的灯盏》《糖瓜儿甜》《山岭谷穗香》等多篇在《人民日报》《光明日报》《大众日报》《农村大众》《青岛日报》《青岛晚报》《半岛都市报》《联合日报》上发表。本书中还有一部分文章在多项活动中获奖:《诸葛村:宝地》写的是我的家乡变迁史,获青岛市宣传部组织的"建国七十周年征文"一等奖;反映胶东国际机场拆迁建设的《隐形的翅膀》,获"胶州国际机场杯"征文一等奖;《山里亲戚》获山东新闻奖评选二等奖(《农村大众》送评)。《九曲巷的静谧时光》《三上旺山看梅花》《涅槃的葡萄》《古风张家楼》等文章是对乡村变化的讴歌和深度挖掘,发表后都获得过奖项和好评。《村庄变身记》在创作过程中得到了政府的扶持,是 2020 年青岛市文艺精品扶持项目。它是青岛作家协会上报山东省作家协会的定点深入扶持项目,由山东省作家协会精选上报到中国作家协会定点深入扶持项目并获批,这是当年山东省作家协会获批的三部作品之一。

获得如此多的关注和扶持,我更有动力和信心去完成乡村的深度考察和写作。这几年,我一直在大地上奔跑。我在拆迁的村庄看沧海桑田的瞬间变化,与老人和年轻人对话,了解他们的思想;一次次去渔村感受渔民生活的变化,探讨渔村发展的可能性;一次次去旺山看一片荒山如何一年年跃变成宜人的梅园。在女书记的村庄,我感受那被治理井然的村街和她身残而勇当大任的气度;在种植大户的庄园,我头戴斗笠在烈日下看园区工人给秀穗的数百亩谷子拉网,与庄园主人探讨合作社的发展前景和曾经的瓶颈。在星光公园,我深深地感叹一个独居深山十年的天文学者,甘于从事清贫的基础科研工作,默默为天文学添砖加瓦的情怀。我人在胶州,但笔触不局限于胶州,而在整个青岛的富饶土地上穿梭,甚至到达日照五莲、济南莱芜等地。在油画之乡张家楼,我写下《女镇长》(书中名为《古风张家楼》);在平度大泽山,我写下《涅槃的葡萄》,胶州的玉皇庙、曲家炉、芍药洼、黑山前、香匋、刁家屯、魏家屯也都留下了我的车痕和脚印。我闻到了田野里丰收的芳香,采撷到了庄稼上的露珠和蜂蜜,也被藤蔓拉伤过,被蝉虫咬伤过,被野狗惊吓过,被大雨浇病过。但是我脚下的路和文字的香是相辅相成的,我写洋河镇那芳香的土地,写罗家村那流蜜的村庄,写刁家屯那最后一匹马,写丰收图景美好的日子,也写在发展中乡村人的疼痛和迷惑。

2020年1月7日《大众日报》刊登了我的记者访谈《乡土文学是民族的根文学》。在访谈中我一再阐述乡村题材创作的重要性,人类的生活保障在乡村,人类的精神家园在乡村,人类从乡村走出去建设城市,最后很多人又返回乡村。返回乡村的人也许是几代人在此前就在城市扎根的，他们的后代在衣食无忧之余思念的仍是精神的原乡。于是，他们去乡村民宿居住，租几间房子，租一块地，俯下身在土地上耕种，收获自己精神的满足。所以，乡村振兴是时代的需要和必然，书写乡村也是作家面临的一个大好时机。

乡村的现场感无处不在，一棵树，一株花，一声鸟鸣都是曾经的乡村元素。当下如火如荼的新农村建设，的确改变了一些乡村意象，但是作为曾经的乡村词汇，它们不会消失。当下的生活不是缩小成了乡村题材创作的领域，而是进一步扩大了它的疆域。

一个个乡村消失了，但它们以新的面貌呈现；一片片土地更改了名字，但它们的使命仍旧是哺育。乡村，于我们每一个人如同乳母，我们都在被它直接或间接地哺育着。在看见有些村庄成了空心村、空壳村时，我是伤感的。在胶州市洋河镇西王家庄村口，我与一位六十多岁的老人攀谈，他说："我这个年纪在村里算年轻人了。"我有些伤感。但是到了不远处的黑山前村，一个只有二十几户人家的村庄里，却有现代化的蓝莓和林果种植园，一家四代在园区里忙得风生水起。女主人说，几亩地的林果从来不用联系销售，都是通过网络引来采摘的客人。至此，我看见了乡村的希望，哪怕在一个极偏僻的村庄，只要人一腔热情地投身于土地劳作，都会有喜人的收获。

在村庄采访过程中，我遇到了各式各样的人，收获了不少感动。那个种着两亩桃园，农闲时赶集卖小百货的青年，因为喜欢唱歌，逐渐成长为婚礼主持和主唱。从未接受过音律教育的他，自作词曲并演唱反映乡村生活的歌曲，网络点击率高达几十万。当一个普通的养猪户把自己变成美食家和旅行家的时候，你不能不感叹乡村人的境界和追求。当星光公园每年吸引着数以万计的游客前来观星揽月时，你又不得不思考：在灯火通明的发展与人们真正所需之间，乡村振兴中科技的助推力量有多么重要。

我愿意继续做一株故乡田野上的庄稼，感知、记录这里的故事，用这些养料开花结果，捧出芬芳。

目录

第一辑

烈焰与照亮

渔家新歌 ①

海底有多少沙子,海面就有多少岛屿;海上有多少岛屿,就有多少与它连接着脉搏和呼吸的海岛人。每一个小岛都是海的骨骼,是海洋举着的有力量的手臂,表达万顷柔情的另一面——刚烈。

在黄海辽阔的版图上,竹岔岛就如一粒沙砾,它沉睡在胶州湾的臂弯里,无声无息。与大陆隔三海里相望的小小弹丸之地,却没有被都市的灯红酒绿辐射,依然古朴。来往的船只带不进新鲜的潮流,只带来一拨又一拨探寻的人。这些人的到来,源于几年前,海岛嫁进来的一个异乡姑娘。

竹岔岛是青岛的后花园。一箭之地,一个是车水马龙、昼夜喧嚣的现代化的大城市,一个却是民风淳朴得令人难以想象的原始海岛。那片窄窄的海,确实很神奇。

从青岛市西海岸新区的金色扇面——金沙滩望过去,晴天里隐约可见、海雾迷茫的小岛就是竹岔岛了,它与一溜儿无人的荒岛并肩站在海岸线上,似乎是海岸线的一圈哨兵。

竹岔岛,也叫鸡鸣岛,名字听起来有些唯美和诗意情怀。据说早些时候,岛上曾经野竹成林,茂盛葱郁的竹林将海水分

---

① 发表于《人民日报》2019 年 5 月 13 日副刊,题目《渔家新事》。

成几个海岔,故被称为竹岔岛。后来,人烟慢慢聚拢,一座荒凉的火山喷发过的小岛就有了生机。但是近几十年,岛上的渔民纷纷弃船丢网,渡水而去,到陆地做起了打工一族,那座小岛又近荒芜。在日渐静寂的岛上再次掀起喧闹的是一个外乡女子。

黄海湾的地壳是安静的,这片水域常常波澜不惊,有时候南来的台风会带来热带海洋的问候,常常是擦肩而过的巨浪。淅淅沥沥的几日台风雨,正好补给了炎夏烈日中那干裂的嘴唇。大灾不临的黄海湾,史前的火山恰恰在这安静的胸腔里爆发过脾气。火山喷发形成的岛,有厚薄不均的土层和淡水,这就是海岛的生命之源,足够养育岛上的生灵,何况有面前取之不尽用之不竭的海洋资源。竹岔岛,算得上是一处福地。人们把保留比较完整的火山口当作故事和景点,它就是一颗岁月的化石,零落的无字史书。火山喷发后形成的气泡和自然形成的硅洞,在渔民的脚印下至今清晰。

在金沙滩东的南屯码头,我们坐上专程来接我们的渔船。小船摇摆着,在苍茫水上游弋,约三十分钟就来到岛上。古老的石碾在村口,碾着缓慢的日子。这些如今仍被不时使用的石碾,在别处基本都进了博物馆。它伫立在码头附近,吞咽着腥咸的海风和轰轰的马达,折叠着一个村庄生生不息的拓片。渔船上的马达是渔民世世代代的漂泊之犁。渔船的马达啼叫着,那声响犹如乌黑小渔船们的沉重喘息,常常早于鸡鸣叫醒太阳。渔船,仿若潮汐里一只只顽劣的小虫,钻来钻去,茫茫的海于是就生动起来,小小的渔村也鲜活起来。现在是休渔期,它们被绳索拴在码头里,周遭闲出些寂寞的泡沫,和披短衫的男主人一起在薄荫下看斗牌,看码头迎来遮阳伞、送走防晒霜。

离舟登岸，早有小梁来接。小梁戴个宽边遮阳帽，真诚的微笑中满是亲近感。她还是那样白皙，温婉中透出书卷气，虽经过几年海风吹拂和渔家生活的磨砺，但怎么看她都不像个渔嫂。我有点晕船，只好暂放下对小岛的游览，穿过开满杂花的小路和青葱的菜园，来到没有上锁的渔家小院休息。因为要为我们准备午餐，小梁回酒店了，她告诉我，一会儿走的时候不用锁门，用绳系一下就行。

躺在渔家平实的大炕上，宁静的渔村，只剩下村前村后的海浪声了。那此起彼伏的浪潮，把记忆带回第一次来竹岔岛的深夜。那夜，我们在岛外等海潮涨上来才能上船。竹岔岛人每次出行都得跟海潮商量。大潮小潮，几点涌到大陆码头，几点退回海洋深处，渔岛的人比对自己的手掌还熟悉。那天，奔波了一天的我们，在黑暗里等待潮涨，在夜风狂荡、晚餐无着、蚊虫从蒿草丛里急打猛扑的夏夜，挨到晚上十点半，多残酷。未曾谋面的小梁坐在最有经验的老渔民家里，给我们传递来好消息：从码头往东，有一个养殖场的私人小码头，从那儿可以提前上岛。

那晚摸黑上岛，我和小梁的母亲住在一个大炕上，潮声一浪浪拍涌，我们俩都睡不着。她诉说着女儿的倔强。这个白皙的女孩叫梁颖，东北人，是英语系大学生。偶然的机会，她遇到了渔民小杨，像戏剧里唱的那样，千里姻缘使梁颖放弃了她在城里的一切，不远千里来到这个纽扣般大小的小岛，嫁给了小杨，成了渔家妇。作为母亲，她没有怨怪孩子，只要她幸福，只要她喜欢，怎么样都行。但是，一声淡淡的叹息里饱含了一位母亲对孩子前途的担忧。只有一百多户人家的小岛，大部分年轻人都在岛外生活，留居岛上的人口很少，多为老人、妇女和少数渔民,小梁的生活前途在哪里?小杨有一片养殖海域、一艘小渔船。"读了十几年书的梁颖,在这里能干什么呢?难道下海捕鱼吗?"母亲是担心自己的孩子受委屈吧。第二天,在我帮小梁整理海鲜的时候,我们有过一次短暂的交流。她进岛不久,英语的底牌就被村里摸清了,村小学聘她兼职教英语,虽然每周只有几节课,但小梁教得非常认真。半年后,一些在岛外求学的孩子回村了,风雨飘摇的小学人气重攀鼎盛;村里没有幼儿园,几个小孩的家人愿意出钱请她帮带孩子,因为她有学问。但是小梁并不安于目前的状况,她看到了竹岔岛休闲旅游的商机,将旅游信息发到网上后,城市的游客陆续地寻找而来。我们也是循着这条网络线索来探看她的世外桃源的。"会越来越好的。"分别的时候她说。

正陷进回忆深处,小梁打电话过来。"姐,过来吃饭吧。就在码头旁边的银海酒家。"几年来,小梁一边兼职教小学英语,一边耕海牧渔,一边将休闲游做得红红火火,还和小杨一起建起酒店。临来前询问状况,小梁说:"一定要提前订房,不预约就可能住不下。四面临海的小岛,夏季比较凉爽,每年夏天是竹岔岛的旅游高峰期,甚至有许多省外的'驴友'涉海而来。渔家住不下,这些自带帐篷的'驴友'就在码头和大街上安营扎寨,点篝火,开晚会,把平静的小岛闹得沸腾了。多的时候好几百人呢,可壮观了。"小梁为这些"驴友"忙前忙后,在他们临走前,会逐一给他们巨大的水杯灌满水。"幸亏岛上有淡水,我常常要起早烧满满几锅水呢。"有时候,大批"驴友"到来,吃得简洁,住在大街上,小梁并没有多大收益,就赚了个忙活,但她依然乐此不疲地为大家服务。

我问小梁，为什么不到对岸去。她说，自己嫁到渔岛就是爱海，爱渔岛，爱那个憨厚的只愿意拨弄帆船和渔网的男人。"是我通过网络将小岛宣传出去的，原先岛上只有几户兼顾养殖和捕捞的渔民，还有些老人和不愿意出岛的中年妇女。孩子们出岛上学，年轻人也就跟着去了。现在岛上好多空房子被我们使用并改建为渔家宾馆，大家都有活干了。"岛上的中老年妇女中也包括小梁的姑婆（姑父在岛外上班，孩子们都不回岛）。姑婆坚守着五间石头房，可以给小梁提供十几个人的住宿，我们住在姑婆家的两夜，只见姑婆回来过一次，为了浇花。几棵桃花红灿灿的，快高过墙头了。

现在，年轻人往岛外走的少了，做旅游业的多了起来。一座原始小岛，一派淳朴民风的田园景致，给了小岛新的生存活力。

午餐是极为丰盛的海鲜餐。知道我们要来，小杨天不亮便去海上拉了一网回来，并到自己的养殖场潜水摸了海鲜。梭蟹、蛎虾、虾虎、大蛸，蹦跳着，伸缩着，吐着气泡，威武生猛，凡是海里有的都上了我们的餐桌。

码头上很热闹。光洁的水泥地上晒着各种各样的干鱼、鲜虾和半干的虾米；开阔的地方摆了许多干海鲜的摊位，大遮阳伞下有冷饮摊子，几十支鱼竿，十块钱不限时租赁。码头陆陆续续有渔船回来，带上来一拨又一拨游客。这些游客都是像我们一样坐专船来的，岛上到陆地每天只发一班公交船，两块钱乘坐一次，上午发下午回，其余时间上岛就得联系专门的船只。最闲的休渔期正好是旅游的火爆期，渔家的很多船成了出租船。

午饭后我在大街上闲逛。休渔期的渔民，有的在树荫下打牌，有的卧在长条竹椅上瞌睡。有的老人面对着海，遥望着海那边的城市出神。女人们在树荫下修虾米,用一把小刀,将那些带皮的粗糙的虾米修得光润起来。街巷里的许多门扉都只用细绳拴了一下,这说明,主人不在家。既然是路不拾遗的村落,不在家就开着门呗,干吗还要拿绳系?小梁解答了我的疑问:"是为了让串门的邻居不走冤枉路。"午后的海面上静静的,没有船进来,也没有船出去。码头上清晨晒下的蛎虾和海鱼,蒸发出浓重的腥气,在这腥气的宣泄里,海鲜们逐渐枯瘦。码头在慵懒地打盹,只有垂钓的人群中不时迸出欢呼声。

我们在海滩上悠闲游荡,冲冲海浪,捡拾漂亮光滑的石头,从石头缝里捉小螃蟹,一会工夫也满载而归。天色向晚,岛上的光线逐渐暗淡下来,海上起了淡淡的海雾,正遗憾着没有观赏到海上落日,夕阳却从灰色的云层里挣出来了。大家急忙抓起相机狂拍。那夕阳是玫瑰色的,羞涩地红着,一会又隐身了。这时候,码头有了一点点骚动,几只渔船先后"突突"地从远海归来。为了招待客人,小杨专门为我们寻捕了不少海鲜。

落日隐隐,海天一色,日里涨起来的海潮又慢慢退去,朦胧的光线中,小杨从酒店下的海港里回来了。我们一起奔过去,和他一起整理鱼篓,分享收获的快乐。小梁端来一个巨大的水簸箕,将那些欢蹦乱跳的海鲜倒进去。我们按照她的嘱咐整理:螃蟹、大虾虎和几种大鱼,马上就要进锅烹调;一些小杂鱼和吃不了的蛎虾需要拿回去,等明天日头高照时放到石头上晒干鱼和虾米。挑剩下的那些身量不足的小海鲜,它们还在水簸箕的水湾里无忧无虑地吐泡泡。等整理完海鲜,小梁让两个男游客抬着水簸箕,慢慢从浅海里将小海鲜放回大海的怀抱。

睡在渔家宽大的炕上,耳际那海潮澎湃的喧哗,却治好了我的失眠。这一夜我睡得香甜无比。

　　天边微亮,海上又响起马达声。"快快起床,赶海去呀!"同伴催促着。退潮的礁石上湿漉漉的,那些辣螺的呼吸毕剥有声。辣螺是竹岔岛的特产,村后的礁石上非常多,我们挑大的拾,一会儿就捡拾了半塑料袋。还有蛤蜊和小海蟹,光滑且漂亮的卵石和贝壳。浓重的晨雾笼罩着小岛,有一声鸡鸣打破沉寂,这就是鸡鸣岛——"鸡鸣犬吠相闻"的桃花源。此时,户户门开,鸡犬之声相闻,朝霞里一切都生机勃勃。一把珍贵的泥土上并肩站着玉米棵、大豆苗,弥漫着石榴花和野蒿的异香。

　　竹岔岛,这粒太平洋上的砂粒,有着最真实的心跳。海呼吸的时候,它在歌唱,浪静下来的时候,它在沉思。石竹花环绕的鸡笼边,沾满露水的牵牛花总是最早醒来,它攀上屋檐,看见稗草杂生的小径上,那群最勤谨的新媳妇已经赶海回来。

照亮村庄的灯盏①

"有时候忙起来,都忘了自己是个女人。"钊安翠不经意说出的这句话,却让我最为感慨。

生于二十世纪六十年代的她,已越过人生知天命之年的门槛,自小生活在贫瘠山村,什么苦都吃过,如今再累也洋溢着一张笑脸。

去她茶厂的路上,我们收到她的提示信息:"院子里有青苔,小心路滑。"连日阴雨,她厂房院里青苔簇簇,因此她提醒我们。我一直认为,女企业家和女村支书一般都是大大咧咧的"女汉子"性格,身兼这两个身份的钊安翠应该也不出左右。但这个提示让我感受到了她的细腻。

车越过泥泞到达西蔡家村。连日大雨并没有给村庄造成损伤,街道依旧整洁平整,路两边花开簇簇。驶过盛放的花圃,穿过茂密的竹林,从一处明净池塘边拐进去,这被绿树环绕的幽静处,就是村支书钊安翠的茶厂和家。

多年之前,山东日照与青岛多地南茶北引试种茶树成功,钊安翠嫁进日照五莲潮河镇西蔡家村后,就成了生产队的一名茶农。大包干后,夫妻二人承包了茶园。同样是种茶,相邻的

---

① 发表于《人民日报》2021 年 9 月 13 日副刊,题目《茶园内外》。

青岛海青镇人的茶叶打出了品牌,茶农越来越富。难道咱就不能开茶厂吗?这个念头在钊安翠的脑海中闪过,但她没敢说出来。因为她的想法常跟村民不一样,村人说她"墨水喝得多,不安分"。钊安翠倒感觉自己的墨水喝得太少了,如果不是高中就辍学,她也许会成为大学生,命运呈现给她的将是另一个样子。但是她不怨尤,而是把一些新潮念头压在心底,踏实地做小山沟里的茶农和家庭主妇。

那年,他们夫妻去海青茶厂卖鲜茶叶,茶厂正从南方请了师傅在教授新的炒茶技法。丈夫很懂她的眼神,就跟南方师傅闲聊。看似闲聊,其实在偷学技艺。回来后,夫妻俩用土灶偷偷练习师傅说的炒茶技法。"第一锅当然炒煳了……"说到这里,钊安翠哈哈大笑。

边研究实践,边外出学习,慢慢地,他们炒出的茶跟买来的茶味道差不多了;不久,味道几乎一样了;再经过一段时间,他们的茶喝起来味道更好了。

他们送茶给亲戚朋友品鉴,收到的反馈越来越喜人:"味道香喷喷的,比上年的好。""是不是这茶贵啊,比买的那些好喝。"

钊安翠夫妻在自己茶园里建起了茶厂,让西蔡家村人眼前一亮。

做开了生意,日子就不同寻常的忙碌,家庭、孩子、老人,茶园、茶厂、工人、客户……丈夫读书少,讷于言行,茶厂的经营几乎都是她一个人在跑。奔波中,一场车祸几乎要了她的命,两次手术,三次病危,其中一次放弃了抢救。医生看见她脸上扎满碎玻璃碴子,心里惋惜,就给她清理了一下。就在医生仔细地给她清理脸部创痕的时候,她忽然醒来说话:"小心点儿,别给我脸上留下疤。"医生吓得镊子都掉了。

车毁人残,这个生命力顽强的女人痛苦过、绝望过,但瘫痪半年之后,她又站了起来。"残是残了,咱不能废。"她倔强地说。

她拄着拐杖、歪着身子在茶叶的馨香间流下眼泪,但这眼泪不是屈服而是宣战。

"虽然瘸了,但我还能走,还能开车;虽然毁容了,但我忘记自己脸上的伤疤,别人看去也就不那么丑。"经过劫难的她更加彻悟,此刻,她看自己的人生,就像那一杯香茶一样。寒冬里孕育,早春里发芽,没来得及舒展梦想、长大长壮就被摘离枝头。然后是更残酷的灾难,杀青、揉捻、翻炒的煎熬和开水的冲泡。以为这是万劫不复,谁知道,历经苦难后是超尘脱俗的蜕变,它豁然清香四溢。

自此,钊安翠更懂得了人生,懂得了浮沉从容。活着,就要大踏步往前奔。

身体残疾的她,头脑却更灵慧慈善。她懂得身有残疾的不便和痛苦,于是,茶厂就有了铁的规矩:雇佣残疾人做工人,给他们开一扇生活的窗。

钊安翠的西龙茶厂无疑是周边茶农的福音。因为销售麻烦、利润不诱人,村里正经种茶树的村民逐年减少。种茶是辛苦活,忙季天天摘茶,卖鲜叶子也费周折。有时候摘一天的叶子到远处的茶厂去卖,结果人家不收。连跑好几家也未必卖上好价钱。钊安翠的茶厂优先收购村民的优质茶叶,并给予最高价位。不管自己的资金周转多么难,她都给茶农结现款。茶叶不愁销路、利益可观,村民种茶的积极性大增,原先几乎荒废的茶园又焕发了生机,很多农户又投建了新茶园。全村一百八十三户人家,有一百五十多户在种茶。茶不仅富了农民的口袋,还留住了新生力量。西蔡家外出打工的年轻人明显比别处少,在乡村普遍老龄化的现实中,西蔡家的人丁还算兴旺。

钊安翠的口碑越来越好,村人就悄悄在议论:"安翠论学问是高中生;论人品没得说;论能力,经营茶厂这么红火;论坚强,没有谁像她这样身残志坚。咱们这个烂村子,为什么不选她当村干部?"

这些话传到钊安翠耳朵里的时候,她大吃一惊。自己拖着一副车祸后的残躯,顾着夫家、娘家、自己家,教育着两个孩子,管理着数亩茶园,经营着茶厂,她已经像个陀螺一刻不闲,真的没有精力干别的了。而且村集体经济一贫如洗,村里没有平路,没有直街,连街灯都没有,一到晚上,村街里仍然黑咕隆咚。

钊安翠说:"我只想好好护着我的残躯,经营好我的茶厂,养好老人和孩子。我没有能力干别的。"可村民说:"你试一试,看看你在村庄里的威信有多高。"第一轮,她票数最多,第二轮,当唱票员说她仍是第一时,她慌了,这是要当一个村的当家人啊!

当了村主任,钊安翠的心里装了另一个大的家。她时刻想着如何对得起一大家人的信任。有一天晚上开完会,从队部办公室出来,她看着黑漆漆的村街,回头对村书记说:"书记,咱俩把工资捐出来,给村里通上电吧。把村庄照亮,村民心里才亮堂。"

钊安翠心里老放不下这件事。一个村庄的村貌是它的脸面,也是村民的精气神,一定要把村貌整好,一定要把电通上,一定要有灯盏来照亮西蔡家的夜晚。

成为村干部后,钏安翠对党组织又一次萌发强烈的向往。包村干部说:"你肯定行。"钏安翠心里却打鼓:"我够资格吗?"这需要村里老党员们的检阅,这些老党员可是经历风雨的人,对党员的要求很高。那次党员表决会上,钏安翠从来没有这么紧张过。当消息传来,她几乎全票通过的时候,她竟然激动得眼里有了泪花。

2017年年底,当钏安翠众望所归地被选上村支书的时候,她想做的第一件事就是整治村庄旧貌。她已经下定决心,就算自己掏钱,也要让西蔡家的街灯亮起来。于是,在严寒的腊月底,她一次次协调甚至恳请电工冒寒鏖战。终于在小年那一天晚上,村街上明晃晃地亮起了街灯。村民们纷纷走出来看看路灯下的村庄和街景。这一年,西蔡家村终于过了个亮堂年。夜色在这里变得旖旎起来,祖祖辈辈在夜晚的街道摸黑的西蔡家人,晚上出门终于不用打手电筒了。

明亮的街灯照着这个几十年来没变过样子的村庄。就在年底,村里收到一笔修路占地赔偿款,这笔钱正好可作为钏安翠原本发愁的街灯安装款。这件事却给了她新思路。势在必行的村容整治,为什么不借力呢?钏安翠很快理出一件"陈案"。国家政策有扶持水库移民建设工程的项目,可是这项国家福利一直闲置着,村里从来没有申请过,恰在此时,政府搞"巷巷通"工程。钏安翠将两个项目恰当融合,一张改变西蔡家村貌的蓝图绘成了。

"咱村还有个村样子吗?怪不得腿脚好的都往外走。"以前听见村里老人们这样抱怨,钏安翠心里很不是滋味。西蔡家历史上乱搭乱建之风严重,大街被两边各种棚子占用,小巷更不用说。这家的排水沟贴着那家的屋墙,那家就在屋后再建一堵墙截住水沟。错综复杂的村巷，污水横流、臭气熏天。环境差，村民的心情就差，催发了各种积怨和争吵。

"咱农民的地位如今变了，再也不是贫困的山沟，所以咱的环境也必须变。"但是，通街，拆谁家的房子谁都会跟你急。钏安翠说："从村干部开始，凡是村干部家以及亲友的房屋与通街通巷相违背的，率先拆，每个人包两户，都回去做工作。我是书记，我带头，我大伯哥家的房子影响规划，第一个拆。"大伯当然不乐意，眼神里好像说：你当村干部我们没跟你沾啥光，倒赚了先拆房。村里抱怨声、质疑声甚至骂声都有，钏安翠那时候就像雄赳赳的将军，顶着所有的压力整治村貌，愣是把违建拆了，把排水沟通了，把大街修成了开阔的柏油路，建成了三季有花的花园式村庄。

村庄通，人心才通，街灯亮了，村民心头才亮。经过风风雨雨走过来的钏安翠，脚疼腰酸，深夜回到家就再也捏不到一起。那些日子，她白天笑脸迎大家，晚上回家哭着就睡了。但是当着别人的面，她从来没有掉一滴眼泪。有一天，她在大街上督导施工时，看见一位老人远远地对她笑着跷起大拇指，她就再也忍不住眼泪。

我在钏安翠茶厂短短两个小时的时间里，她一直很忙。一会儿陪镇党委的防汛小组去看村里的水库汛情；一会儿要茶叶的电话打进来，她要临时安排人加班（今天工人们放假）装茶叶；一会儿参观的客户来了；一会儿，村民打进电话说，要她过去协调一下家务事……"我有分身法就好了。"她说。我开玩笑说："家事国事天下事，你忙得很啊！"她说："今天是最闲的。眼下刚下过雨，没法进地采新茶，要不今天我就忙着收鲜叶子,制新茶了。"

茶是西蔡家的经济命脉,种茶户冲着她的茶厂销售保底,正逐年增加。她不仅稳步扩大自己茶厂的生产能力,还邀请科技部门和农业部门专家上门指导,不仅保证鲜茶叶无公害培植,还实现了绿色增产。我问,当了村干部后,她的经营受不受影响。她说,受到的影响太大了。

她和丈夫在茶场的分工是男主内、女主外。原料采购、茶叶生产是丈夫的事,而销售是她的。干了村干部,很多企业她再没去过,因此丢了很多客户。不能及时维护客户关系,茶厂经营有过两年低谷期。但是因为茶叶品质好,很多客户失而复得,甚至有些陌生客户主动找来。我问:"你是怎么做到的?"她说:"依靠科技呀!现在是大物流时代,都讲究网络营销,咱也不能落后。我在茶叶包装上印制电话和微信二维码,咱用茶当业务员。那些喝着茶觉得好的,就会主动加微信购买。这都是逼出来的办法。"

当年车祸的伤使她腿脚不灵便,但是她每天出村进村,为村里奔波上万步。她说每走一步路,脚和腿都会疼,但是她把疼当作常态了。"就是疼也得扛着前行,谁让我是村里的灯盏呢,我得让那些茶农、工人、村民看见一个明亮的我。"

星光引路

一

我脑海中时常浮现这样一幅画面：夏秋之夜，艾山坡岭纵横的胸襟上花团锦簇，温柔夜风中满是杂花的香气。星辰繁茂的夜空也如盛开的花园，那些花朵般的灯盏各按其序地陈列，又有规律地慢慢移动。忽然一朵花打破了秩序，它飞起来。它从何处来，又去向何处？哦，这匆忙绽放的花朵是流星，它点亮苍穹，带来了惊喜。它带着长长的尾巴迅速游弋，片刻就隐匿了踪迹。星空下一阵欢呼，看星星的人们在流星划过的刹那，兴奋地许下美好的心愿。

这是青岛艾山星光公园里寻常的一幕，每年有上万追逐星光的人聚在这里，乐享星光盛宴。当我遇见这座星光公园的时候，它已经十岁了，无数次星光露营等浪漫的星空往事在这里上演过。没错，看星星在时下算得上是很难追逐到的浪漫。吃一顿烛光晚餐、送几捧新潮花束、开一场海滨派对，都不是难事。对都市人来说，在纯净的夜幕下看星星，听星空故事，这才是奢侈的顶级浪漫。对很多人来说，星空是难忘的童年记忆。旧时，无论城乡，夜色都是黑幕一般。夏夜，一家人在院中、巷口乘凉，躺在竹椅上或者爬到平房的屋顶上，面对着浩瀚星空，指指点点,细数那夜空里的星辰故事。后来,太多的人进入城市,每天面对被高楼大厦切割的天空和被流光溢彩淡化的星月。想念童年和星空的时候,只能吟咏诗句追怀往事:"天阶夜色凉如水,卧看牵牛织女星。"一次次仰望夜空,银河找不到了,牛郎织女星也不知道在何处。那些童年记忆如今在城市里彻底消失,连月亮都湮没在灯火璀璨的楼宇间,何况星辰?想念星星的人寻寻觅觅,总想重新仰望曾经繁密的星空,找回面对浩瀚宇宙的心灵触动。更多的年轻人却从没有见过真实的星空,在城市灯火映照的巨大天幕下,他们渴求去看星空图谱。

星空已经遥远,你我如何抵达?如今,只有到偏僻的乡村山野才能看到震撼的星空,只有在星光公园才能听到一位追逐星空二十多年的天文学者讲述的星空故事。他把宇宙的秘密、星星的真相和传说在星空下娓娓道来,不仅给予我们知识,还给予我们精神领域的顿悟和提升。

星光公园最早是有一颗星星般银亮的梦吧,它的主人热恋着星空,一直不停地追逐星空,才会把这个梦变成众多人追逐的现实。星光公园是个奇妙的事物,它以天空为课堂,以缀满夜幕的星星为蓝本,讲述星星的前世今生,打开了辽远的宇宙之门。星光公园的选址偏而不远,它远离城市的喧嚣和灯火,坐落在青岛胶州南部的山野之间。公园北侧是卓然而起的一块雄伟之巨石——东石,夜幕之下,它像一位历经亿年沧桑的智者静默着。它微微仰头看天,仿佛是在望向它的故乡,天上那些星子似乎就是它的伙伴。其实它不是陨石,天地间若有这么大一块陨石,当时岂不是地动山摇、生灵涂炭的世间劫难?据此地西望,有双峰耸立的艾山,每当夕阳向晚,日薄于艾山峰顶时,晚霞璀璨染红田畴,乡野如梦幻般迷人。往东南,有峰岭数十座,曰九顶莲花山。"九"是个集大成的数字,凡最多的事物,多用登峰造极的"九"字携领。那些岭与岭之间,有乡下人开垦出的大大小小的梯田,有小路逶迤相连,路旁草茂花艳,鸣虫埋伏其间。小路串起了参差的田野和果园,四季的风里,有麦香,有谷香,有豆香,有苹果梨子的香,有花椒菜蔬的香,有艾草的香,有栗子落地冲破坚硬皮壳的香,有白云般的棉花绽放的纯净的香。既有山的凌然之气,又有田园的温婉之气,这样的环境算得上是最佳的星光观赏地了吧。不!星光公园的主人很苛刻,他用了十年的时间,走遍了青岛周边的山山岭岭,唯独把这里作为星光公园,更因为这里的海拔高于地平线,无地面粉尘相扰,村庄不密集,没有工厂等因素。这里有无暇的夜幕来呈现星空,又离青岛仅一小时的车程,使他选定了这个地方开始筑梦。

　　把天空作为资源来开拓和利用,借星空润泽和塑造人的心灵,这听起来有点像天方夜谭。这浪漫和新颖的事,却是这个年轻人从童年就有的梦想。他想把天空作为牧场,养着满天星辰,看它们斗转星移,就像他宠爱的牧群在草场上游荡。这浪漫的梦他孕育了经年,三十岁的时候他做成了。如今,这个星光公园他经营了十年,他不仅把星空当风景观赏,帮大家圆梦,他在讲星空故事的时候,还给了很多人比浪漫更宝贵的知识营养。"不断地仰望星空,就会打开世界,打开自我的格局。"他说。这个星空抚慰和疗愈心灵的秘密一定被很多人发现了,所以有那么多人会一次次带着家人、朋友到这里来露营,来接受星空的洗礼和星空故事的引导。对那些喜欢星空的人来说,看星星已经不是单纯的浪漫,而是心灵的自我疗愈和境界的不断提升。就这样,简单而又神秘的星空,成了一块珍贵的天文科普阵地和心灵滋养阵地。每年夏秋甚至初冬时节,这片地域常常人员密集,很多来自青岛市区、胶州、胶南的市民在这片花果园中露营看星星,最多时一次来了两千多人。

二

这位建立星光公园、在夜空放牧星星的追梦人叫周昆。他看起来帅气而儒雅,谈吐幽默又睿智。

出生在青岛的周昆,自小特别喜爱大自然。家住在榉林山公园边,公园就是他痴迷的乐园。幼时跟母亲到乡野游玩,他常常在玉米地里一待就是一天。他更爱夜空中繁密的星辰。独睡的童年夜晚,他一个人在阳台上长久地看着星空,在遐思飞驰中偷偷熬了很多夜。那些最初仰望星空的浪漫并没有遇到更好的启蒙,直到在小学自然课上遇见天文版块,他才真正贴近了星空的科学层面。当他抱着《自然》课本对照着星空图痴迷地仰望苍穹的时候,年幼的他就想做一名星空探测者。可是这个梦想在成年人看来有些不切实际,家人也没有更多在意一个孩童的喜好。所以他想要一个天文望远镜的愿望在家长看来简直是小孩子的心血来潮。还是姥姥理解他,最终用自己的积蓄悄悄给他买了一架天文望远镜,给了这个孩子的天文梦一个支点。那年他十五岁,望远镜花了姥姥六百元钱。那时候的六百元钱,即使是在青岛这样一个时尚城市,在一个普通家庭中,还是能办很多事的。自此,望远镜拉近了周昆和星空的距离,拉近了他与天文学的距离。

爱好天文的周昆是个书迷,家里的书香气息让他自幼博览群书。除了整天抱着《中国大百科全书·天文学》《天文学概论》

《中国古代天象记录总集》阅读外,他涉猎颇广,凡能找到的书都是他的"美餐"。读书让周昆从一个爱冒险的调皮孩子变得稳重起来,捅马蜂窝、钻山洞,走高墙这样的生活冒险,远比不上福尔摩斯探案的刺激,也比不上金庸武侠世界的精彩。读书"成瘾"的他可以一天到晚沉浸在书房,以至于母亲不得不往外撵他,以至于整个暑假伙伴们以为他消失了。当把书架上古今中外各个门类的书读完,从书房里走出来的周昆似乎比平常人成熟了许多。他已经懂得思考人生和进行人生规划,他的人生目标确定得很早、很笃定:他热爱天文学,想在浩瀚宇宙中探测未知领域,当个天文学家。但是现实却有些遥远,仅凭一些书本读来的知识和一架天文望远镜,他的天文之梦有些空中楼阁的味道。

如果说在天文学之外他还有什么别的人生理想的话,那就是当一名战地记者。这个梦萌发在童年时期,当初懂世事的周昆在电视上看见海湾战争的报道场面时,他被记者水均益的现场报道感动了。"当战地记者太帅了。"他想。战地记者冒着枪林弹雨把最真实的消息发布出来,这样的工作他喜欢。那时候,周昆只觉得战地记者又帅又刺激,与一个顽皮男孩子的理想最为契合。随着年龄增长,周昆越来越感觉到记者这个职业的神圣之处。周昆从小接受的家庭教育是利他,思考立场和行为准则总是尽量帮助别人。他想,当记者不是能很好地帮助别人吗?于是他找到了家风家训和工作的契合点:既然当天文学家不容易一下子实现,那就先当记者吧!曝光黑暗,帮助良善,这也是非常好的职业。于是,读初中的周昆就这样确定了自己的人生规划。当一名记者,关心民生冷暖,然后再当一名研究宇宙的天文学家。这两个梦想成了他学习和奋斗的支撑。

面临升学抉择的时候,他毫不犹豫地报考了新闻专业。大学毕业后,他如愿以偿地当上了人们羡慕的"无冕之王"。二十岁的周昆热血沸腾地冲在新闻报道的最前沿。他采访过形形色色的人物,大到国家元首、业界精英,小到平头百姓、烟火众生。他的青春足迹踏遍了城市、乡村的角角落落,他热血的身影抵达每一个抗灾抢险的现场。十年记者生涯,他发表了四千一百二十万字的文稿和七千七百五十五张照片,作品频频获奖,其中有晚报业内天花板"赵超构新闻奖"一等奖。在记者行业取得的成功没有让他满足,他眉宇间常有不易觉察的怅惘,因为他思之念之的梦还没有真正开始。这些年,他的天文梦想没有一刻搁浅过,工作再忙,他也会抬起头来看看星空,他已经养成观测和记录天文现象的习惯。在繁忙的记者工作中,他总能抽出时间去研究和拍摄星空,他白天采访报道的脚步能走多远,他夜晚跟拍星星的脚步就能走多远。他的新闻历练和天文历练同样在日日递进,他已在天文和天文摄影行业有了不小的名气。

三

周昆在新闻界是个拼命三郎,总是冲在第一线。最艰苦、最危险的事舍我其谁?他一次次深入地震灾区、洪水灾区、爆炸灾难现场。他多次在极危险采访前面不改色地写下遗书,在信息不通、生死未卜时,他的家人几乎疯掉;他多次以一当十出色地完成任务,带着伤归来而拒绝单位领导的鲜花迎接;他多次把自己放在星空下却又无限惆怅:什么时候能心无旁骛地真正开始天文事业呢?

正当事业蒸蒸日上的时候,他突然辞职,独自来到胶州洋河镇的艾山上。这个年轻人怎么了?为什么好端端的都市生活不要,事业上的大好前程不要,独居深山?是在工作中因为优秀遭受了同行的排挤?是在救灾中看透了生死,万念俱灰?背后有太多疑问的眼神在打量他、探究他,更有亲友在劝谏他。其实,在新闻行业的十年,周昆一直在为他的天文之梦做准备和铺垫。业余时间,他全部泡在天文学的海洋中。读书、购买仪器观测、搜集各种资料和实物,他做着知识上、技能上的各种准备。因为具备了深厚的天文学知识,他经常被邀请到各单位做天文科普讲座,并被聘为中小学天文活动辅导员,名气越来越大。从事新闻工作的十年中,他不断在周边考察,寻觅一处既能做科研又能做科普的地方,最好是建成一个星光圣地,让喧嚣都市中的人们能够从繁忙嘈杂中抽身,在星光里洗涤心灵。

十年记者生涯,他收获了足够的人生体验和磨砺,获得了业内和读者的认可。此时,他心中炽热的天文之梦越来越强烈。当下工作和天文梦想的不一致,慢慢变成一种煎熬,这种矛盾折磨着他。他一直在寻找一个地方专心做他的天文探究,也一直想探索一条适合他生活和事业的路子。2013 年 6 月,周昆因为一次采访任务,第一次来到胶州洋河的艾山。其实,那天他心情并不好,跑到这么远的县域远郊执行任务,采访对象也并不那么吸引他。浓雾弥漫中,他驾车艰难地到达艾山脚下,看到望不到顶的艾山,他的心里有一百个不情愿。随着脚步叩击着石阶一级级升高,他的心情快速变化着,空气清爽中带着几分甜润,山的朗峻给了他一种亲切感。他心中有了一份惊喜:这不是我一直在寻找的"宝地"吗?一个既可以给大家做科普,又可以进行天文科研的地方。在此之前,他几乎走遍了青岛的城郊,考察了几十个地方,但是因为科研的严谨性和先期的巨大投资,他对地点的考察慎之又慎。多次考察下来,这些地方有各种各样的弊端,他都不满意。

那天,他第一次接触的艾山给了他不一样的感觉。接下来的一周时间,他连续在洋河镇进行实地数据采集。那时候的导航远不如现在精准,那些乡野的无名路岔道多。他在山村野路上兜兜转转,常常就迷了路,不得不一次次重新寻找路径,有时候索性就困在那里待上半天等着向过路人问路。有时候,转着转着天黑了,村庄稀疏的山区,夜晚的路灯极少,迷路的他陷入一片墨色的海中。他停下来一筹莫展的时候,抬头看见密集又银亮的星辰,内心又充满幸福。"这正是我苦苦寻觅展开梦想的地方啊。艾山,既有满天繁星的资源,又有山水历史等人文资源,真是个好地方。"他想。令他更高兴的是,这里的生态非常好,生物种类繁多,正好满足了他对生物多样性研究的渴求。

2013 年 8 月 18 日是一个非常吉祥的日子,在民间如此,对周昆也是如此,他终于经多方打听和协调,将艾山半山坡的那栋二层小楼的二楼租下来。签完合同,他坐在台阶上缓缓地舒了一口气。是的,他应该高兴,但他没有太高兴,一切都按照他期望的在进展。这个日子不是梦开始的日子,却是梦想开始落地生长的日子。从此,周昆进入另外一种忙碌,一种真正为星空梦想拼搏的幸福忙碌。他一面承接着单位的工作,一面严密规划着艾山天文台和青岛星光公园的建设。他将必要工作之外的所有精力和财力都投到青岛艾山天文台和青岛城市星光公园的规划和建设中。每到周末,他就从青岛市区来到艾山,考察、规划、打造他的天文基地。他既是天文台的总设计师,又是施工监管者,甚至很多时候当起操作技师,有时候还要亲自搬砖、和泥,当小工。一个人在为炽烈梦想奋斗的时候,他也许并不觉得累,即使累也是幸福的。就这样,周昆成了一个特殊的存在,他在艾山半山腰上建起了山东省第一个个体天文台,并建有大众科普基地——青岛城市星光公园。

梦想和现实总是隔着千山万水,周昆烂漫的苍穹之梦要从搬动脚下的每一块坚硬的石头开始。他一个人在艾山半山腰上,展开各种基础工程建设:装修租来的房子、买科研仪器、铺设电线电缆、架设各种设备。房子不大,可是无门无窗且一直废弃,收拾起来耗费巨大;电线不贵,可是铺一千米甚至更远就不是个小数目;最贵的是仪器,天文望远镜不是儿童手中的玩具,也不是爱好者手中的普及品,他需要高端的设备,把十几万、几十万的装备往山上扛。经过三年的筹备和建设,他的天文梦终于着陆。2016年,他的精力实在无法兼顾新闻记者的工作,他毅然辞去了曾经热爱的新闻工作,正式在艾山专心追逐他的天文之梦,以"青岛艾山天文台"为依托,开始了专业的天文科研和天文科普活动。

2016年,他创业生涯中最艰难的岁月到来了。辞职之后他没了收入,还要大把投资。一个人的星空梦,需要坚实的大地来支撑。他坚实的大地在哪里?他以省吃俭用对付着艰难的日子,好在他物质上的需求极低,花销很少。他说:"给我一百元钱我能过一个月。"但这种节俭根本解决不了实质问题。2016至2019年是他最艰难的创业时期,以刚刚起步的星光公园为依托做科普,微薄的收入简直杯水车薪。做科研长久的投入可不是靠勒紧腰带能节省出来的。经过两天的思考,他做出让人瞠目结舌的决定:卖掉青岛的房子,完全放弃城市生活,在洋河安家。这并没有让周昆多么痛苦,因为他本就不留恋城市的喧闹,而特别喜欢当下的深山生活。

我问周昆:"你的家在哪儿?"这时候,他已经把天文台和星光公园向东石脚下移址。山脚下的办公室是租来的,山上果园里的居所是两节集装箱拼起来的简易屋子,而那片放望远镜和放置"家"的果园也是租来的。这就是家吗?

他说:"我的仪器在哪儿,书和电脑在哪儿,哪儿就是家。"他笑得很自信、很满足。

就这样,他栖居在艾山半山腰,开启了孤独而单调的天文科研生活。

就这样,他在天文台外围建起的星光公园陪伴了他无数个深山之夜。他在星光公园里看星空、拍星空;忙完许多大体量的计算等耗费心力的活后,他便在星空下疏解劳累。他的星光公园,也接待着来看星星的众多天文爱好者。

四

星光是否可以给予一切?星光是否可以抚慰一切?

在大众看来,周昆是个很神秘的存在。他从昔日的工作圈子里消失了,他从同学、朋友的圈子里消失了,他甚至从亲友的视线里消失了。他隐居深山,满眼的宇宙星辰。朝露洗涤的艾山松知道,他多少个夜晚几乎彻夜不眠地在观测和计算;晚霞映照的艾山石知道,他燃着烟斗枯坐天地间的身影里,有多少对宇宙的思索和探求。那时候他正在寻找一个更合适自己研究的方向,这天文学科里,还有哪些领域没有人触及。山间的天泽泉汩汩流淌,没有告诉他;山顶的望海亭大风吹彻,也没有告诉他。他久久仰望星空来寻找答案,但是星辰无语,山野静默。秋虫的鸣唱中,一颗颗流星悄然划过。他迎来的是少许艾山坡上劳作的山民不解的打量眼光。他不在乎世俗能否理解他,只在乎自己的研究和执着是否有价值和意义,是否能给人类带来些益处。他明白,自己的科研离大众确实有些距离,所以他在搞科研之余,不断建设自己的科普阵地,这也是他所痴迷的。周昆是个复杂的存在。在科研领域,他像一艘宇宙飞船,孤独地航行在无限寂寥的太空,可以几个月沉默寡言;在科普领域,他又是活跃的甚至是爱笑爱闹的,跟他的科普对象很融洽地打成一片,散播着广博的天文知识。

在天文爱好者的眼里,周昆是个热心的导师,他总是尽可能地给予他们帮助和解答,带着他们在宇宙中探索。他又是那么热血,当他听到有人说"没有一万块钱还玩什么天文"时,就怒而向这些"大佬"回击:"这让那些爱好天文的学生怎么办?"他最不能容忍的是因为"钱",把充满热情的学生阻挡到天文科学的门槛外。于是他热情地帮助爱好天文的孩子,他的天文望远镜向学生免费开放,他耐心地领着零基础的他们跨进天文领域的门槛。

周昆很早之前就是天文科普的推广者,给天文爱好者进行科普讲座是他最快乐的事。他给喜欢探究的孩子讲天文知识,教他们怎么使用仪器观测和记录,给他们播下科学的种子,打开一片广阔的天空。他发现天文类科普书籍少且落后,还存在知识性错误,就开始着手编写一套天文科普读物。在繁忙的科研工作之余,他积累自己二十几年的知识经验和素材,汇集天文科学的根脉进行创作,于 2021 年出版了第一本科普书籍《月球观测指南》。这本书给出了系统的月球观测指导,介绍了一百位天文学家。书中有他当年采访中国探月工程和美国阿波罗工程时撰写的文稿,这是在网上都找不到的珍贵资料。《月球观测指南》是一部关于月亮的天文百科全书,出版后被学习强国平台全文音频热播。作为中国科普作家协会会员,周昆规划出版一套五本天文科普读物。他的第二本科普书《流星观测指南——手把手教你零基础观测和拍摄流星》于2023年上架后引起众多热评。这本及时且专业、低起点又有内涵的书,让天文初学者爱不释手。他的第三本书《家用望远镜使用指南》已交付出版社;《中国星空遨游指南》也基本完稿,《太阳观测指南》正在创作中。这五本书既是他完整的科普系列,也是承载他多年天文研究和拍摄的宝库。在这里,他将自己的星辰铺展成大海,给了读者。多年记者生涯,使他对素材极为敏感,随时记录的好习惯使他拍下了很多珍贵的天文资料。他的文章和拍摄的天文图片经常被刊载在《中国国家天文》等专业杂志上,他在观测一线给予读者最新鲜和有价值的视觉和文字享受。

在寻常人的世界,也许只有经过艾山半山腰的人,才会通过"青岛艾山天文台"几个字大略知道这个地方的使命。但周昆的天文台在业内已经是个独特而耀眼的存在。作为山东省第一个私人天文台,青岛艾山天文台连续六年作为全国科技周之青岛科技周上唯一的天文元素参展,每次都是科技周上最受欢迎的参展单位之一。各类模型、徽章,来自不同天体和时间的陨石,各种珍贵的书籍等,几十件珍贵展品的阵容,往往吸引了很多粉丝。观展少年的眼神里燃烧着光焰,这些孩子有的后来成了天文小达人。每每看到这种情形,周昆的心里就燃起一团火,幸福而热烈,干劲就更足了。

在周昆看来,他的天文事业有两根线,一根在天上,他用来探测无穷的宇宙奥秘;一根在地下,他用来在广大的民众间做有意义的科普。这两根线是天地的融合,既有无穷的深远,又有坚实的承载。多年之前,周昆的妈妈就这样说:"周昆,你将来不是死在望远镜前,就是死在讲台上。"他说:"我妈太了解我了。"其实做妈妈的不仅了解儿子,更多的是理解和支持。对于儿子热爱甚至痴迷的事业,她没有像凡俗的母亲那样横加阻拦。她明白自己的孩子有着多么美好的追求,明白自己的孩子有多么执着,明白孩子做的事一定是有价值的。

在艾山建起天文台后,周昆的天文科普有了真正的基地。他利用多年搜集的资料,开办了艾山流星博物馆,把基地命名为"青岛星光公园"。星光公园每年接纳数千人参观,逐渐成了国内有名的天文科普机构。

周昆是全民科学的推广者,早在 2019 年的青岛科技周上,他提出"在家当天文学家"的口号,倡导低门槛全民科学。他认为天文科学并不是那么高不可攀,完全可以全民参与,天文爱好者在玩的过程中就能产生有效数据,为科技做贡献。2019年,周昆在微博上与一些天文摄影爱好者展开论战。他认为平民用普通的仪器就可以参与天文科研。这与那些以高端天文摄影器材拍摄天文影像的人站成两个阵营。他坚持不能让钱成为天文研究的绊脚石,不能让喜欢天文研究的人尤其是学生们望而却步,阻碍他们的星空梦。为此,他把自己的科研城堡打开了,艾山天文台不再是他一个人的科研基地,他开放了自己的高端仪器,让天文爱好者免费使用。越来越多的人走近天文科研,他也迎来了加盟者。

周昆的青岛艾山天文台和星光公园最早建在艾山的半山腰上，因为拓展受限，也因为政府规划，2019年，他将天文台迁址到艾山东石山坡上。艾山半山腰的最初天文台址是周昆最钟情的地方，是他经十年考察无可替代的选择。那是他梦想的种子落地生长的地方，他在那里投注了大量的精力和财力，倾注了所有的心血。那里唯一的缺陷是因山石和树木遮挡，他的住址清晨看不见日出，傍晚看不见落日。要拍日出日落就要攀上高峰。在山坡上，他时常凝望不远处的东石，那块突兀而生的巨石像一位历尽沧桑的老人，更像一位洞悉天地秘密的智者。它感动着他，也招引着他。终于在天文台移址的时候，他向东石迁徙而去。此时，洋河镇政府给予了周昆的事业极大的支持，协助他在东石下的一片开阔地上扩建了流星博物馆。扩建后的流星博物馆是全国唯一的流星博物馆，馆藏丰富且展有很多珍稀的孤品。他从馆藏的一片甲骨中解读出流星的记录，将流星的记录档案前推了几百年。研学、参观、交流、团建，每年数以万计的参观者涌向艾山大地这片天文的王国，他们看星空、学知识、听故事，触摸来自星际的陨石，用望远镜探测宇宙的秘密……在天文台的带动下，洋河镇也从一个单纯的农业小镇上升为天文小镇。

如今，作为山东省最大的天文科研科普综合体，周昆的天文台和星光公园成为洋河镇艾山乡村振兴示范片区核心项目之一。自成立以来，天文台与多国进行过天文合作，承接了多项天文科研。周昆倾力打造的流星博物馆从外形上看有些神秘感，巨大的四个字母"CMMO"是全国流星监测网的缩写。遥控钥匙一点，那两扇星云彤彤的神秘之门缓缓拉开，我们进入一个时空交错的流星世界。周昆多年收集的陨石、档案、孤本在这里安家,这些沉默的陨石在一次次的讲解和触摸中重新焕发出生命的光彩。从《梦溪笔谈》里流星的第一次记载,到一把锈迹斑斑的陨石为刃的斧子;从宇航员们的亲笔签名照片,到一场海战钩沉;从一枚陨石的漂洋过海的购置,到周昆从甲骨文上推测出流星记录的论文底稿……每一样都凝聚着他的心血,每一件都能唤起对天文的热望。流星博物馆开发出适合中小学生研学的题材已经成为天文教材,可用于拓展学校社团教育。他不仅为学生进行科普,还多次受邀为小学科学老师做科普讲座。为创建这个博物馆,他已经筹措了二十五年。原来少年时的他,就已经在悄悄铸造他的星空之梦。十五岁时,他持第一台天文望远镜遨游星空,就已经在星光的召唤之下有了宏伟的规划。

我问周昆:"会有很多青少年在博物馆里爱上天文学,从而立志当天文学家吧。"他说:"这正是我的梦想。我的初衷就是播下天文种子,唤起科学雄心。"当下,以流星博物馆为承载的天文科普活动,每年有万余人来参观。令人欣慰的是,当年听过他讲课的学生,有的已经在航天发射中心工作,也有不少参加天文奥林匹克竞赛的,还有的加入了业余的天文观测活动。

五

有了洗涤心灵、追溯梦想的星光公园,有了钩沉历史、展现全貌的流星博物馆,周昆天文事业的地线接通了大众,已经花开璀璨。可是那根天线呢?那根用来探测无穷宇宙奥秘的科研之线如何了呢?

周昆的天文之梦,绝不仅仅是做天文学的推广者。幼年时虔诚仰望的星光,一直如明灯般指引他的探索之路。他毅然告别熙攘人群独守山中,就是要探究更高端的星空秘密。他用了很长时间来调研、寻找,除了国家尖端的天文学科研外,该领域内还有什么方面没有人触及?寻寻觅觅,他终于发现有关流星光学的研究尚处空白。他明白,如果选择流星光学作为事业去干是很危险的。因为流星光学是基础性科研工作,单调、繁重且不直接产生效益,他的科研极可能无以为继。但在天文学日益发达的今天,流星观测非常有意义,能研究太阳系起源甚至生命起源,更能给地球绘制出一个近地空间的流星体分布模型。于是他知难而进,义无反顾地将天文观测的重点锁定在流星光学上。

2017年对周昆来说是个非常重要的年份,他创编的微信公众号由"青岛星光公园"更名为"青岛艾山天文台",这是在大众层面一个无声的宣告。此次更名意味着周昆的天文事业由烂漫的星空故事、大众的天文科普朝着更有科研价值的天文科研方向迈进。

周昆是个善于规划的人,他的青岛艾山天文台的主攻方向是流星光学和流星射电观测,为此他全力以赴。周昆在青岛艾山天文台进行的流星监测,原本是他"一个人的海阔天空",但是他发起建设的全国流星监测网,却把一个人的星空梦想发展成了一群人的伟大事业。当时关注流星的天文爱好者,多限于美学欣赏,不懂保护和使用一些珍贵的数据。周昆想,把他们团结起来就好了,这样流星观测就不再各自为战、自守一隅,而会形成强大的合力。这时候,他脑海中出现了一张大网,可以把流星轨迹一网打尽的网。周昆开始寻找盟军,2017年8月,他先后与潍坊、东营的天文爱好者建成三个监测点的小网。那时候，他们叫"山东流星监测网"。随着淄博、潍坊、烟台、济宁监测点的陆续加入，周昆脑海中的那张大网越来越明晰。他规划建一个全国流星监测网，做到无死角监测流星轨迹。这需要建大约三百个观测站。2018 年 6 月，山东流星监测网正式更名为"青岛艾山天文台全国流星监测网"，英文简称为"CMMO"。就这样，在 CMMO 的大旗之下，各地独自为战的监测点迅速来加盟，更有很多在周昆指导下建起的新站点。目前，监测站点已建成九十一个，基本覆盖了东南沿海地区。流星监测网观测站点科研者有北京大学、清华大学等高校的专业教授、学生，有中小学的科学社团，有社区居民。他的监测网把更多的天文爱好者聚集起来，形成了更大的科研力量。

　　这个流星监测网填补了国家流星监测系统的空白。在流星监测领域，他们做出了规模，取得了成就，在国家学术期刊发表了多篇论文，其中《用棱镜光分析流星》一文发表在国际权威流星检测组织的期刊上。这一切引起了业界重视，越来越多的部门来艾山天文台洽谈、交流、学习，就连国家天文台的专家也伸来橄榄枝，把艾山天文台纳入合作范畴，进行了很多合作项目。

　　在中国地理版图上，海拔二百二十九米的艾山只是一个极为普通的存在，但是因为它有了周昆的天文台，有了全国流星监测组织，"艾山"这个名字就被赋予了不寻常的意义。天文届的目光一次次越过高山大海，越过繁华都市，来到这片弥漫着花香、果香、庄稼香气的山野。中国科学院国家天文台副研究员李广伟慕名来到艾山天文台，与周昆碰撞出思维的火花，在青岛艾山天文台全国流星监测网的基础上，他们提出了"罗扇"项目。这是一个以获取流星光谱为主要目的的科研项目。

"罗扇"取自唐朝杜牧的诗《秋夕》中的"轻罗小扇扑流萤",意即用流星监测相机这个"罗扇",捕捉宇宙中中国上空的流星（流萤）。无疑,"罗扇"作为国内唯一的流星光谱监测项目,其强大支撑是艾山天文台与它的全国流星监测网。青岛艾山天文台办公室的大门上方,一个男孩手持捕蝶网捕捉蝴蝶的画面时常出现在周昆的天空摄影里,这就是"罗扇"项目的LOGO。

2023年8月18日是青岛艾山天文台成立十周年的纪念日,周昆极为低调地更新了一期微信公众号,总结了这十年的收获。从一个人艰辛的跋涉到如今,它已经不仅仅是一个私人天文台,而是与中国国家天文台等多家机构合作,同时协助执行多种观测任务的一个特殊科研机构。因为资深记者出身的优势,周昆的天文台还承担着国内航天发射、大型国际性航天会议的现场采访工作。

最初的几年,艾山天文台的流星观测数据会被上传到国际流星组织的数据库,供天文届免费共享。随着名声日盛,周昆感觉到这些数据的珍贵,需要加以保护。从2021年开始,艾山天文台流星监测网与中国科学院国家天文台李广伟团队合作的流星观测项目启动后,根据李广伟的提议,开始建设国内流星观测专业数据库。数据库建成后,公众有了第二个上报科学数据的渠道。2023年5月20日,在全国科技周上,数据库即全国流星自主上报系统正式上线,这是一个真正实现全民科研的自主上报系统。"这完全是一个开放的系统,也是一个开放的态度,任何人都能上传自己拍到的图像和数据,是真正实现了全民参与的流星数据。"周昆高兴地说。

流星监测科研是一项开先河的天文科研,很多事无据可依。2023年3月初,全国八个高校和国家天文台的科研人员聚在艾山天文台研讨,制定了流星光学的一系列标准。从此,流星光学行业有了依据和规则。

周昆和他的艾山天文台已经走过了艰难时期,他背后有设备研发团队,根据需求不断研发更新设备,目前已经更新到第六代观测设备。他们的团队力量也越来越壮大,有很多大学教授、国家天文台研究员以及资深的天文学者和爱好者加盟。青岛艾山天文台已成为我国流星光学、流星光谱两大基础观测学科的科研总部,所创办的由九十一个观测站点构成的全国流星监测网是我国最大规模的流星监测网络。这些站点承担着流星监测、近地空间流星体大数据模型搭建、轨道计算、光谱收集、陨石定点等任务,其数据直接对接中国科学院国家天文台,供上层科研使用。每当说起这些,周昆的脸上洋溢着幸福的笑容。

六

"海上生明月,天涯共此时。"每当十五月圆之夜,多少人仰望苍穹。那象征团圆和纯洁的月亮是中国灿烂文化中的一笔宝贵财富。身处灯火辉煌的都市,人们却很难"举头望明月"。城市里的月亮被灯火辉耀,被各种高层建筑阻挡,人们只能从荧屏上看那轮晶莹的圆月。当一轮近距离的超级大月亮从东部冉冉升起时,那些在荧屏前看月亮的人不知道,这轮明月是周昆"捧出"的,是他的艾山天文台直播转发的信号,万众瞩目的这轮圆月,正在胶州市洋河镇艾山的空上辉映苍穹、恩泽大地。

从 2018 年开始,艾山天文台接受了中央电视台的邀约,在央视 App 上设有独立直播间,实现了"艾山月,全球赏"。中央电视台的仲秋赏月晚会上,当那轮明月牵动亿万中国人心的时候,天文台上的周昆却没有跟家人团聚,他一个人在直播仪器现场守候。这一轮明月似乎是他双手捧出来的。此后数年,青岛艾山天文台在央视频、《直播中国》、微博、哔哩哔哩设立四个直播间,农历八月十五从当晚八点起进行并机直播,实现了仲秋之夜的"艾山月,全球赏"。"我们把天文相机接到天文望远镜上,天文相机的信号传到天文后台,后台再把信号推给直播平台,观众通过直播间就可以享受到通过天文望远镜才能看到的同等高清的视觉体验。"周昆如此说。那轮明月曾经在北京世贸天阶的大屏幕上霸屏了四个小时。艾山天文台的天文直播是全国顶尖的,每年二月二、春分、七夕等重要节点,周昆都受邀出镜,为大众讲解节气与天文的知识。

艾山天文台不仅连续数年进行超级月亮的直播,还直播过很多重要活动,比如国际宇航大会、神舟飞船发射、嫦娥卫星发射和青岛科技周,也主办过第六届中国流星大会。

艾山天文台不仅做到了"艾山月,全球赏"公益直播,还发展了"艾山仪器全国用"项目。网络时代的天文望远镜虽然伫立在齐鲁大地的艾山之巅,却能做到全球共享。经授权后,在世界任何地方都能通过电脑操控仪器进行观测和数据分析,这大大缓解了有些科研人员科研设备不足的问题。比如国家高端天文设备多在顶尖的科研室中,而高校甚至研究机构的教授、副教授、研究员等使用机会少。由此,他们与艾山天文台合作,承接天文台的项目进行观测记录,共同完成数据分析,并形成论文。这一活动对国家科研领域是一个有益的补充,实现了资源和项目共享,推进了天文事业的研究和发展。这是私人实验室对体制内天文事业的积极探索和有机补充。

周昆说，天文科研工作没有那么难，因为仪器先进，所有的设备都是自动化监测记录，只需要手动、脑动分析，就是出差也不耽误他在电脑上完成工作。难就难在几十年始终如一的坚持。他的科研团队目前有七个成员，但只有周昆一个人日夜驻守在天文台。他简易的工作室和住所就在设备旁边，那是一条爬坡的土路，由于雨水冲刷，路有沟壑。他常常从山下的办公室徒步到住所。几次打井失败，他备有一辆专门从山下拉水的面包车。他半山坡上的天文台简单而优雅。集装箱改造的居室很小，就像远航轮船上的舱房。他将更多的空间给了办公区，那里有沉默的火炉，有陪伴他的两条狗。他每天在这里完成大量的数据整理和计算工作。来参观的科学家或者各级领导，看到周昆的居住环境总是嗟叹："太苦了！"但他不觉得苦。大约一个人心里装着浩瀚星空、无垠的宇宙，他对身外的空间就完全没有要求。其实他完全可以搬到山下的办公室区域住，但是他说跟设备在一起心里才踏实。

户外的木栅栏上攀缘着金银花、蔷薇和木香，旁边的一小片地上种着葱、蒜和玉米。在维护设备摔伤左手之后，他吉他弹得少了，消解工作疲劳的方式就是侍弄菜地和花草。他说的"不苦"其实是他的适应能力强。山间生活，总有不速之客打扰。雨季，蚂蚁会破门而入，黑压压一片占据厨房的干燥地带；青苔处处湿滑，青蛙会钻到鞋子里；蛇在居所四周的草石间穿梭，老鼠的"吱吱"声此起彼伏……这些曾经是他最怕的动物，如今他面不改色，且视为邻居。

我问周昆，这看似隐居深山一般的生活，他是否会感到孤独。他说，没有时间孤独，以前每天只睡三四个小时，现在实现设备自动化了,虽不需要彻夜工作,但是一睁眼就是各种活在等着做。忙着计算数据,忙着维护设备,忙着整理和发布各类信息,忙着准备科普活动和流星博物馆的接待,忙着写作科普书籍……尤其他刚刚被聘为即墨区天泰山天文台台长,全面接管了那里的科研和科普工作,他的绚烂星空又拓宽了疆域,工作量又增加了很多。

我问他,现在对天文学还有那么深的热爱吗?他笑:"全是枯燥的数据,太累。这项工作对我而言,始于热爱,终于责任。工作已经是我的生命。"

后来,我常常在手机上打开直播间,看艾山天文台面向全球的直播画面:艾山东石如一位沧桑老者伫立岿然,一棵小树在偶有微风时轻轻摇摆。那是他工作室外的一角空间。就在山与树的旁边,一座集装箱改造的小屋内,周昆每天深夜都在一人连六台机器进行着枯燥的重复性劳动。我听着歌曲《祖国不会忘记》,歌中唱道:"在征服宇宙的大军里,默默奉献的就是我。"我的眼睛有些湿润。周昆的话再次响起:"我什么都不要,能给人们做点事,做点有用的事,就是我的快乐。"

山里亲戚 ①

　　小时候我对山的概念是遥远而模糊的，平地连平地的村落之外，山是一种若隐若现的事物。晴天里隐约能看到的山是天边一长溜山系，青黑色的，有许多个馒头状的山头。我们生活的地方是平原，顶多有几道丘陵，我们就是站在这样的土岭上遥望远山，对山充满好奇和向往。"那是什么山？"我们问大人。"大青山。""山里是什么样子？"我们接着问。"山里穷，穷得穿不上裤子。"大人的回答让我们对山的向往兜头来了一瓢冷水。"没看见德红姑姑吗？她就是山里人。"

　　德红姑姑是我的邻居，也是比较近的本家。她父亲常年有病，家里贫穷，她被嫁进山里了。"山里"是我们这里对崂山一带的称呼，那地方的人穷，说不上媳妇就到平原来"买"。穷人还怎么会有很多钱来平原"买"媳妇呢？小孩子解不开这个谜。德红姑姑的穷是很直观的、可怕的。德红姑姑的第一次归来，让村人有了普遍的"幸福感"。她补丁摞补丁的衣裤，瘦骨伶仃的骨架子和菜色的脸，哪里还是那一朵花样的德红啊。德红姑姑的境况在小村里炸了锅，山里竟然穷成这个样子。逃荒

---

① 发表于《农村大众》2019 年 9 月 10 日副刊，并获 2019 年度山东新闻奖评选二等奖。

一般的德红姑姑却带来好几口袋东西。大家用眼神询问着,用咬耳朵的悄悄话探寻着。

原来,德红姑姑从山里带来许多野味,野蘑菇、野蜂蜜、野核桃、板栗、黄花菜干。她把扛回来的几大麻袋山货,给三姑六婆各家亲戚都分了一遍,甚至把八竿子打不着的家境稍微好的村人家都分到了。开始大家都挺高兴,可是过了一段时间就犯愁了,以乡下人的习惯,哪能白吃人家的东西?听说她抹着泪跟人倾诉,山里穷得年年吃不上饭,村里那点梯田产的粮食连半年都不够吃。许多家的男人都到关东去打工,妇女留在家里种地,空闲的时候挖各种山货,有本事的就进青岛去卖,没本事的攒在家里,也换不上钱。后来,女人们就厚着脸皮回娘家,亲的近的挨家挨户送,谁家到时候不回点礼啊?别的不图,就稀罕点粮食,人家给点地瓜干、苞米粒就欢喜得不得了。她们的男人闯外不见得带回多少钱来,也不见得年年往回寄钱,她们也许就靠这一次回娘家得的粮食过年和熬春。

德红姑姑的泪水和倾诉使我们村的穷人都有了"幸福感",他们像救济叫花子一样给她送地瓜干、高粱米和苞米,甚至给她一些破旧的衣裳。德红姑姑得了粮食也不走,她厚着脸皮在娘家住,一直住到哥嫂的脸色都不好看也不走。一开始是她一个人长久地住娘家,后来就拖着几个孩子赖在娘家蹭吃喝、熬岁月。

山里咋这么穷呢?山地土薄,没有土地哪来粮食?一户有几十块地,一块块地像山间的碎补丁。靠天吃饭,即使好年月也没有太好的收成。山里的水果倒是很多,一树树的杏子黄澄澄的,可是收下来还不等拤到青岛,都烂在筐里了;房前屋后都有樱桃树,可是水性的东西不充饥,谁家也不能靠这个过日子。

说起这些，德红姑姑就会抹泪，转述这些，婶娘们就要叹气。谁让他们住在山里呢，没有路，有好东西也是白搭。

一年年，德红姑姑是我们村固定的"乞丐"，接受着大家的同情和施舍。后来，她带着东西回来的时候，大家不等她送就背着粮食去她娘家换，换完了再找些不要的衣服、被子送给她。她每次走的时候常常要家里人送，那些粮食带着太累，她又那么瘦弱，但她却年年往山里搬。

村里人记不清从什么时候起，不见德红姑姑长年累月地住娘家了；从什么时候起，她带回来山蘑菇等山货却拒绝别人再给她粮食了；从什么时候起，她的衣裳穿得比我们村的女人都时尚了。这时候，别人还称呼她山里的，但她却说自己是崂山的、青岛的。

有些年，不见德红姑姑回来住了，一连几年她回来一趟都匆匆忙忙的，说家里修路呢，建楼房呢，建茶园呢，开着山里菜馆呢。忙是忙，德红姑姑的腰身却丰满起来，红光满面的她，穿着真丝裙子，戴着金手镯、金项链。那时候我们村也忙，大家不再只忙田里的庄稼，还有跑运输的、种花卉的、种大棚蔬菜的……

我们村发生翻天覆地变化的时候，大家也忽略了当年的山里穷亲戚。偶尔遇见德红姑姑回娘家，有人问："德红，带没带山蘑菇？好久没吃了。"德红姑姑不好意思地说："没有了，下次给你带，我们家饭店每年向村人收几百斤都不够用，人家进山来玩，就要吃正宗的山货呢。"近几年，德红姑姑每年都会回村里住一段时间，她原先那幸福洋溢的表情添加了一丝忧郁。她说，她想报一下当年村里乡亲们慷慨救济她的恩情，可是难以如愿。她一次次将山货送给村民们，也不再收他们的任何回赠,但她说这远远不够。后来,德红姑姑开启了一个娘家人进山的旅行计划,一家家邀请进山,到她家的农家乐吃住游玩。最先去游山的乡亲们回来大大感叹:"德红家了不得,盖了一片楼,开着饭店,天天人来人往。""山里人真是富得流油,家家住着新房子,开着采摘园,樱桃、杏子,还有崂山茶,都能换很多钱!"

前年,我们村有两个在德红姑姑那里做工的姑娘,嫁到山里了。去年,德红姑姑开通的"山里游直通车"在宽阔的大路上一路奔驰,把农民引到了旅游观光的路上。今年,在德红姑姑的指导下,我们村也建起几家农家乐,把周围的山水田园装扮成了旅游资源,把身边的绿水青山装扮成了"摇钱树"。

卧云铺上歌声飞 ①

汽车在群山环抱中蜿蜒回环了数次，一座小村庄就出现在视野里。在陡峭的山坡上，在紫色梧桐花的掩映里，高高低低、错落有致地簇拥着暗黄色的石头屋顶，就像悬挂着一幅意境怡然的水彩画。村庄的名字叫卧云铺。这个名字太美了，饱含世外桃源、闲云野鹤般的情致，村民们过着"卧看云起云落，目送霞红霞飞"的日子，真让人无比羡慕。

这座二百户人家的小村庄在数百米高的山坡上栖居了五百年，日子在听风雪敲窗、雨脚绵密中走过，光阴在看日升月落、白云舒卷中伸展。在这里，石头是村庄的根基，云朵是人们的梦想，现实与期待碰触在一起，交织出霓虹。石屋、石床、石灶、石碾台在山体上扎根，石桥、石阶、石桌、石板凳在斜坡上开花。擎在大自然高处的小村卧云铺，隐在八百米山深云密处，村民们过着手可摘星辰的生活。

地处高山的村庄往往是贫穷的，土地少、土质薄、雨水稀缺，但是卧云铺的现状颠覆了这些传统认知。沿着"十八型子石"铺成的石阶走进古朴的卧云铺，见石壁掩映着屋角，瓦扉

---

① 发表于《青岛日报》2021 年 5 月 31 日副刊，题目《卧云铺上》。

摇曳着翠草,光滑的石栏杆下流水淙淙,便疑惑自己身在江南。村庄古朴天然,似一帧特意保留的时光画卷,房子全是由厚厚的石头垒砌而成,窗是木棂子窗,窗棂上有的是玻璃,从屋里看外面可一眼看尽山川秀色;有的窗特意保留着薄薄的粉连纸,上面有颜色尚鲜艳的窗花,风一吹,有裂纹的窗纸发出轻微的"嘟嘟"声,像流年的经文在悄悄吟诵。这是一户户怎样的人家,在半山腰度过了怎样的岁月?石屋里的老人也许已经在山间长眠,但他缝补过的岁月在石缝间依然汩汩流淌;石屋里听着风、看着云长起来的孩子也许在山间梯田里继续着祖辈的梦想并努力超越梦想,也许在天南地北地放逐自己的雄心,在城市的喧哗里回望自己的故乡。

沿坡而建的石屋错落有致,就像一本大乐谱,乐句在各自的声部里自由吟咏。低矮的石墙挡不住放眼四望的视线,几乎每一扇窗口都能看见山林和梯田。一位老人在石桌前喝茶,他身后的石屋院落洁净,一盘古老的石碾边,老伴正用簸箕从碾子上收起刚刚碾完的小米。高高的屋檐下悬挂着几串金灿灿的玉米辫子,挂着件老蓑衣和几把镰刀,还有个古铜色的"民宿"布幌子在微风里飘摇。见我拍照,老人喜笑颜开,那种自足和快乐的笑如麻雀般"扑棱棱"飞得满树满枝,溅得院落里都盛不下。

"卧云铺"因地处山顶,时常云雾缭绕,人睡在床上如睡在云层里而得名。卧云铺中的村民,闲卧在舒软的大炕上,窗外就荡漾着悠悠白云,这真是审美上的极致。抑或是夏日午后,在廊檐下的石桌旁,在街门外石阶前的石板空场上,在核桃树下、苦楝树下、梧桐树下,在一窝儿泥土上长起来的葡萄藤下喝茶、下棋、饮酒,在竹做的躺椅上小憩,一抬眼,白云正从自家的玉米地、黄豆地和茶树园里荡悠悠腾起，它们好像闻到了这桌案上的菜香和茶香，羞涩又散漫地飘移过来。"小桌呼朋三面坐，留取一面白云栖。"一盏野茶为它斟了，一副碗筷为它留着，野草缝制的蒲扇问候它，树荫漏下的鸣蝉问候它，它就那样倚着鲜红褪成淡红的门对联，偎着木棂子的窗久久不动，与你对斟。想到此，我恨不得在这石屋里长久地住下来。但事实并不如此浪漫，山上人的生存现实是，耕并不肥沃的山地，收并不丰腴的果实。靠天吃饭，交通不便，虽然温饱无忧，但是新时代的村民始终没找到更好的致富路子。耕作在白云缭绕的山坡，他们的心里其实充满矛盾，爱家乡使他们想一辈子与它厮守，可是，为了富裕和更美好的生活，他们更需要改变，比如像很多地方的人一样，到大城市去打工。

讲起当年的困惑，小院里的老人滔滔不绝，说到村庄的辉煌他更是满面红光，你瞬间觉得他就是个博物馆的讲说员，小村的厚重史书被他一页页掀开。"我们村原先阔气得很。这些房屋多是二层石房，当地人叫'二起房'。'二起'就是二层的意思。楼房的居住习惯与南方竹楼很像，都是下层用于饲养牲畜或储藏东西，楼房上面居人，这样利于防潮保暖、防虫蛇侵扰，可见此处虽然山势高峻，但是水源充足，并不干旱，可算是一块宝地。"穿梭在巷道间，每一户石屋都有丰满的故事。转过闫家大院，看着它两百多年的石屋依然坚固如磐，石壁前的拴马桩证实，村落的过往并不贫穷，它如许多富庶村落一样，像吉祥的对联里写的那样"骡马成群，粮食满囤"。同样证明此处富庶的还有"转弯抹角"这个典故。在一处巷道转弯处，内侧的墙角被硬生生地"抹去"了。开山居住的人早就明白，这里没有开阔大路，但是村民行事需要开阔的场面和仪仗时怎么办？比如抬大花轿怎么能拐过窄仄的山路？石头是死的，八抬大轿也是固定的，但人是活的，在拐弯处抹掉墙角，这就是"转弯抹角"的智慧。墙角没了，巷路就宽了，人的思路也就更宽，所以即使居住深山，这里也不贫穷，曾经有商旅家族显赫一时，也有做大官的山里娃为邻里和睦相处做出指引。我脚下站的就是"三尺巷"，这故事跟大家耳熟能详的"六尺巷"故事很像。街坊邻里对于宅基地的争斗在古代的中国大地上并不罕见。你让三尺，我让三尺，巷子宽了，人心顺了，国民素质就提高了。不是碑刻胜似碑刻，这个历史中的事件被镌刻在石头上，本身就是对乡民的德育教育。

卧云铺自然也不缺碑刻，在村小广场北有五块石碑垒在石墙内，其中一块石碑立于康熙二十八年（1689），是戒赌戒偷碑，一直到现在村民都经常吟诵碑文，谨遵训诫。这刻在石头上的村规民约已经刻在了卧云铺人的心上。

卧云铺村这帧时光的标本，几百年里岿然屹立。但是怎么发展已成为瓶颈，人们不能仍旧住石头屋子，烧秸秆柴火，窗明几净的现代日子使他们一直在思考脱贫之策。

如何既留得住传统的古朴，又能让村民脱贫过上好日子？这个问题纠结在卧云铺村干部的脑海中很多年。

卧云铺有五百多亩地，以前就种植粮食和少量果树，在探索走农副产品的路上，村干部发现这里的土地上长出的椿芽特别好，颜色红嫩、香味浓郁，每年的椿芽都被早早订购一空。于是，他们大力扶持香椿树种植，多次引进优质苗十万余株，无偿分给村民栽植，并配以一系列优惠政策。如今，那些曾经荒芜的地方也一岭岭一峪峪地栽满香椿，既绿化了荒山，美化了风景，又鼓起了村民的钱袋子。椿芽是村庄的支柱产业，也是茶业口镇农副产品五大生产基地之一。

　　走在香椿致富路上的村民渴望新生活，但是他们舍不得那百年老屋。如何把老村庄完整地保留下来，使村民能够记住乡愁？政府在新农村发展规划中给了卧云铺一个最满意的解答。村民整体搬迁到低缓处的新村，过着现代化的生活；老村庄则完整保留并被开发成景区。民宿的经营者多是原村民，他们依恋这个村庄，每天在这里打理着、回味着，把这份古朴送给来古村落寻访的游客。一户户石屋的烟囱讲述着烟火的岁月，曾经"低语惊明月，推窗惹彩云"的卧云铺的旧时光被这一户户的宅院延续下来，天南地北的游客脸上绽放着的满足的笑容，成为云深处的花朵和勋章。

　　"卧云铺"这个诗意的村庄名字镶嵌在"乡村记忆"的词条里，凿刻在村口石碑上。随着时代的发展，许多乡村已经完全找不到原来的模样，从乡村走出来的市里人，到哪里去寻找那一缕乡愁呢？许多人叹息着回不去的故乡、找不到的乡愁。而卧云铺正是一个完整保存了历史的小村庄，是许多人的集体乡村记忆，它安抚着一颗颗寻根的游子心。这是新农村发展的智慧，也是脱贫致富的策略。

　　山顶村庄卧云铺的审美不是孤立的，这个小村庄是一串美丽项链上的一颗珍珠。沿着它的藤蔓往上数，它的枝干是茶业口镇。茶业口镇是莱芜雪野湖旅游区的重点旅游区。在莱芜大地的乡村振兴战略中，旅游产业是一面旗帜，而半山腰上的卧云铺和它周边的村庄，占了观光带不小的份额。卧云铺不是孤立的，"一线五村"的旅游带上，和它并肩的有王老村、富家庄村、独路村、竹园子村等旅游村落，还有战国以来的齐鲁古商道、世界文化遗产齐长城、唐代古槐古井、宋代高山梯田、明清古石屋和古石碑等多重古迹,丰满着旅游区的文化厚度和深度。卧云铺入选中国第四批传统村落的时候,附近的中法山和逯家岭村也被评为山东省传统村落。

村庄虽小,也有自己的文化,有一座古老的戏台,不知建立年代,破旧的戏台上一年年展演着经久不衰的莱芜梆子和吕剧等人们百听不厌的戏曲。如今,戏台新修了,人们听戏唱戏的热度就更高。

时令已经是五月中,在平原上,连槐花都已经呈现颓败的退潮之式,而这里,梧桐花正开得紫气东来。坐在梧桐院落里,看着画一般的小山村,心情宁静而怡然。这个云彩中的小山村,也曾经风起云涌,激荡着抗日烽火。那座两层的坚固石屋威严森立在众多的石屋中间,对联半旧了,"并蒂花最美,喜迎新人来"。这貌似结婚新房的小楼是"伪装"过的《泰山时报》旧址,如今是著名红色传承教育基地。抗日战争时期,卧云铺村因为隐蔽的地理位置成为"敌后根据地",战地报社《泰山时报》曾在这座房子里驻扎两年。当年,许多抗战文档在这里审核、印刷并公之于众,成为战争岁月里的重要阵地。它的驻扎也激起村民的抗日热情,他们送报、参军,积极投身抗击日寇的战斗中。战地报社因为点起抗战激情而招来杀身之祸,日军探知了这个秘密馆址,派特种部队来绞杀过。战斗打响,子弹穿透了石墙,鲜血染红了石壁。我伸手触摸那些弹孔的时候,依然感受到卧云铺的疼痛。如今,这些旧报纸静默着,如这些沉默的石头,如石头缝隙里鲜润的苔藓。但是,谁也不会忘记,烽火岁月里那些为民众和信仰抛洒热血的斗士,他们热血染红的土地上,如今开着热烈、幸福的花朵。

卧云铺的美不是单一的。在保留乡村特色经营传统民宿的基础上,这里还打造了多套精品时尚民宿,就像钻石上多个切面有多种光泽,卧云铺适合各种寻梦者抵达和留驻。

坐在石凳上,我正望着山腰间的田地出神,期望有一朵云从那里飘过来。突然耳边响起高亢的歌声,急忙走下石阶拐过石墙,见一群游客出神地仰头观望。在高处,一个女子正表演莱芜梆子。"眼见着锦鸡头上戴,身穿着梭子结连环。"她接近中年的身段恰到好处地扭捏着,分别饰演生角与旦角,唱腔淳朴,沾着泥土的味道。一生一旦唱完,大家在热烈的掌声里要求再来一段,她接着唱起《姚刚征南》中女主角黄金婵的经典唱段。在自己门前最简陋的"舞台"上,她身着最本色的服装,一件灰蓝色水波纹的春秋衣,外罩一个浅褐色马甲,就那样仪态婉转、声腔豪放地唱着,兰花指、双抡袖,一招一式极严谨,一腔一调都板眼标准。"跨下了白龙马,小银枪手里拿,我观你白人白马白盔白甲,赛观音似菩萨,赛二郎李哪吒,你是谁家的个白娃娃。"

走下"舞台",演唱者张桂花赶紧帮着婆婆张罗生意,那个在石阶上卖山货的老人笑着说她:"爱乐呵,天天唱。"婆婆的山货摊子有野山枣、小米、山楂干、山蘑菇,也有婆媳二人手工做的荷包和虎头鞋。婆婆夸着说,张桂花是村干部,干啥都积极,喜欢唱戏,一年到头在村戏台上唱好多场。张桂花却羞涩地说:"看俺穿的这是啥,都是干活的衣裳,刚刚从田里回来呢,你们不嫌弃,我就唱了。"我们又夸她唱得好,她被太阳晒得微黑的脸上再一次绽放了花朵,朗声说:"日子过得好了,咱凭啥不乐呵!"

我们百般不舍地从卧云铺走出，去寻觅与卧云铺并肩散落在雪野湖旅游带上的其他景点。在山路上我回望那个小山村，它又如画般遮掩在山林与白云间，村干部张桂花的莱芜梆子再一次在山巅响起，我将胳膊伸出车窗，远远地给了那白云深处的歌声一个大拇指。

河西之花

　　石碾、石磨、手推独轮车、古老的胶皮轮马车,它们有序安放在宽阔干净的道路两侧,这是一个不忘岁月的村庄;明窗、净几、宽街、大巷,青青翠竹,娇艳紫薇开在明净的村庄各处,这是一个簇新洁净、欣欣向荣的村庄。

　　来到河西郭,我被它崭新和古老的双重样貌打动。胶州有四千多年历史,但许多旧迹难寻,而这个簇新的村庄却不断通过眼前的旧物,引导人们的眼光往历史纵深处延伸。

　　离城五十里的它,好像是从古诗里演化出来的。"河西郭"听之不由得想到"绿树村边合,青山郭外斜"和"千里莺啼绿映红,水村山郭酒旗风"的情致。当初,它就是一个被青山绿树环绕、被娇莺紫燕垂青的世外桃源吧。

　　一条河波涛荡荡、奔涌入海,它叫"温凉河"。村庄在温凉河上游、王台河之西,因郭氏最早立村,便取名"河西郭"。据说,河西郭在唐朝时就已建村,它汲取河的润泽,丰衣足食,日渐繁荣。它又占了得天独厚的交通便利,迅速成为一处繁华之地。

　　站在村庄巨大的牌坊下,走在"千年大道"上,我感觉自己的脚步踏进了古诗里,踏进了厚重的历史中,踏进了熙熙攘攘的唐宋或者秦汉的繁华贸易中。

脚下这条"千年大道"就是村庄的东西大街,史上曾经繁华昌盛。这条大街为古代著名海码头红石崖到铺镇(即今铺集镇,原称七十里铺,曾极度繁华)的交通要道,距今已有上千年历史。其时铺集、诸城、临沂等地众多商客往来频繁,由此道去红石崖海码头交易,多种货物在此中转,此处便成为商埠。作为繁华商埠的河西郭,出现了多家商号和贸易货栈,大东店、三余栈、五丰栈、福顺店、西顺栈等十几座饭店和旅馆在大街两侧一字排开。

沧海桑田之后,如今,这条复修的千年古街北边仍保留着一排青砖旧房,那是一枚鲜活的历史徽章。新中国成立后,河西郭是乡镇驻地,全公社的精华都在这里。这片青砖房就是旧河西郭乡供销社的门店,十几间屋的青砖依然陈述着这里曾经的繁盛。青砖房屋后是一块空地,碾台和石磨等农耕时代的器具就陈列在这里,嫣然一个民俗博物馆。

"千年大道"与"和谐街"一纵一横交错在老私塾的门前。老私塾是河西郭村的文化根脉,曾培养出许多人才,后来被抗日民主政府作为办公地点。在修复古街时,根据私塾学堂史料和老人们的描述,对私塾学堂进行了修缮,恢复其古时原貌。私塾学堂是刘秀才为教育后人创办的,距今有三百余年的历史。西房为文塾馆,东房为武塾馆,为当地培养了众多的文武人才。1622 年,河西郭村郭竹征进士及第,后升至山西布政使(相当于今省长)。解放战争时,私塾学堂作为抗日民主政府办公地点,共产党人在此顽强奋战,迎来了胜利。

"三十年河东三十年河西",这句话好像是为当年繁盛的河西郭创作的,空前的繁华因新交通要道的开辟和码头的日渐萧条而逐渐冷寂。如今,沉寂良久的古村落重建古街,再现繁华旧迹。河西郭村将集市迁移至古街东段，远近商户和赶集的村民每月逢三日、八日，一大早便前往古街赶集，商业繁华的景象给人似曾相识的感觉。

村委的办公大院、德孝广场上存放着镇村之宝——老石碓。这巨大的石碓石质粗粝坚硬，村书记刘福俊说，他们小时候被大人告诫："这是天上掉下来的石头，不能去动。"关于石碓有个传说：古代一武将骁勇无比，骑马经过石碓时，为显耀臂力，用枪挑之移动了位置，后卧病在床，百医无治。一道人路过说，他动了古物，触怒它而得责罚。武将遂记起枪挑古石碓之事，于是摆供焚香，前去石前请罪，病才好。

石碓原遗留在村外荒草丛中，2009 年，刘书记与村干部和群众代表商议，要将这个古老物件请到村里来，作为文物进行保护。村民热烈响应。于是，鞭炮齐鸣，石碓披红挂彩，被搬迁到新居。曾经沧海的一颗巨大石头，为苍生舂米的石器，见证了农耕的历史和潮涌的石器，从此安了新家。村委办公室的院子里多了一件古老的大石器，人们就多了一种信念。每个到村里来的外乡人，都会神情谦恭地听村人描述它的历史和传说。有一天，胶州县城老学者郑文光先生来考究后，得出结论说，这个石碓是汉朝物件。这一推论将河西郭的历史向前推进了好长的岁月。

老石碓并不孤单，村里又把几样古物件也寻来放在一起。紧靠它的是一个大碾砣子，这不是普通人家碾压米面的石碾碾砣，而是一架油碾的碾砣。据考证，这个物件也有五百多年的历史。最西边是一个米、面碾台的碾砣子，它年代最小，但也有二百多年了。

河西郭的特殊交通位置,注定了它曾经的繁华,因为繁华的过往,它才有今天这样的古迹。

然而历史走到改革开放之后,曾经的千年古镇河西郭却逐渐有些追不上时代的节奏了。全面开放、到处搞活,四通八达的路建起来,在胶州城西南偏远之地的河西郭再也没有了优势。平原少、山岭多、土层薄、土质差,发展农业有局限性。在民以食为天的观念下,如何突围?

刘书记带领班子考察后决定发展林果业。村里的老人不同意,他们说:"庄户人历来靠土地吃饭,瓜果都只是个点缀,咱们庄户人不能吃果子活命;粮食能够储存好几年,那些果子只能吃一时鲜,新鲜劲没几天,卖不了就全烂了。"头脑活络的刘书记看准了林果业的前景,为有力地说服村民,他自己率先开出一块田用作试验基地。他逐渐做通村民的思想工作,通过土地流转将土地集中,又争取了政府扶持资金,轰轰烈烈地干起来。如今,河西郭的集体农业版图已经绚烂多姿,有苹果、桃子、樱桃、蓝莓、草莓、西瓜等品类,给村民带来了高收入。

刘书记认为,辉煌的历史也是生产力,能唤起人的荣耀之心和奋斗之志,新农村建设就是要挖掘历史,然后创造历史。自2017年8月份建设美丽乡村以来,村庄斥资三百多万元重修古街,千年古街的新风貌呈现在世人面前,全村人的精气神也焕然一新。

古街东侧是一个很大的石门楼,这是重修的"东大门"。古时,村中首富王氏家族兄弟两家号称"东大门"和"西大门"。据记载,历史中的"东大门"门口六级台阶,门上挂竖匾,题字为"武德骑尉"(此匾为官职称)。"西大门"门匾则题字为"云麓堂",意即登云山之麓。新中国成立后,东西两"大门"

的房屋分给村人居住，直到二十世纪七十年代村中规划房屋时，才将其拆除。

村中的老人一直念念不忘"东大门"和"西大门"的记忆，一直在怀念曾经繁华的村庄历史。在美丽乡村建设中，河西郭村重修了"东大门"和"西大门"两个牌坊，在大门上镶嵌了彩灯。到了晚上，华灯璀璨，东西两"大门"牌坊看起来雄伟高大，河西郭仿佛重现曾经的繁华。

在河西郭村，一部分老人享受着一项特殊福利，那就是给村里巡逻和拣落叶。那是村里六十位老人组成的卫生巡逻队，这些老人每天到村老人活动中心喝茶、打扑克、聊天，然后轮流到大街小巷去走走看看，用夹板捡拾一下偶尔飘下的落叶。河西郭村是最早实行街道无死角监控的村庄，秩序良好，又有专人负责卫生清扫，而且村里给每家的门口配置了垃圾箱，由村里定时收集。所以，六十位老人的卫生劳动，只限于捡拾几片落叶了。至于巡逻，几乎是散步，摄像头遍布街头巷口，电动车、自行车停在大街边，几天几夜也没人动。

这六十位老人是拿工资的，每月一百元钱的工资让很多村庄的老人眼馋，也让本村那些没有加入其中的老人羡慕。在乡村，一位老人在领取各种政府养老金和村庄福利之外，还能月挣一百元工资，是件很自豪的事。他们很知足地说："这是村里给的奖励呢。"

刘书记说，这六十位老人的福利其实是一种价值观的体现。这是经过层层选拔挑出来的老人，要来自和谐团结的文明家庭，若家庭成员有什么违法乱纪或者有过不文明行为的，就没有资格进入巡逻组织。这个组织实际上是对人品、家庭成员、邻里关系等多种层面考量而筛取的，他们的三观要正，要与村里保持高度一致,如果他们的家庭成员在落实村里政策上有异议,老人们就会积极去做说服工作。

走进红色记忆馆的院中,我被震撼了:高大的柳树边,毛泽东的白色雕像威严屹立、含笑挥手;对面,金黄色的冲锋号上系着鲜艳的红绸。这是一个党史纪念馆,是一个国家历史纪念馆,也是河西郭村的纪念馆,家国情怀都在其中。慢慢走着,看着,感慨着,被净化和感染着。隔壁走出几位老人,他们笑吟吟地对我说:"该好好看看,我们过的好日子,是谁给打下来的,不能忘记那些给我们带来好日子的人啊。"

"省级文明村庄""青岛市文明村庄""青岛市生态文明示范村",一长溜的荣誉牌子摆在红色记忆的一角,看起来很低调,但是它凝结了村干部和群众多少汗水和智慧。

我沿着千年古街又走了一趟。这条宽阔而干净的大街上,曾经的繁华和现在的富足叠加在一起。繁华和富足,都是老百姓盼望的好日子,那些荣誉和喜悦,都是河西郭村史上的花朵。

霞飞黄泥巷

初去黄泥巷是早春,杏花刚刚开成青衣的模样。

我去黄泥巷是为了邂逅一段久远的田园情愫。在城市住久了,满眼是钢筋水泥、车流鱼贯、噪音盈耳。灯红酒绿处的繁华让人身心疲倦,我总想寻一处地方,有古风有新绿,有花香有果香,有岁月的包浆可观可瞻,有清澈的水流可洗涤尘埃,像一段诗行镌刻在现代生活的留白处,让自己身心舒展、放松。

于是,我走进了黄泥巷。

黄泥巷,单名字就有满满的田园诗情,它地处胶南铁山镇的山坳里,原本是养在深山人不知的小村落。百十户的小村蛰伏的山坳状似巷道,村庄坐落在黄土层上,土色比别处更显得黄。山中气候,早晚多雾露,打湿黄土遂成泥点;若遇雨,则道路泥泞难以拔脚,故名"黄泥巷"。

这是个传统的农耕山村,地少且土薄,粮食不够吃,自古有种果树的传统,以早熟的樱桃和杏树居多。小村四周山上种满果树,最年长的樱桃树已经有二百多岁。过去果农提篮叫卖,枝上果实采摘后拿到集市上多有折损。因为黄泥黏脚,采摘和出村又多了层不便,果子烂在枝头、烂在家里都是常有的。旧时,山深处的黄泥巷人日子贫苦不堪,那里几乎成了光棍村。如今,那些记忆已经演化成平仄的诗行,黄泥不复黏脚阻路,而成了一道洗涤人心灵的鲜亮风景。

我在黄昏前到达,伴着霞光穿行在这大地旖旎的裙裾上。

沿着河流在村边穿行。河是老河,却清澈如新。如今很少看见水流如此清澈如山泉般的河了,它流经九上沟、墩上、黄泥巷三个村子,一路奔向大海。此际,春深溪清,在多次治理之后,它更是变成了水清花繁的河谷。

水岸生秀色,杂花更入诗。

沿河西行,见水中菖蒲亭亭净植,浅湾处几簇墨色轻晃,似宣纸上逐渐晕开的墨迹,细看,原来是蝌蚪们孤零零的身影。夏秋季节,此地定是蛙鸣十里的喧闹吧,定然有"稻花香里说丰年"的惬意吧。花丛重叠里,石桥上有村妇挎着竹篮走来。她着素朴的青花布衫,头挽高高的发髻,步态从容、气质雅致地缓缓走着。行人都一愣,就像梦里邂逅一段水乡故事的旧影。是在拍电影吗?与她泛着青春香气的身影擦肩而过时,我豁然明白,她是模特。对面石墙上架着各种先进的拍摄器械,摄影师们正在这里找灵感、采风华、出大片。

从磨盘铺就的小桥上跳跃着穿河而过,顺便撩一把水花儿,心情也如水花般跃动。踏着碎石路上行,迎面是一道瀑布似的迎春花墙,花墙绵延数米,颇为壮观。这是大自然馈赠给我们的满眼黄金,面对如此春色,瞬间感觉自己富足得像个国王。好友几人在一所青砖老房子前的石碾上坐定,眼前的黄泥巷,霞光恰当地把柔和温馨的光束打在每一件静物上,就像水墨画一般安详。

黄泥巷的街面铺着斑斓干净的石头,黄土成了边角的陪衬,散发着浓郁的泥土气息。黄土上见缝插针地长着一簇簇野花,紫花地丁炫目的蓝紫、蒲公英的金黄、车轱辘菜勃勃生机的绿,无不张扬着乡野的生命力。村中房屋略有参差,老房子旧而有韵,新房子鲜而不媚,错落中透着和谐。树影掩映里,一只土狗的轻吠,让俊秀山村更有了烟火气息。曾经,它是藏在深山人不知的小家碧玉,在铁橛山的重重峰峦里,在月季山、睡牛山的深情环绕下,它安恬静默。如今,它游人如织,成了网红打卡地。身在黄泥巷,霞光里举目四望,山峦青翠朦胧,硬朗中见秀气,透着饱满的生命力和幽静的亲和力。清甜的空气和萦绕的花香似一剂仙药,让人无限坦荡而欣悦。

再去黄泥巷时,我们跌进一场浩大的春雪里。漫山遍野的樱桃花开得白茫茫一片,淹没了村落和石桥,淹没了菜地和辘轳。

我们带了唐装和汉服,带着古琴和笛子。似乎只有黄泥巷这样的地方才适合穿越,才能与古风彻底拥抱。

香气弥漫中,村庄消隐了,只闻笑声不见人的山谷,在一树大樱桃的雪庐之下坐定。不必拂去落英的尘埃,昨夜露珠已经洗濯过小草,就算是黄土也无妨,与土地亲近是极大的幸福。将硕大的石榴红裙裾铺展,把古琴放在盘坐的腿上。此刻,你是谁?花影里琴弦空灵,茂林间花语呢喃;有蜂儿哼着多声部的春天大合唱,有云雀在叶隙和云朵间往返。煦风撩拨衣袂,落花悠然落下,缓慢地黏在乌发和衣襟上。时光似乎可以停滞了,这一刻的美无与伦比。远山淡淡,麦田郁郁,甜香阵阵,让人不觉间忘却了尘世烦忧。

一声鸡鸣告诉你,此地是人间,是烟火气息浓郁的乡野,而此刻的你,是融入凡尘的仙子。笛声清澈,越过高高低低的花枝飘来,另一袭白衣在不远处飘荡。那仙子在斑驳的石墙边吹起长笛,吹的是《姑苏行》《扬州慢》,抑或是《梅花三弄》

《潇湘水韵》。香风微微掀动伊的衣袂,撩起笛子的红穗,是一帧动人的画面。黄泥巷的春天,适合各种人生的畅想和角色互换。

此即的黄泥巷是被樱桃树掩映着的,河流、岸边、房前、屋后、坡地、山坳,花开如霞的樱桃树,成了黄泥巷最靓丽的一道风景。空气被染了香,有百余年栽种历史的小山村,有着口感最好的樱桃和骄傲。

如果你错过了杏花、樱桃花,那就不要再错过樱桃红了的季节。那些玛瑙珠攒成的果子挂满树枝,红艳艳的一片,红镶绿玉。人间极致的美,被樱桃一树占尽。

闲步街巷,绕过碾盘,走近石屋,门前一棵硕大的樱桃树。树荫下石桌一张,竹凳几只,主人不在,只有一壶清茶冒着热气在待客,一篮艳丽的樱桃刚被摘下枝头,还带着阳光吻过的唇印。

那吃樱桃的人,心在山水间,他攀着老枝,觅着新绿,从跃动的阳光间摘下璎珞般的小果,像摘到一盏盏脆生生的笑,落在山间。黄泥巷、墩上、九上沟、墨城庵,这一串被樱桃穿起的名字,自带平仄自成诗。每到杏花开时、樱桃花开时、果品成熟时,人们蜂拥而来。人人成了摄影师,记录着花香、果香的好日子,记录着被花果簇拥着的黄泥巷。就算是无花无果的时节,黄泥巷也有醉人的风景。小桥古朴、流水潺潺,石头垒砌的百年老房子诉说着岁月,房前屋后的篱笆、菜地,大门上质朴的红对联……绿水青山里的黄泥巷,过成了山村生活的标本,过成了我们内心所向往的静谧的理想田园生活。如今的黄泥巷,林果业已经变成网上预约、地头销售、进园采摘,果农只管地头收钱,轻松经营。果农们用手机随手一拍,就是让人羡慕的田园生活,就是让人奔赴而来的实景广告。

　　黄泥巷不是单一的诗行,九上沟山路弯弯,沟因有九曲而得名。一汪春水穿沟而过,名为"九龙溪",沿溪村村相连,彼此鸡犬相闻,同样在山风中度着如诗的岁月。龙既能伏于水,滋养大地,抚育苍生;也能腾飞于九天,如黄泥巷一般的这一串珍珠村落,而今都欣欣向荣,如蛟龙腾飞了。

古风张家楼 ①

张家楼是个有诗意的名字: 绮窗扉、绿萝裙, 亭台楼阁、唐风宋韵……总是让人浮想联翩。

张家楼是个有故事的地方, 医圣张仲景为治瘟疫游在四方, 让娇妻独守空楼, 大爱之地让人唏嘘, 让人感动, 虽是传说, 也让人无法忘却。

张家楼是个饱含古典意蕴又一派勃勃生机的地方, 由古老农耕文明中蜕变成时尚的村镇, 走在时代前沿。

多年之前, 我就听说过它的达尼画家村, 吸引四方艺人把油画生意做得红红火火, 改写了农家人的历史。就连那曾经握锄柄的粗糙大手, 竟也学着握起画笔, 把故乡景物、山川河流描绘。

那日去寻访, 沿着 204 国道驶入松云路, 两边景致再也寻不到乡野痕迹, 地处乡镇的达尼画家村已将文化气质辐射到十几里外。从十里油画长廊走过, 就像穿越了人间百味, 仿佛走过春夏秋冬, 直接置身于世界博览园。佛罗伦萨画派、威尼斯画派、荷兰画派、学院画派……八大画区, 体现着不同艺术风格的雕塑小品和景观设计, 雕塑高大生动, 立体景观高调铺展, 一

---

① 发表于《农村大众》2018 年 12 月 3 日副刊, 题目《女镇长》。

幅幅名画作品震撼人心。高大的建筑、幽静的树林、干净如毯的草地,这是画中景致,也是画外真实的秋天况味。这就是曾经尘土弥漫的村庄达尼画家村,这名字听起来很洋气、很时尚,的确,油画是舶来品,洋气不足为奇,可是这个洋气的"达尼"红红火火的背后,竟然是个土得掉渣的普通村庄——大泥沟头村。2003 年 7 月,落户大泥沟头村的画家村取了村庄的谐音为名,一举成为中国江北第一画家村。以一个村庄为磁源,把全国各地的名画家引到山明水秀的地方,打造了画界奇迹。

今天,我为观画而来,却又邂逅了一片火红的枫林。如今的张家楼,画村之外还有一张枫林名片,我更难忘的是,那天,我邂逅了张家楼的一位女镇长。

女镇长叫胜男,年龄不太大,但脸有些粗黑,如果不是坐在艺术气息浓厚的会议桌签后面,用增白化妆品给脸刮了层腻子;如果不是因为穿了件乳白色西服;如果把她投放在张家楼的任何一个野外,百亩枫林、油画小镇、蓝莓基地等,即使她不围红头巾、蓝头巾,不拿着秤盘子称地瓜、芋头、扁豆、苹果,她也淳朴得像个农妇。

一开始胜男安静地坐着。作协主席,那个干瘦的小老头一次次说感谢张镇长支持采风活动的时候,也没有人示意。采风的作家们四顾,几个陌生桌签背后坐着的没有一张面孔像镇长,于是大家就笑老作协主席,镇长根本就没来,还一个劲地道谢啥嘛。

后来才知道,这个看起来如来自张家楼田间地头放羊人的黑皮肤中年女子就是张镇长。张镇长的大嗓门说着普通话,自然是充满浓烈乡土气息的普通话,一开口就有点王婆卖瓜的味道:"我们张家楼是块宝地,有吃的有玩的有欣赏的,要说吃的,全是绿色健康系列,而且是高档的,玩的地方有张家楼的百亩枫林,这时节是最好看的时候,昨天礼拜六入园人数超过三万呢。今年为了方便休闲观光游,我们镇又开出七十亩地的停车场。达尼画家村简直是个奇迹,是精神、经济的双丰收,你们看,'达尼'是个多么洋气的名字嘛,可它就是从大泥沟头村的谐音转来的,'达尼'和'大泥沟头',一个洋气得要命,一个土得掉渣,其实就是同一个村庄,这就是观念转化问题。大家别以为农村还是以前的样子,我们农村人现在开着小汽车,用先进的方法种田地,不是以前的样子了。当这个村庄叫大泥头沟村的时候,他们村的农民就是满头高粱花子,现在叫'达尼'了,那就不一样了嘛,有些农民竟然也拿起画笔学画油画,而且很快就能出口赚外汇。"胜男越说越兴奋,索性站了起来。

这时候,主持人插了一句说,张镇长为了搞好农村工作,经常泡在野外,她是有名的植物学家。胜男赶紧谦虚了一句:"哪里哪里,就是下村下田多了,要不也不会这么黑。我没事的时候就爱在我们的土地上转悠,那些野草啥的原先一种也不认识。说实话,我原先属于城镇人口,考村干部考下乡来,刚下乡的时候,连庄稼都认不全。城镇孩子都忙读书,不用说庄稼,连粮食也搞不明白,就知道吃馒头,哪里知道麦子!我当初也是这样,现在嘛,可以说是植物百事通了。我认识一百多种植物呢,枫林小镇那里的植物我没有不认识的。"说到这里,胜男有了些得意的神色。

胜男很不舍地终止了她的精彩演讲,带着大家去观摩张家楼的乡村建设。在绿泽画院,她指着一组乡愁题材的油画说:"这几幅画画的基本就是达尼村的历史,石头房子黄泥路,晴天一身土,雨天两脚泥,那时候的农民就守着那点土地,反复捯饬,弄个粮食满仓、鸡鸭满院就是富裕日子了,可是那离我们的小康日子还有很大距离呢。我们现在的村庄全部是小楼了。嗨!真应了'张家楼镇'这个好名字呢。"

绿泽画院隔着枫林小镇不远,开车几分钟就到了。没想到的是,七十亩的停车场竟然停不下来观光的自驾车和旅游大巴车。去枫林的路上就有些拥挤,车行缓慢的原因是有些不规则行驶和停靠。胜男不知道什么时候已经下了车,在前面的路口指挥交通。终于把道路捋顺了,她似乎才想起此次她还有另外的使命,要带采风团参观。将大家带进枫林自由活动,胜男就"失踪"了,大约她又深扎到她的植物王国里去了。

从枫林走出的时候,我们的车走散了,胜男站在餐厅门口等我们,电话里听说我们在买东西,她突然大声说:"别买那些五块钱一斤的地瓜啊!"可是我们已经买了,难道那苍老手中的秤杆子有欺诈?不会的,那纯良的眼神就给了答案。可是,把地瓜卖出半斤猪肉钱,也够贵了。我们问老农:"啥地瓜这么贵?"老人说:"蜜,就叫'蜜地瓜'。"午餐的时候,胜男还在嗔怪我们买了地瓜。"这地瓜不好吗?"我问。胜男一听就急了。"怎么可能,我们的地瓜有四大好,一是科学院良种培育得好,二是专家育秧出身好,三是土地沙性、透气,甜,四是管理好,纯天然管理方法,无农药无化肥等。""嗨!不就是地瓜嘛!"同行的人呵呵笑着。胜男急了:"这地瓜可是不一般的地瓜,叫'西瓜红','sweet sweet potato',对,'sweet sweet potato',我们叫它'蜜薯'。"胜男那无比认真说英语的表情突然让人有些感动。

她说,自从考上村干部下了乡镇,连说话也渐渐有了泥土的腥气。她上任以来,只有一年离开了农村,就是到城里进修,顺便生了孩子。当时父母都不愿意她带孩子，怕孩子跟着她，普通话都学不好。八年了，孩子在城里上学，她在乡村研究她的植物和蜜薯。这时候，食堂端上来蒸好的蜜薯，胜男大大咧咧地招呼我们吃。那蜜薯的确称得上是"西瓜红"，瓜瓤的颜色太好看了。吃到嘴里，大家一时不说话了，原先那种半带调侃的眼神也不见了，那种笑话"痴娘夸孩儿"的笑收敛下去。蜜薯真的很甜很好吃。

"我们张家楼的农场很多，镇驻地边上就是一个，有时候我晚上进去散步，走着走着忘了人家关门的时间，三更半夜的，也不能再找人开门啊，我就跳墙出来。有一次农场主知道了我的跳墙事件，跟我说，'张镇长，你要是摔着了我可负责不起，我干脆给你把钥匙吧。'我说，大哥你这是干啥啊，不让我进院子就直说，你说你闺女在国外，老婆在陪读，你给我一把钥匙算啥事嘛！"全场都笑了，胜男不笑。"大哥说：'你一个人进这个上百亩的大园子不怕吗？'我说：'不怕，那年一个人睡在古汉墓边上也没怕过。'"那次正值重要活动期间，她联系的一户人家有冲动倾向，为了避免不安定治安因素，又不能打扰人家，她夜守在这户人家旁边。她一个人在自己的车上熬到凌晨两点，从凌晨两点睡到四点。"不害怕是假的，几百米处就是汉墓群，夜晚的风又大，听起来像有人走动。"说到这里，胜男的声音很低，眼睛有点湿润。

为转换气氛，当地朋友忙说："张镇长工作上是拼命三郎，真是巾帼不让须眉。"胜男就笑笑说："谁叫我爸给我取了这么个名字呢。咱得好好干啊，对得起这个岗位。我下工厂督导，看见那些女工大夏天在机器边干活，衣服湿了，紧紧贴在身上。哎，咱工资比她高，工作环境比她们好，咱凭什么有这样的待遇，凭什么不好好干活？"

　　临走的时候，胜男执意要送大家每人一小袋她描述的蜜薯，夺都夺不下，她说这是礼节。我们终于找到了她不让我们买地瓜的答案。当我们还是一再拒绝的时候，她突然像悟到什么似的，说："这不是公家的东西，是我自己的，我从农户那里包了一小块地，委托雇佣他帮我种地瓜，我下了班也常去打理。我在张家楼这么专注地种地瓜，到头来想着让亲戚朋友们尝尝我的'西瓜红'嘛。我也送不起太多，就五斤，尝尝鲜。请一定记住，它还叫'sweet sweet potato'。"

　　我们笑出了眼泪，恐怕永远也忘不了这"西瓜红"了，永远也忘不了这女镇长种的"sweet sweet potato"。

三上旺山看梅花 ①

2020 年春分的第二天,天气晴朗得让人心情澄澈,路上行人明显多起来。上午小区里摩托车响,在我们这个封闭极严的小区,基本见不到机动车。从窗口看去,果然看见邮递员往我的信箱里投送报纸。这么久邮路不通,今天终于看见他,莫不是疫情防控已近胜利?我们都因疫情防控在家里隔着窗玻璃看春色,实在是辜负了春意。

接着,我在微信朋友圈里看见有两家比较大的酒店宣布开业,市内各景区解禁。外面春色已过半,至今未做赏花人,于是,我带上儿子,接上老父亲,开车直奔郊外。

这几天微信朋友圈里看到最多的是旺山梅园,这是处新景区,坐落在胶州洋河镇艾山旁边。三年前刚刚开始建园的时候我就跟朋友去过,梅树都刚栽下,虽然不乏枝干庞大的老梅,但毕竟缺乏时光的包浆。第二年我又与朋友去赏梅,梅花园拓展到整座旺山上,昔日土薄草茂的荒山,有了韵致。今年会怎么样呢?

在西冷路上远远看见旺山上流霞闪耀。进入停车场,见

---

① 发表于《联合日报》2020 年 3 月 31 日副刊,《青岛日报》2020 年 4 月 21 日副刊,题目《赏梅》。

"旺山梅园"几个大字雄浑有力。旺山的建设真是突飞猛进，三年时间，这里已是满山梅花似彩霞了。下午三点钟，景区里仍有很多人，门卫说："上午人更多呢，至少有三四百。"一坡彤彤的梅花，让胶州人驾车三十里出城，也算是人气颇旺了。真应了"旺山"这个名字。

景区内的老梅树居多，看起来苍劲，花开得很有精神，密匝匝的梅花拥挤在姿态各异的梅枝条上，显得欣欣向荣。也有特别造型的梅树，取古诗"疏影横斜水清浅"之意。这些粗大的梅树大都是嫁接的，粗树干上嫁接着不同品种的枝条，一树玉树临风的宫粉梅上，却单单有一枝白梅，在堆砌的粉黛中，显得亭亭玉立。梅花品种很全，粉丹丹的叫宫粉梅；红得艳而深沉的叫朱砂梅；还有那骨朵儿是绿涔涔的水润玉珠般的，花半开的，花瓣边稍近月白色，但花蒂处透着绿意，这种梅花的名字那么恰切又诗意，叫绿萼。

赏梅花的人很多，一群三五个，都戴着口罩，也都保持着体面的距离。她们的装束完全是春天的风情，都是裙装，有的裙角还荡着薄纱。人们的风衣也鲜亮，天晴日暖，她们有的把外套搭在臂上，慵懒地走在梅林里。一个老太太腿脚不是很好，被三个中年女人簇拥着，她们在花丛间嗅梅花，拍梅花，而老人只静静地坐在一树朱砂梅下，就那么神情欣悦地对着梅花。她头上有一小段花枝，四五朵花儿，开着的，半开着的。看见花白头发的老人花下静坐的样子，我突然想起顾城的一句诗"我们站着／不说话／就十分美好"。

父亲已近两个月没出小区门了，这时候，这年近八十的老人神清气爽，步履也不比我慢。儿子是青葱少年，就像那撒欢的小马驹，沿着梅花大道一直跑到前面去，大声报告新发现：

"这里有很多开花的荠菜;这里种着大片牡丹花。"后来他跑到山顶上,坐在一块大石头上久久不下来。

他告诉我们,在山顶能看见青岛,跨海大桥很清楚。在半山腰的我,抬头望了望山顶,又望了望海滩那里跨海大桥的位置,心想:"也许旺山曾经叫作'望山',在这里能望见胶州城,也能望见青岛的高楼大厦。"儿子说,他在山顶看见一个动物,一闪就进了草丛,没看清究竟是山鸡还是狐狸。我猜测山鸡居多,因为山上不断响起山鸡的叫声,"咕咕咕咕",嘹亮而刚劲。但在这样一片山区,旺山与周围的艾山山群连接一起,数千亩的山林,有狐狸也很正常。

我在一块大皱麻石上坐下来,一阵阵梅花的香气萦绕着我,我给女友打一个电话,没告诉她我在我们曾经来过的梅林里,只是问候她寂寞的隔离。她这是二次隔离,前几天她女儿从西班牙归来,她的万千焦虑才落地。孩子回到自己的国家,她就放心了。现在女儿在集中隔离,她这个与之接触过一面的母亲也在家里再次隔离。她说:"还有五天我就可以像你们一样了。"她突然说:"你是不是在旺山梅园?我好像闻到了梅花的香气。"

记得去年我们来旺山赏梅花时,因为行程紧张,只在公园门口几棵花朵繁密的老梅树下合了影,并没有往山上去。我告诉她,解禁之后,第一个行程,就该来旺山看梅花。

我对这片梅园的过往非常了解,在洋河支教那两年,我常常从澄海村站赶末班公交车回城。春秋时节气候宜人,我就从学校步行过来,而且从山坡上走,一路欣赏着田园风光。这片山坡多是些小块梯田,麦子长势比山下大田里大打折扣。遇见农夫攀谈几句,他说这里土薄、多砂砾,栽种树木也许还行。这山岭地种庄稼,水打不上来,肥运不上来,耕种的机械爬不上

来,自古至今,都是没啥收成的薄地。有些小梯田荒芜着,开着
白花花的一片茅草花。有些农户放弃了这些薄地,山岭越来越
荒芜。我曾在一棵野苹果树下伫立良久,这棵树已有碗口粗,
树周围全是茅草、石块。

几年前,这片曾经的荒山被纳入美丽乡村大战略的规划,
一片梅林就是一片景致,变荒山为花山本身就是观念的转变。
旺山梅园与九顶莲花山的大型赏花采摘规划互补,与曲家炉的
生态采摘林业互美。春天,在游人熙熙攘攘采摘草莓的休闲路
上,一山梅花明晃晃地开放在洋河大地的扉页上。如是,早春
的梅花就这样点燃了山水洋河游的引信。

"若待艾山花似锦,出门俱是看花人。"作为艾山风景区的
一个版块,旺山打的是"梅花牌"。然而它不仅有梅花,大片的
牡丹园区已经含苞,菊花圃也已经冒芽。葡萄、梨树、杏树,错
落搭配的果树和花卉,给了旺山一个持久的花果之香。

近三千亩的胶州旺山梅园,把荒山的历史彻底改写,三万
余株梅花点缀得坡沟粉黛,天空流霞。走到大棚边,有农妇殷
殷招手,三十元的门票里含着采摘草莓。大棚太大了,有三四
层楼的高度,进去后丝毫没有闷热感,棚内沟垄间,有黑色地膜
和绿毯遮蔽着泥土,游人和园丁都不会被泥土黏脚,眼前只有
红镶绿玉的草莓圃,娇艳欲滴的草莓不仅赏心悦目,还满足游
人味蕾的期待。

我问工作的农妇,旁边那大棚里种的也是草莓吗?她说,
那是樱桃,过些日子就该采摘樱桃了,旁边还有露天的。露天
的天然果实与大棚的早熟果实采摘连缀起来,再与花卉的时光
笺连缀,旺山还真是没有空闲的时候。看来,旺山,是要常来常
往的了。

村庄的气质

在胶州市众多村庄中,李哥庄魏家屯有些独特气质。

魏家屯古为军屯区,祖先以军功授灵山卫副千户世袭子孙,屯兵于沽河东岸,天下太平时转为民营,立村垦农。魏家屯的后人有军人情结,说起祖先保家卫国的往事,他们都满怀自豪。所以它有行伍气质传承。

它又有文化气质传承。魏家屯名人多,尤其是文化名人多,官员、诗人、教育家,曾有位颇具传奇色彩、文武双全的秀才投身于教育本村子弟的事业中,相继培养出武进士、贡生等十七名,这在一个村庄极为罕见。为此,这位秀才得到清朝廷"桥梓连芳"的褒奖牌坊。

当代魏家屯也是一个人才济济的千户大村,爱唱歌的魏娜,会写诗的魏兆江,做节目主持的魏泰钰,唱茂腔的魏翠霞,他们都是沽河岸上魏家屯里生动的村民。

魏兆江说,1977 年 7 月,其母临盆,到村祠堂改建的卫生所找卫生员接生。他出生在祠堂的炕上,似乎注定要为村庄做些什么。父母对他充满期待,希望他传承祖上文脉,能读书成事业。但他天性顽劣,上完初中后就要外出打工。他不爱上学,却爱读书,尤其热爱唐诗宋词,这让其母亲又气又费解。无论是在干活的时候,还是在休息的时候,他嘴里总是咕咕哝哝不闲。他的父亲没读过多少书,在农村就像其他农民一样,只擅长种地。他的母亲出于书香门第,慢慢从他的咕哝里听出了内容,多是古诗词。"男儿何不带吴钩,收取关山五十州。""天生我材必有用,千金散去还复来。"他背诵着诗词歌赋闯进了改革开放大潮中,开始体验人生百味。"感谢时代,我遇上了好时候。"年纪轻轻、内心有梦的魏兆江如鱼得水,办起了装饰品企业,专做出口贸易。

但是,他并不满足于生意的成功。在李哥庄这全国知名的小城镇,做生意成功的人太多。他每一单生意的成功只不过给他累积的财产上加了一个数字,他的精神境界并没有得到多少提升。逐渐地,钱已经刺激不到他,他所热爱的古体诗创作也变得没了具体的方向和底气。这时候他认识了胶州作协的朋友们,他们为他豁然打开了通往另一个世界的窗,他如一条极度渴望浸润的鱼,跃入那片文学的海洋。

他爱古体诗,也学着写,但总是像一个暗夜行走的人一样,他需要光亮。2011 年,他开始在朋友的影响下写作现代诗,不久就创作出《老挂钟》:

> 来了/时间也在我们家落脚了/挂钟挂在家里最显眼的位置/它那嘀嗒嘀嗒的/父亲听着就像犁地的声音一样醉心/它每天仿佛连着父亲的心脏一起摆动/一切与挂钟相关的事物都老了/只有父亲看它的眼神依如从前一样年轻

魏兆江没有想到身边那么多老百姓非常喜欢他的诗。"你写出了我们的生活和向往,还有说不清出的情绪。"路边给自行车补胎的人念出他的诗句,理发店里手持剪刀的人念出他的诗句,他企业里的工人也念出他的诗句……他的诗歌多写故乡的事物,大沽河是他创作的源泉,"家园""亲人""岁月",这些现代生活快节奏中被忽略的词汇,唤醒了身边那些农民的情感。

这些读者的反馈突然让他热泪盈眶,原来诗歌是属于老百姓的,是属于每一个人的。从此,他的诗歌写得更贴近人心和家园,他写白露节气里的母亲,他写家里曾经的一棵梧桐树,他写村东头的那个池塘,他写农民对土地的情怀,他写田间地垄的父老乡亲、流水线上的兄弟姐妹,他写村庄的留守和拆迁。

老姑还说要提前搬/家里人口多/有门前的小石磨/院里的大水缸/表叔儿时的小推车/看门的老黄狗/老姑父生前骑的自行车/老姑说/这些都是亲人/一个也不能丢。

魏兆江的小学同学魏燕讲述了令她印象最深的一件事:五年级的时候,同一个学习小组的几个同学一起走在放学路上,魏兆江突然说,他要给魏家屯写一部村史。那时候,同学们很惊讶。很多人效仿着伟人,为中华之崛起而读书,而魏兆江大约从那时候起就在为书写魏家屯而读书。

2009 年,当时只有三十二岁的魏兆江在村里联系着几位德高望重的老人,给魏家屯续修魏氏家谱。这的确是魏家屯的一件大事。魏家屯有家谱,但已有一百年没有续修,再不修就会断层。这样一个有历史文脉的村庄,不应该就此断了谱系记录。他联络、号召村人,并率先为修家谱捐资一万元。这是一个巨大的工程,需要奔赴各地搜集分散族人的信息,需要与他们手头的记载对接。那一年,他带领族人天南地北去拜访、寻找散落在各处的魏氏族人。为此,他几乎放下了公司的所有事务,一门心思扑在修家谱的事业上。家谱新修就是对村人凝聚力的唤醒。村人原本还在观望,一百年不修的家谱,哪里还能续接得上?离开家族的人那么多,怎么能找得明白?他才三十多岁,哪里能干成这么大的事业?

经过辛苦的劳动,断流一百年的魏氏家谱续修完毕,还举行了隆重的颁发家谱仪式,人们对魏兆江刮目相看。当村里换届的时候,村民一致推选他当村主任。

2020年3月9日,还是全民抗击新冠疫情如火如荼的时候,一段央视新闻在我们小城人的微信朋友圈里刷屏。疫情特别报道:"复工复产调研行,'炕头经济'让农民居家不停产、手工保增收。"转发这条新闻的时候,配上了如下解说词:"据说这位帅哥的身份很难界定,CCTV说他是李哥庄流行饰品协会负责人,魏家屯村民说他是我们的当家人,江鸿工艺品员工说他是董事长,听过他讲座的企业负责人和大学生说他是教授。当他朗诵起《老挂钟》时,他是位优秀的诗人,而当写诗作文的人在一起'胡侃'时,他又滔滔不绝、幽默风趣,就像个说相声的。"

魏兆江这个李哥庄镇魏家屯村兼有多个身份的农民,其文化生活也很丰富,他读书、写诗、练字,也应约给企业和院校讲他在创业和企业管理方面的经验。成了村里的当家人后,他突然忙碌起来。李哥庄是全国闻名的经济发展标兵小城镇,几乎每个村庄的经济都很好。当下魏家屯需要什么?农民富裕了,最需要什么?经过深思并与村干部论证后,他认为,要从文化上治理村庄,使其成为一个富裕而文明的村庄,这才是新农村建设的重点。

2018 年 5 月，魏家屯村民在村庄两条主要街道口竖起雄伟的大牌坊。这两条街道一条在 204 国道路口，一条在沽河大道上。宏伟气派的牌坊就像华表一样，有了它们，村庄的精气神都不一样了。接着，是整治村街，并很洋气地将每一条街道命名为"北京路""上海路""澳门路""香港路"等。这些词汇在城市里可能司空见惯，但放在乡村，农民们走在这样的路上，说起自己在哪条路上住，就很有自豪感。

魏家屯这个有着独特气质的村庄，在续修家谱后，人们明显感觉到村庄的凝聚力变强了。为了进一步加深团结，村里开始策划并组织拍摄全村的"全家福"。每个家庭出一个代表，免费在牌坊下参加全村的"全家福"拍摄。镜头记录下村里每一个家庭、每一个成员的笑脸，记录下魏家屯的幸福和谐时光。

2018 年，魏家屯又策划了一场前无古人的大行动，为庆祝建村五百九十年，举办一场"千家宴"，将全村一千户人家聚集在一起，吃一次团圆饭。这个活动太大了，酒店里装不下，就在大街上摆连桌酒席。那场面非常壮观。那一天，魏家屯村张灯结彩，连树上都披红挂绿，人们喜气洋洋，一辆辆餐饮车开进村，热火朝天地烹制美味佳肴，二百多桌筵席上觥筹交错。这么大的场面最怕出事故，村委为保证顺利有序地开展活动，请派出所协助来维持秩序，李哥庄镇的两个副镇长也到场。

原本就是文武气质兼备的村庄，如今有了诗人村主任，气质就更显不同。2019 年 4 月，由魏兆江作词的村歌《沽河明珠魏家屯》已谱写完毕，村民、歌手魏娜演唱了村歌。"你在金胶州的东方，像一颗璀璨的明珠镶嵌在大沽河的身旁，你孕育了我的灵魂和乡愁，仿佛我白发如雪的亲娘。你那六百年沧桑就像一棵参天大树护佑着儿女们成长。大爱和乡愁在大沽河里流淌，啊，魏家屯，我亲亲的故乡。"村里的大喇叭里循环播放着村歌，村民边唱边相互显耀着："俺村的小嫚唱的，歌是俺村主任写的。"

魏家屯的文化治村覆盖方方面面，从孩子的上学、成人礼、村里各种文化活动，到一个老人的退休仪式，人文关怀和文化之光在村里的各个层面闪耀着。

2019年，村里设置了学生奖学金制度：凡村民学子，从考上北大、清华的，到普通本科的，一次性奖励五万到五千元不等。村民纷纷议论："北大、清华，太高了，我们村能有那造化？""有目标才会有行动，这就是孩子们攀登路上的珠穆朗玛峰。""我们村是出过进士的村庄，我们有很好的文化根脉，我们更应该鼓励后生们刻苦读书，成就事业。"奖学金制度确立后，村里尊重知识的氛围更浓了。原先处于相对发达城镇的李哥庄人，对孩子的教育重视程度不一，有的家长学问并不高，靠搞企业商贸致富，就认为孩子学业好坏不是多么重要，学成、学不成的，将来都不愁。奖学金制度让他们的价值观得到更新：这是重视知识、依靠知识兴国的年代，一定要支持、鼓励孩子求学上进。几年来，得到不同层次奖学金奖励的学生越来越多，村庄崇尚知识的氛围越来越浓厚。

为了让每一个孩子的成长具有仪式感，让生命更懂得担当和责任，2019年，村委会给年满十八岁的孩子们举办了第一次成人礼仪式。仪式选择在孔子六艺园举行，在巍峨的孔子铜像前，镇长致辞，村干部送上祝福，孩子们穿上礼服，戴上"冠"，过成人门，行成人礼；每一个孩子向父母鞠躬，向脚下的土地施礼。一个个韶华少年被传统文化深度浸润。

    说起文化活动，现在各村都很热闹。魏家屯每年都组织各种各样的文化活动，每一个活动都有深厚的文化主题，如"仲秋赏月""端午怀古""国庆节共感国家恩情"。这些都不稀奇，生活好了，哪个村也笙歌荡漾，可是魏家屯每年都开一次文艺座谈会，这可就新鲜了。每年年底，村里的文艺骨干、各个阶层的代表齐聚会议室，畅谈村庄文化发展，致力于如何用群众喜欢的形式为村民服务，如何让村庄的文明程度更上一层楼。每次会议都很热烈，会上的好主张一经提出，便会被采用和实践。

    2020年7月的一天，老村医魏鉴光的卫生所前挂上了鲜艳的横幅，从医四十多年的他，感动得眼里有了泪花。他胸前戴着大红花，手里捧着鲜花。风雨四十多年，他用不方便的腿脚走过多少家门厅，他的听诊器、那装满各种药的"百宝箱"，都饱经风霜。多少家庭的阴霾被他驱散，多少人的病痛被他医好。如今，他老了，要告别这一切，从此村里换了新的村医。他万万没想到，组织没有忘记他的辛劳和成就，会给一个小小的村医举办退休仪式。

    鞭炮齐鸣、锣鼓欢唱中，村主任魏兆江代表村庄致辞，对老村医四十多年来为村庄医疗卫生所做的贡献表示感谢。

    村医退休，原本是极小的一件事，在魏家屯却搞得热热闹闹。这个仪式，感动的不仅仅是村医，也感动了满村的人，人们的感恩意识被进一步唤醒。

    我曾经在魏家屯的牌坊下站过，在它的几条以大城市名字命名的街道上走过，在村东的湾边留影。这个村庄与胶州大地上的很多村庄相同，又好像不同，似乎墙头的藤蔓和花朵多了些气质，也许是文艺气质吧。

身　份

　　我是生长在村庄里的农村孩子，原先对身份并无概念。最早认识到身份这件事是初中三年级升学报考的时候。我从小喜欢唱歌跳舞，当老师宣读中专学校幼师班招生信息的时候，我就决定投考，打算将来做一名幼儿教师。可老师说，当年招考简章上只准城镇户口的学生报考。和我一起去报名的梅后来被录取了，她父亲是干部，把她母亲和她的户口带出农村，成了城镇户口。三年后，梅被分配到幼儿园当教师。我却因为身份被挡在理想大门之外，只好继续去高中苦读。

　　其实我是晚熟的，此前并没有太理解身份对个人的影响，但是身边的父母们却很现实，几乎所有父母供孩子苦读的目的只有一个——考上学，把户口从农村转出去，成为吃国家粮的。所以很长一段时间里，初中学习最好的学生并不是继续读高中，考大学，而是考县城的师范学校。一旦考上胶州师范学校，就能将户口从农村迁走。成为"吃国家粮的"是让人羡慕的事。

　　曾经，一个农民要改变自己的身份太难了，在农村，只有两条路：一是考学，二是当兵。中专生、大学生和军官都是农家子弟里的"龙凤"。学路走不通的乡村男孩子纷纷投军，当上光荣的解放军，在部队上好好干，有了成绩就有机会被提干。学路走不通的乡村女孩子，走当兵这条路几乎不可能，那时候女兵太稀罕。那就用"嫁"的方式来改变自己的身份。有眼光的姑娘嫁一个当兵的，当兵的若升为军官，她也就成了军官太太，熬到级别后随军到部队，就成了城镇户口。这样的运气，乡村姑娘们形同抓彩票，成为军官太太的概率很低，但姑娘们大多喜欢嫁军人，她们认为，部队上锻炼出来的人体格好、有见识，是理想的人选。农村女孩还有一个改变身份的办法，就是嫁进城里，当一个城市屋檐下的农村户口持有者。自己的生活得到改变，但身份很难变，她们的孩子往往会因为父亲的身份而变成城里户口。这让乡下女性流失太多，后来有一条户籍规定："凡孩子户口，性质跟着母亲。"不知这一条是不是有意在拯救农村女性人口的流失。

改革开放之后，农民的日子越来越宽裕，经济上的富裕并没有阻挡他们对城镇户口的渴望。尽管二十世纪九十年代就已经没有"吃国家粮"这回事，农民还是对城镇户口充满热忱。村里悄悄传言，很有能耐的一户人家把自己两个孩子的户口转成了城镇户口。转了户口的孩子仍旧和乡下孩子一样在乡镇中学读书，没有以前人们羡慕的城市供应的任何福利。过了好些年，这户人家说："真是打错了算盘，孩子户口不在村里，口粮地被收走了，男孩子长大后想要块宅基地盖房子也不行。身份已经不是这个村里的农民了。"那位有能耐的父亲依旧有能耐，但是怎么努力也没有把孩子的户口重新迁回村里。他的孩子们已经做不回农民。

五年前，我在老家一位晚辈的婚宴上与本村的嫂子坐在一起，问及她现在做什么工作。她说她现在不在原先的工厂上班了，工厂有时候加班，有些累。她在我们村一个小作坊里干零工,不必天天去,干一天一百块钱。然后她满面春风地说:"我已经退休了,有了退休金就不必那么累。"

这位嫂子才五十多岁,二十年前,附近的村镇有外国企业来落户,招大量工人,周边村里大多数青年女性去厂里当了工人。这些企业按照要求给她们都投了养老保险。这件事曾经在农民身份的工人中引起热论:"咱是农民,投劳保不是工人的事吗?难道咱农民到时候也能拿退休金?"投养老保险每月要扣一部分自己的工资,有些女工就嘀咕:"要等到五十岁以后才能用这笔钱,谁知道到那时候有没有变化?"于是,一部分人把养老保险金提取出来,变现成生活的一部分宽裕。这位嫂子却"傻乎乎"地每月从工资里扣钱缴纳着养老保险。现在那些不投养老保险的同龄人都羡慕她。"我现在就是啥活不干,一月也发一千多块钱呢。"她的笑容让我大为感慨。当初可是有好些人嘲笑她呢。"一个农民还想将来领退休金?怎么可能有这样的好事!也就是她这样痴心妄想。"

我大姑是个典型的农民,已经六十多岁,大半辈子种地、养猪,干着农民最基本的活儿。在农活和养殖的间隙,她是最早开始在家门口打工的农民。她所在的集镇上有花生米收购点,每年深秋,她到加工点去筛拣花生米。活不累,就是从收购来的花生米中挑出小石块、土块和品相有残次的花生米。大姑干活细而快,每年主家都提前预约。那时候她很自豪,自己在农闲时还能赚钱,这对一贯传统的农民来说不是个小事。后来,村里又有了各种小型加工厂,因为大姑人品好、干活实在,多个作坊都约她去干活。

兼做零工的大姑没想到,自己会与"退休工人"扯上关系。在她的传统意识里,那些住在城市的人才是工人。数年前有个惠农政策,即便是农村户口,一次性缴纳几万块钱,就可以入城镇养老保险。那时候几万块钱不是小数目,两个表弟论证一番,毅然给母亲投了保。大姑曾经很心疼那笔钱,等她到了退休年龄才知道,领退休金这么好:每月有钱打到银行存折上,冬天还有取暖费,而且退休金每年增长。"我这个老农民竟然也领退休金了。"她乐呵呵地说。

土地被流转了,菜园被公益建筑使用了,她家的猪圈也拆了。大姑有了退休金,就不再干那些累活。但是她闲不住,院墙外开得姹紫嫣红,月季、蚂蚱菜、地瓜花、百日红花开不断。院里拨弄了高档的花,康乃馨、三角梅、蝴蝶兰、君子兰,为解闷,她还养了一只小泰迪。养狗不为看门,其实根本不用看门,她和姑父每天上午都出门溜达,也不锁门。一次我到大姑家看望两位老人,刚坐下不久,在城里工作的表弟就打电话过来,他从家里安装的监控里看到了我的车。

大姑以前有气管炎,冬天会犯病,瘦骨伶仃的。年龄渐长,病却好了。家里有暖气,不久前通上了天然气,用天然气取暖不需要半夜起床给暖气炉添煤,也不会出现时冷时热的情况。"恒温,真舒服。"大姑竟然也会用时尚词"恒温"。翻新过的房子里有洗手间,怕冷的她可以不出门。她说,跟城里的楼房差不多。

其实在翻盖老房子之前,表弟曾带着姑父去看房,里岔镇上有许多商品楼房,当地不少农民住进了干净的楼房。但是姑父很恋旧,说哪里也不去,哪里也比不上他的几间老屋。于是,只能遵从老人的意愿,把老房子翻建,按照舒适的楼房标准进行装修。

　　去年夏天，我约了舅家表姐一起玩。她比我大不几岁，嫁到大朱戈村。那是个大村，很多年前就有织布厂，后来韩国企业在那里驻扎，尤其是世源鞋厂的入驻，让大朱戈人气鼎盛。这个拥有数家大工厂的村镇，最多的时候一个工厂有一万多名职工，工厂门口就像赶大集一样摆着一长溜的摊位。表姐家责任田少，后来又全部流转出去，她很早就是这些厂子中的工人。"我现在是退休工人啦！"她哈哈笑着，自豪中也有点不好意思。她一直以为自己是个打工的农民，从皮到骨头都是不变的农民身份，现在竟然每月领退休金。

　　刚刚五十出头的表姐仍旧在工厂做工，每天八到十个小时的劳动强度，她说早就习惯了。"任何一项工作都比当年顶着大太阳锄地轻快。可话说回来了，现在农民也没有那样锄地的了。""除了干活我什么也不会。"几年前她曾经这样自嘲。现在，她也时尚了。春天的时候，她跟着旅行团去旅游，并激情澎湃地向我讲述她在旅途中的见闻和感受。"我还得去，去北京，怎么着也得去看看天安门，看看升旗。我现在是拿两份工资的人，也得学着享受生活。"她说。

涅槃的葡萄 [1]

在青岛崂山山系的余脉上，平度大泽山是个颇有文化厚度的地理坐标，有国家级保护文物天柱山魏碑，有岳石文化遗址，有墓塔林、书法胡同等三十多处人文景点。但是近十几年，它们的风头好像被紫莹莹、鲜润润的葡萄盖过，一听到大泽山，大众的味蕾就强烈地记起那甜美多汁的葡萄。"西有吐鲁番，东有大泽山"，葡萄已经成为大泽山的标签。

大泽山脉绵亘百余平方公里，为葡萄种植提供了广阔的土地，山地沟涧交错，形成大小不等的盆地和川夼，又有以大泽山镇为中心的泉水汇集地——大泽山水库，保证了水源的供给。泽山水库四周分布着村落和耕地，也暗藏着很多土地里的蜜糖。"群山环而出泉，汇为大泽"，这是大泽山的渊源，群峰环绕构成了一个大盆地环境，造就了一个适合葡萄生长的得天独厚的自然环境和小气候区。纬度、地形、水脉、日晒，这里汇集了种种利于葡萄成长和提高口感和营养的优势，大泽山被诸多外国专家称为"中国的波尔多"。

在粮食至上、人们以温饱为目标的年月里，"葡萄"是个奢侈的词汇。但守着这样一处绝佳的葡萄种植地，人们早就蠢蠢

---

[1] 发表于《农村大众》2018 年 10 月 29 日副刊。

欲动。

平度大泽山的天时地利并非一直沉睡着,清朝康熙五年(1666)的《平度州志》中便有把葡萄列为主要水果之记载。葡萄是那方历史中的水果美人,是平度人的福祉。当改革开放的春风遍拂神州大地,大泽山的葡萄也呈现出它独特的香醇鲜美,揭开它神秘的面纱,并享誉海外。葡萄是宝贝,是奢侈品也是易损品。大约三百年来,人们种植着葡萄,也在探索怎样让它的甜美变成永恒,但葡萄酿酒工艺远比自家黏米酿黄酒复杂得多,多少果农都望而兴叹,就算是清朝末年大面积种植葡萄,产量也只够给原青岛葡萄酒厂供应原料而已。

二十世纪八十年代,平度大泽山的葡萄开始走上靓丽的大舞台,成为当地种植主业,粮食作物基本停止种植,所有土地开垦建设成葡萄园。食用型葡萄和酿酒型品种发展较快,烟台张裕、青岛华东、中粮等葡萄厂家在当地设有种植基地。大泽山人靠葡萄过上了富裕日子。但是,在葡萄基地建果农自己的葡萄酒厂仍是当地人的梦。

这时候,怪人高竹亭逐渐走进人们的视线。高竹亭与共和国同龄,他原不是地道的种植葡萄的果农,他曾经是大泽山赫赫有名的能人。当年,他作为大泽山供销社机械维修的技术骨干,却放弃这个万人艳羡的"铁饭碗"自己创业。他开办个体维修厂两年,生意红红火火,却因他不好意思向乡里乡亲收费而以负债告终。后来,他跟许多靠山吃山的人一样,在山石上做文章,开水磨石厂,取得了很好的效益,正当如日中天的时候,他宣布,水磨石厂停业,他将转产大泽山的葡萄业,建葡萄酒厂。这个在大泽山上痴迷地种葡萄的人,成了大泽山的一个传奇。

高氏庄园坐落在一个平缓的山坡上,紧靠着水库。远远看去,水浩渺清冽。

"葡萄园是用水库里的水灌溉吗?"我问。

"不,我们用地下水,凿井取水比直接用水库的水多了一层过滤和沉淀,对葡萄品质更有保证。"显然,这一取水措施增加了不少生产成本。高竹亭就是这么执拗,他做事可以不计成本。一次次的转产,他都在人们疑惑的眼光里进行,但是他都成功了。他一次次转产就是为了把家乡的青山绿水保住,把家乡的葡萄之美留住。"在酿葡萄酒和种植葡萄上我下的力气最大。"他说。

1998年,他的石材生意处于鼎盛时期时,他却突然宣布:"不再扩大生产规模!"两年前他为扩大水磨石厂买了一块地,待办好手续后,他改变主意了。他敏锐地觉察到:"咱这山不能这么个'吃'法,我开山采石,山'吃'完了怎么办?子孙后代'吃'什么?不能继续生产水磨石了,因为这是重污染、资源型企业,以后肯定不行。"为了这块土地的走向和发展,他在地头转了一圈又一圈,鞋子踩满泥巴,也踩满了野花的香气。那是1997年的下半年,当时大泽山只有葡萄还没有葡萄酒厂,大量葡萄向外输出。"有这么好的葡萄,为什么不在产地酿酒呢?"他想。

丰收季节的葡萄香气唤醒了他的嗅觉,打开了他的思维——靠葡萄吃葡萄,应该尝试酿葡萄酒。

1998年,青岛泽山葡萄酿酒有限公司正式成立。高竹亭拥有了自己的葡萄酿酒基地,并响亮提出"要酿造中国最好喝的葡萄酒"。他孤注一掷,把这些年积累的全部资金投入其中。当年他们就榨出了葡萄汁,准备大干一场。但是1998年并没有葡萄酒成品上市,很多内行人都笑话他怎么这样操作,人家都是出了成品再建厂,而他们是先建厂再出成品,整整浪费了一年的销售时间。但是高竹亭觉得用自己的葡萄汁酿造的葡萄酒才能保证质量。因为质量有保证,他的葡萄酒销售得越来越好,但是,离他做最好的葡萄酒的梦还有很远的距离,他无法从源头把控,仍旧不能全环节优质。

只有拥有自己的葡萄种植基地,才能做到全程优质。2007年,高竹亭看中了坐落于泽山湖东南岸的二百亩山峦薄地。他跟一百六十多户村民逐一协调,以高出他们期待许多的价格一举拿下那片土地,开始种植有机葡萄。他从一开始就不仅仅在做葡萄园,而是暗含了高端旅游观光农业蓝图。劈山开岭、整理土地,翻天覆地般的大投入颠覆了人们的认知。那时候"观光"还是个非大众化词汇,他在一个人的规划图里"折腾":把水库纳入景观,把原先南北种植的土地横过来,耕挖整改成东西种植。没有人理解他,种植葡萄而已,高老板在这片土地上下那么多力气折腾什么啊?

村民看到高竹亭把地挖得这么深,奇怪地问:"老高,你这是要开发盖楼吧?"高竹亭开玩笑地回答:"是啊。""盖楼也不用挖这么深的地基吧。"高竹亭为什么要挖这么深的地基?原来他研究过,在种植有机葡萄时,挖得越深,葡萄根便扎得越深,越能将深层土壤中的矿物质和微量元素吸收上来,从而改变葡萄的品质。这是一次性的,不能种了十年后再挖,需有一次性投入。三年后,当有机葡萄被客户称赞为"吃别的葡萄吃不出这种感觉"时,高竹亭笑了。

要想种出最好的葡萄,不仅要深挖土地,限产是他最狠心的决策。"我要种有机葡萄,要低产量、高品质,每亩限产一千斤。"大家感到不可思议,说道:"别人种葡萄是为了追求高产量,多赚钱。你倒好,还怕每亩生产的葡萄多,给每亩限产量,你不赔吗?"

高竹亭就这么决定了,不管葡萄结了多少果子,每亩产量一千斤。在栽种时,他给每一棵葡萄都设了距离,并且数清了一棵葡萄结几穗,一穗结多少粒。多的穗都剪下来,大的穗要缩小。他疏掉的葡萄果粒满地都是,盖着地皮。看着水灵灵的小葡萄被摘下来扔掉,工人们心疼,一起向他抗议。抗议无效后,工人到高竹亭家去告状。他们对高竹亭的爱人说:"老高有神经病,你快去看看吧,他把葡萄都损坏了。"面对质疑和责问,高竹亭不解释,只是坚持自己的要求。这棵孤独的葡萄,不到秋天,谁知道它的滋味是独一无二的甜美呢?

所有人都不理解他。"别人都在用化肥,你不用,用自己造的什么肥料;人家都在用化学农药,你不用,你说有毒不行,你用的那些方法,成本多高?还有除草剂,人家都用,你不用,你每年花钱用人工除草四五遍;葡萄结这么多,你却要摘掉,每亩只留一千斤。你呀你,怎么了?"

"我就是想种最好的葡萄,造最好的葡萄酒。"干红、干白、白兰地、甜酒等"泽玉"和"高氏庄园"系列葡萄酒连续推出,大泽山原产地的中高端葡萄酒开始销往国内许多大中城市。

多年后,当高氏企业的老工人站在葡萄飘香的高氏庄园里,再回忆这些往事时,都竖起大拇指说:"老高的选择是正确的!"普通的葡萄卖五六块钱一斤,他种的葡萄二十至八十元一斤都不够卖。

老高的脑子里总是装着最先进的东西。近几年,在种植有机鲜食葡萄的基础上,他引进种植了加拿大威代尔冰葡萄品种,并在低海拔、低纬度的极限地带种植成功,成为国内唯一一家在低海拔、低纬度成功种植冰葡萄并酿造出冰葡萄酒的企业。酿冰葡萄酒是最难的,天时地利人和,缺了哪一样都不行。老高拿出一瓶冰葡萄酒说:"这是 2012 年酿的,那年葡萄太艰难了,一亩地只产了一百斤冰葡萄酒啊。有时候,暖冬,葡萄冻不到火候就做不出酒来,那就是全军覆没。"

　　葡萄在冰雪中冻着,也许就不是葡萄了,也许是最高贵的葡萄。想起一进庄园时看见的那张照片:在雪地里,一串干瘪的葡萄挂着满身的雪,年近古稀的高竹亭在雪地里深情地审视冰雪下的葡萄。

　　品着冰葡萄酒,它的醇香的确是味蕾的高端享受,若不是有机种植的底子,不经过阳光的提炼、冰雪的淬火,一粒粒普通农田的葡萄是难以如此直抵人心的。

第二辑

改革与嬗变

诸葛村：宝地[①]

一

十里八疃的人都说，我们村是块宝地。

村庄坐落在一片大平原上，周围有田地上千亩，人们都说老祖宗会选地方，方圆几十里之内，只有我们村庄坐落在福窝子里。出村往东去三里地就是丘陵地，那里的庄稼不耐旱，一到雨水缺的日子，简直颗粒不收。我们村的土地正好在岭地边缘。出村往西，有三四里地的洼地，大片土质肥沃、水脉足的农田，总是绿油油、黄灿灿的。到了雨季洼地也不涝，因为再往西，地势更低，而且有一条河，水下河流走了。河对岸的村庄却很惨，一到夏天就被水围困着，满村人出不了村。这个村的庄稼，夏天多浸泡在雨水里，常常连把苗柴都剩不下。那些岭地上、洼地里的村庄的人们，一到饥荒之年，就逃荒去东北讨生计，也有一抹脸成了叫花子的，在方圆三十里来回"扫荡"门户。大姑娘们都纷纷外嫁，逃离这样的穷村庄，这些村的男青年就倒霉了，外村的姑娘八抬大轿也抬不来，本村的又都流失了，很多

---

① 　获青岛市宣传部"纪念改革开放"40周年征文一等奖，发表于《青岛文学》。

青年人打了光棍或者离宗背祖,到别的村当上门女婿。那时候,我们村是叫花子最愿意去的地方,宝地,富裕,村里的人也厚道,家家不给叫花子闭门羹。

我们的村庄名叫"诸葛村",都说祖先太精明,外号原来是叫"小诸葛"的。

诸葛村位于镇东南十里外,处于三个乡镇的界点。村上原本住着张姓人家,被称为"一姓庄",但是富庶的村庄也有烦恼,姑娘们不愿意外嫁,那不缺儿子的人也招赘外村外姓入赘,于是村庄人口越来越多,慢慢地,赵、钱、孙、李、周、吴、郑、王等外姓也都有了,但是诸葛村仍旧严格守着张家宗谱里的辈分。

这个村庄本就是一块宝地,宝地的眼在村西,是宝中之宝。村西曾经是祖先的坟茔,听老人们说,原先曾经坟茔成片,是祖宗几代人的埋骨之地,最高的坟茔已经筑得高大,如同瓦屋一样雄阔,坟茔周围是森森的高大松柏。新中国成立后,那些坟茔全被铲平了,栽上了几百棵白杨树,但是村民仍习惯叫它"西老茔"。

我进入诸葛村生活时,那些白杨树已经高大粗壮到大人一搂都搂不过来。我家的菜园就在西老茔北侧,母亲常常带着幼年的我到菜园里打理菜蔬,所以我对那片白杨林很熟悉、很亲切。

西老茔有很多传说:晚上,在雪亮的月光下,能看见一头小黑驴拉着台小磨,在磨金豆子。一般人是看不见的,只有特别有福的人才能看见,那金豆子还会滚到有福的人脚下;又说那里有一只神通的老母鸡带着群雏鸡,经常在寒冬腊月出来觅食,南场里一个小脚的妇人还曾捉到一只。那妇人当时很年轻,自家一只鸡不见了,婆婆让她去找。她找来找去,就找进了老茔，见一只老母鸡带着群毛茸茸、看上去出壳不久的小鸡在刨食。这是寒冬天气，西北风呼呼地刮得坟头草不停摇摆倒伏，树的干槐豆哗哗啦啦，树枝发出嗷嗷的怪叫声。妇人不禁打了寒噤，那小鸡们难道不怕冷？我若回去说给婆婆听，她肯定不信，不如我捉一只回去给她看看，这真是奇事。想到这里，她就去捉小鸡，谁知母鸡带着它们跑开了。鸡在前跑，她在后追。她是个小脚，跑不快，总是差半步，怎么办？她干脆趴下压吧。她这一趴正压住了一只小鸡。小鸡经她一压，快断气了。她想："坏了，真是作孽！"于是，她回家悄悄拿个瓢将小鸡罩住，放在热炕头上，等它醒了好送还人家。然后，她跟婆婆说看见鸡雏的事，婆婆撇嘴，说她撒谎。"我知你不能信，还扑回一只罩在炕头上，你看。"妇人说着拿开瓢。你猜怎样，瓢里哪有鸡，分明放着一个金灿灿的小元宝。南场那家人因此过上了好日子，大家都说那媳妇有福气，福气就是一个金元宝那样大小，若不然，肯定能捉住老母鸡。

　　童年时听了这个故事，我曾无数次到长满白杨树的西老茔地盘上徘徊，但一直没有碰见老母鸡带领的宝鸡。有一次我看见一群鸡，就兴奋起来，扯根藤条狂追，一直追进村里。那鸡的主人老凌家看见了，冲我喊："撵俺家鸡干啥！"我只好悻悻离去。大约我不是那有福之人。

　　西老茔对我来说也算是块宝地。母亲在我家的那一块小菜园打垄、栽菜、捉虫、摘豆角，触景生情地讲些传说，我听一会儿就自己去白杨林里玩耍。春天的时候，白杨树下的茅草丛里长出好些茅针，尖尖的一个红芽，轻轻拔出来，剖开外皮，里面是茅草花的嫩胚，绵软甜糯，我不停地拔出茅针，吃了那么多。那时候是二十世纪七十年代末，我们的食物还很匮乏，吃一顿茅针也觉得无比美味。西老茔的白杨林里还会有紫花地丁、野茄子、大猫耳朵、碗儿花等漂亮的野花,夏季也能找到瓜蒌和龙葵。我小小的心里,只装着西老茔的那些美丽的故事,却未曾有过坟茔的魅影。

二

我与宝地发生更密切的联系是在 1981 年。那年初秋我上了小学,秋收刚刚结束,家里突然又忙乱起来,父母要盖新房子。他们选的新居房址就在西老茔后边的我家菜地。

母亲是个场面人,在本村有好些要好的姐妹,她们叽叽喳喳来献计献策,有的说:"靠着西老茔,你们不害怕?"有的说:"那个地方是村外梢,跟野地做邻居,难保庄稼地里有野兽啥的,瘆得慌!"也有的说:"嗯,那群宝鸡会往你家里跑呢,小黑驴磨的金豆子也会滚到你家去,那可是个宝地呢。"母亲打定主意说:"咱做人堂堂正正的,老祖宗就会保佑,邪门鬼祟都近不了身。"于是,我家在西老茔旁边热火朝天地打地基盖房子了。但是村人都在悄悄议论,我在大街上玩的时候,到代销点买东西的时候,都听得到。他们说那地方阴气重,一般人压不住,跟祖宗灵魂做邻居,不是好事。在纷纷议论里,我家的房子盖起来了,它离开村庄,四邻不靠,孤零零地悬在村庄外,但是无疑,它成了全村最好的房子。乡下人以前盖房子都是石头打基,上面全部是土打墙,屋顶是麦秸草的。我家的房子却不全是土打墙,而是屋的前墙一挂红艳艳的新砖。按照一贯的建房规则,房子建好后要用白灰和沙泥抹一遍外墙,为的是保护土墙不被雨水刷薄。而母亲决定不抹墙,她说:"一抹墙,我这一挂红砖就看不见。再说了,砖墙根本不怕雨水,抹墙是多余。"

　　我家的红砖墙房子在以后几年的村庄建筑史上成为标本,建房的人家常来参观,问:"土打墙冬暖夏凉,果真砖墙比土墙更好?"父母总是热情招待这些来访者,热心地解答他们的疑问。母亲在家的时候,常常把街门大开着,从门前走过的人就说,看人家,墙都是一挂砖的。那时候,父母还没有能力把房子的前后墙全部用砖砌,藏在屋后的墙仍旧是土打的。即便如此,也让这砖土混搭的新房子带来好几年荣耀。

　　我家盖的砖墙屋在村里掐了尖,但是父亲说,这些是碎砖头,是一个砖瓦厂里碎掉的砖,被父亲低价买回来,因为拼接细致,看起来就是很好看的砖墙。

　　父亲是个文化人,当过兵,教过六年村小,后来在食品公司上班。他有文化、有见识,村主任来找他喝茶聊天。村主任是我村的能人,以前在镇中学当老师,据说讲历史课不拿课本,或者把课本往教桌上一放,并不打开,一节课下来他滔滔不绝,从知识到习题,那课本上飘满粉笔末,他讲的和书上的丝毫不差。"文革"的时候他被发回原籍种地,落实政策后他不再回去教学,而是当了村主任。村主任东扯西扯,话题总在我家那一挂砖的房子上打转。他和我父亲回忆村里的老窑厂,那是新中国成立前村民在村头办过烧砖的窑厂。原来村主任想在村里开办个砖瓦厂,但是怕销路不好,拿不定主意。

　　我睡下了,朦朦胧胧听到些支离破碎的对话。"咱村人的观念还没转化,这是个大问题!""咱们村就是个宝地,有那么多土地做砖瓦厂的资源,有人力,有畅通的路。""就怕烧出砖来卖不出去,庄户人还是喜欢土打墙的房屋。""你还没开砖瓦厂,我就盖起了砖瓦房,你看看咱们的群众谁不来看,谁不馋。你不烧砖，这些人就到七十里外的大窑买砖去了，周围这么多村庄，一村十户五户盖房的也够咱们干三年了。""可是资金大，钱从哪里来？""师傅可以请。关键是路好，远近都来得了……"

<h1 style="text-align:center">三</h1>

我家在西老茔边盖的房子里外栽了很多树，在房前屋后栽下梧桐、槐树、榆树，也在庭院里栽了棵石榴和香椿。爱树的母亲却不喜欢那片白杨树，说风吹得哗啦啦老响，晚上睡不着。又说，前不栽桑，后不栽柳，门前不栽"吧嗒手"。但我很爱这些"吧嗒手"，每晚在那时强时弱、时远时近的唰唰啦啦声里幻想。我想大海的潮声也许就是这样，于是每晚陶醉在潮声一样的感觉里睡去。清晨常被喜鹊的喳喳声叫醒，我一听见喜鹊叫就很开心，一骨碌起床，看院里已经很亮，父亲将院子扫得很干净，石榴花上顶着亮晶晶的露珠。我搬个小凳在院里看，那尾巴上长有白花的黑喜鹊，尾巴一翘一翘地叫着。大喜鹊窝里有时伸出些小脑袋叽叽应和，母亲说小喜鹊又孵出来了。母亲不太喜欢白杨树林，但是喜欢那些盘旋在白杨树上的喜鹊们，她有时候呆呆看着喜鹊衔着一根根干树枝在垒高自己的巢，就感叹说："禽鸟也知道建一个好家园，什么时候我一定要盖一所前后都是砖的房子，从头到尾的一挂砖。"

我最喜欢秋天的西老茔，白杨叶纷纷发黄，风一吹就落下来，飘飘摇摇像无数只蝴蝶。我喜欢站在风里，站在飘的落叶里，让凉风从我的袖筒里钻进，从我的薄衫里穿过，让黄叶从我身边落下，或者轻轻打着我的肩，落在我头顶。拣树叶也很好玩，找根铁条，一头打个弯，一头在石头上磨尖，尖头对准树叶用力一戳，它就乖乖地串在铁条上。一口气串好几十片再撸下来，这比母亲那把大扫帚好玩得多。秋天还能在枯草丛里寻到一种叫"灰孢"的菌类，是一个小圆包包，晒干后，里面全是黑面面。小孩子们都说，那黑面能止血，我曾经采了好多，但都没有派上用场。

我一耳朵进半耳朵出的听来的是我村要盖砖厂的消息，但是我依旧玩我的，上学、拾草、剜菜、穿树叶子、寻"灰孢"，从来没觉得砖厂跟我有关。可是，我真没想到，村里砖厂的资金来源就是这片白杨林。

村主任站在白杨林边上烧了纸钱、放了一挂鞭，说感谢老祖宗的功德，现在要用这片林子给全村人创个营生。

接下来，村里的青壮年在门前的西老茔热火朝天地干了十几天，高大的白杨被伐掉了，一车车被拉走，有的拉去了村南要建窑场的地方，有的拉去了镇上的木器厂。需要补充的一点是，自从我家在西老茔边盖了房子，就不断有胆大的人跟着过来盖房，原先只有我家孤零零的一户人家在西老茔的白杨林边上，如今是一排满满当当的五户了。

"西老茔杀树"在我们诸葛村的村庄史上应该是个大事件，村人都很高兴，每人分到不少树枝树杈。他们说，老祖宗的功德，有了这么多烧柴。村民不只看得见烧柴，更看得见村口的窑场冒起了烟。开工厂，这么巨大的事件在我们这个三镇界的偏远小村庄实现了，村民都到窑场外围看光景。

西老茔的白杨树卖了，砖厂热火朝天地建起来了。母亲非常高兴，这下亮堂了。村庄忙着做砖厂，顾不上西老茔栽树的大计，那时刚实行了联产承包责任制，田地分到每家每户，生产队的大场院变成了家家户户的小场院。老茔的空场立即就被几家用作场院,原先那片绿的海就让大大小小的草垛代替了。那些灰不溜秋的草垛远没有白杨林美,夏秋两季还会飘满院的麦糠、豆糠,害得我家门窗关得严严的。这时候,母亲的眉头就皱起来,喃喃地说:"还是白杨林好,这,这可是块宝地啊!"

四

土地承包以后大家连续丰收,不愁吃穿了。更可喜的是,许多青壮年都在砖厂上班,每月发工资,生活和精神面貌都焕然一新。兴奋的年轻人重新组织了青年团,也不顾惜白天的劳累,夜晚就异常活跃。大队投资置办了崭新的锣鼓,在西老茔东边角盖了几间活动室。每天晚上,青年们兴奋地敲打着锣鼓"咚咚呛,咚咚呛,咚布楞咚咚咚呛",敲完锣鼓还唱歌,天天锣鼓喧天地闹腾。起初村民都觉新鲜,饭后还围了去看,十天半月地下来,也不见什么花样,就烦了,向大队提意见说:"闹得晚上睡不着觉。"

那时候,大队里不仅有轰隆隆的砖厂日进斗金,还有几年前栽下的果园带来高收入。大队有钱了,就琢磨新事。村主任就是胆大,净干些别人不敢想的事,竟然给大队买了台放映机,这件大事又把村民吓着了。放映机,只有镇里有呢,那东西金贵着呢,带着一个发电机,一突突起来,就有明晃晃的电,就有人跑到幕布上演剧。村主任说,要放电影得先拉电。我们村从镇上开始拉线,绕过许多个村庄,一路把电线杆架进村里,从此,家家户户明晃晃的,告别了煤油灯的夜晚。

电影院选址在西老茔,惹得在此用场院的邻居好个嘟囔。我母亲却很高兴,场院搬走自然不方便,可是电影院在自己家门口,也是荣耀。"宝地,"她自己亲口说出来,"这就是块宝地呢。"

露天电影院建成了,偌大的一个院子,能容纳好几百人,镇上的电影院也没我们村的大。村里专门挑了三个读过高中的青年去学习放映技术,还印制了五分钱一张的电影票。

开场放电影的日子人山人海,四周的村庄看过大戏,可从来没看过一个村庄自己人放映的电影。那时的电影也实惠,一张票可以进两个人,反正是露天的,都自带座位,多一个人少一个人不碍事儿。电影院红火了一段时间,周边村庄的男女老少人挤人地来看稀罕。开始大家还不吝啬那毛儿八分的,有钱了嘛。可是日子久了,看得就少了,发牢骚说:"来来回回就那几个电影,有啥新鲜的没有啊?"还有人为省票,爬到我家院墙上,远远地看,结果踩碎了我家护墙头的瓦片。母亲心疼瓦片,但乡里乡亲的又不好说啥,就骂那电影院。买票看电影的人越来越少,电影就从一天一次到一周一次,后来到一月放一两次,再后来就不再收票,赶上节庆放几场。可大伙又嫌太偏,说不如在中心大街上放,于是,放电影又搬回大街上,这电影院成了摆设。

"电影院"逐渐成了一个旧词,人们又叫它"西老莹"了。西老莹那高大的围墙上栽着玻璃碴子,那里面成了个大空场,由于有围墙,再进去用场不方便,它就一直闲着。院子里面长满了蒿子、艾子、野面汤、云星菜,比人都高,阴森着。老鼠、黄鼠狼经常出没,甭说宝鸡,自家养的鸡进了大院都很凶险。破鞋烂掌、鸡毛杂碎越来越多,它成了一个大垃圾场。那高高的围墙挡着南来的风,母亲抬头看看那玻璃碴子上的青苔痕迹,喃喃地说:"这可是块宝地,可惜了。"

　　终于，有任村干部决定拆除这无用的围墙，将老茔租给了一家农户。农户先是在那里种庄稼，苞米、花生、谷子、芝麻，每开门，眼前就是绿油油的植物，比那垃圾场惬意多了。西老茔的土质是沙土地，产量不高，又两年，承包户说土薄不肥庄稼，便栽上了杨树苗。没想到二十年后，那片白杨林又回来了。风从林中吹过来，有说不出的清凉。于是我又记起童年，清晨搬个小凳坐在院子里，看喜鹊喳喳着喂雏的情景了。

　　白杨林一年年长着，还不等长到多粗，就被伐掉重新栽下。农户说这是速生杨，树干树枝都用于造纸，长大了也是打纸浆，所以不需要它长太大。那密密栽植的速生杨就这样像割韭菜一样一茬茬更新着。坐在我家门前的国槐树下，我们都怀念曾经长着粗大白杨树的西老茔。人们真的没有耐心等那些树长大吗？眼里真的只有速生的欲望了吗？

　　改革开放之后，那些做生意的人都冒出来。原来，小楠夫妇不仅靠媳妇的缝纫手艺做几件小孩衣裳卖，他们还从外地批发来各样服装，赶远处的集市交易；岩成家两口子也是天天赶集卖鞋；平叔组建了建筑队，给周围的村庄盖房、修路；还有个能干的新媳妇，组织一帮手巧的女人给绣花厂加工产品。更多的是镇上的工厂，许多村庄的年轻人成了"两栖"的，在工厂上班是主业，打理农田是副业，而且机械化推进，农活少之又少。

　　这次好运气不仅降临到我们村这个土地肥沃的村庄，当镇上来了许多外资企业时，每个村都有很多在工厂打工的人，甚至来了许多外来妹。外来妹看到繁荣的村镇、衣食无忧的生活，就决定留在本地。我们村的光棍本来就少，一来二去，彻底摘掉了光棍帽。周围那些以前贫穷的村庄，光棍也逐渐减少。夏夜闲话，说起宝地西老茔，我们村的人说："以前村里有田有粮就被周围村庄喊作'宝地',那时候我们就特别感激老祖宗,祖茔西老茔好,咱们村才不缺吃穿。那时候有口吃的就算好生活了,就算宝地了,现在政策好了,哪里都是宝地。"

我们村那个栽着速生杨的宝地似乎在村民们各类收入中所占的份额越来越少,少到微不足道,甚至有几年,杨树被伐掉后都没有及时栽上新树苗。一片地荒着,增加了荒凉感。承包那块地的农户已全家搬进城里了。虽然我家人现在不常在村里住,但是一年总有几次回去看望老宅,父亲也在春秋时节回去住住。哥哥就找村委重新承包了这块地方,栽了许多花木,把它修建成一个休闲花园。

我们用钱养着那块宝地,栽植了大量的花木,春天的时候,堂弟媳妇发微信拍给我花园里的境况,月季、牡丹、芍药等各种盛放的花朵鲜艳妖娆。她告诉我,她在朋友圈晒出这些照片,朋友们纷纷问她在哪里旅游。我回去的时候,二婶告诉我,开花的时候,小花园里每天都有很多人来拍照,有过路车辆从花园边开过,又调头回来,下车到花园里玩一会儿,拍些照片。二叔的土地被流转出去之后,干了一辈子庄稼活的人闲不住,就主动来维护小花园,天天在花园里锄草剪枝,也自得乐趣。

当初落脚在这个村庄外号"小诸葛"的祖先也肯定想不到,他们那时候最看重的珍贵土地,后人可以不都用来种庄稼、蔬菜,不需要以它来谋生存的必需,而是栽花种草,取得精神的愉悦;那种了一辈子地的老庄稼汉,挥锄的臂膀也不是为了粮食而是自身的需要。其实,从生存的艰涩走到今天的栽花种草,才几十年的时光。我们的村庄,许多的村庄,如今都已成了花艳果香的宝地。

乡村酒席

2020 年 5 月的最后一天，我应邀去朋友家的"庄园"玩。他年前喜得孙女，应该热热闹闹过百岁的时候，赶上了疫情，大家都闭门在家。现在疫情基本过去，城里的酒店已营业多日，他才在一个周末选择给孙女补庆一个百岁。

他家的房子多，八间屋的规模盖了两层，所以亲戚多也盛得下。那天亲戚朋友来了不少。幸亏他房头有片地，我们都戏称这片地为"庄园"，其实就是个杂植果园，栽种着几棵樱桃树、樱珠树、桑树、苹果树和梨树。这时节，樱珠已经过时了，树叶间还有零星落漏的红艳珊瑚珠，而桑葚却正好。熟透的桑葚紫得几乎发黑，没有及时摘的落在地上，把土地染得斑斑点点。桑树枝条上倒垂着几把打开的雨伞，想必是主人用来接住自由落地的桑葚。他家给客人品尝的桑葚酒和果饮，大约就是用这些伞中熟透的桑葚所酿。大家见过主人，祝福过孩子后，就到果园中去采桑葚吃。

朋友家门前停着一辆带后箱的大车，车后厢开着门，里面就是个厨房。原来朋友请了上门炒菜的厨师。我几年前就听老家人说过，也在一些电线杆上见过"上门炒菜"的简单广告。在城市，人们有重大的活动都习惯在酒店招待客人。而乡村，人们富裕了,更注重庆祝,小孩子的汤米宴会、百岁宴,老人的生日宴,青年人的结婚喜宴,以及考上大学的升学宴,考上公务员和教师等公职人员的人,也都会邀请亲友们前来聚餐庆祝。家里没有那么大的场合,而且主家已经不再像过去那样亲自去忙碌,但凡能花钱买到的服务,他们都不再自己操劳,不把精力花在做饭菜上,而是愿意用更多的时间招待客人。于是,一个新行业诞生了:上门炒菜。

上门炒菜行当最简单的人员配置是一加一,即一个厨师加一个下手就可以营业。他们就是一个流动的饭店,根据主家的需求标准当天配菜,带着消毒后密封好的碗筷、杯盏、盘子、桌布等。主家什么都不用管,从茶水到瓜子,他们一应俱全,提供全套的服务。

我走到"流动厨房"边去看炒菜车的时候,见主家的青年亲戚们正帮着往各个房间运送菜品。炒菜车还带着那种一提放五个盘子的铁器,相当于以前那种食盒。

车上的厨师和配菜的女人是夫妻,他们正忙得插不进针去。车下一个青年人显然跟他们很熟,什么都懂的样子。我就与这个年轻人聊天。他说,一般酒席就像城里一样,按照菜金标准上套菜,如果主家有特殊要求,就要特事特办。他开玩笑说:"比如主家要吃条金龙鱼,我们就要格外费精神了。"他们有固定的上货渠道,食材来源安全并保证新鲜。我抽空跟那个打下手的女人聊,问她是不是从昨天下午就得忙活顺菜。她说不用,都是今天现买新鲜的。他们就来了两个人,掌勺的男人和打下手的女人,但是他们忙而不乱,一共九桌的席面,每桌十六个菜,他们做得有条不紊,倒是把几个传菜、端菜的主家青年忙得大汗淋漓。

我又抽空问那个大厨:"你俩做得最多的酒席是多少桌?"他说大约三十桌。然后他说,他经历最大的庄户酒席是八十八桌。那是魏家屯村建村二百九十周年大庆,村里举办的千家宴,所有村民都到场餐饮。他们四辆炒菜车把酒席给圆满做下来。我发现,炒菜车自带大垃圾袋,厨余垃圾都收纳得很好,连刷锅水也是由一根管子通到车下的一个泔水桶里,街旁干干净净。

大厨说,他们干这个行当至少有五年了,主要阵地是乡村,因为城里人有酒店,而乡村人虽然可以去镇上的酒店,但是毕竟需要车接车送。更多的庄户人还是喜欢在自己家里摆宴席,把这种喜气酿足。

近几年,我参加过老家人的多次婚庆,他们的情况大致相同:老家都在农村,而孩子在县城工作,为时尚和方便同事,婚宴和孩子的百岁宴都在城里举办。他们提前订一家酒店,租一辆大客车把老家的亲友们拉到城里来赴宴。

过去的乡村,红白事都是主家忙活。逢喜事,关系近的村人要来送红包贺喜,作为答谢,主家要宴请他们,乡下称为"喝喜酒"。我们胶东半岛不兴结婚当天在院中搭棚吃流水席,这种上门炒菜的行当并没有。因为过去都是一家四间房,最多腾出两间屋宴请,所以喜家就分散宴请宾朋。在婚礼前十天左右开始请客,大都一天请两桌,中午一桌,晚上一桌,如果有来往的人太多,连早晨都会安排。这样一直请好几天的客,全由主妇炒菜搭配酒席,有时候忙不过来,需要请亲近的人做帮手。因为那时候物资相对匮乏,一桌酒席的花费是不小的开支,而亲友的贺喜钱还有各种用处,这种关系叫作有"来往",来往来往,你来我往,早晚都是要还的,所以喜宴的开销既要体面还要节省。

　　我的家乡胶州市西南乡靠海远些,吃海货略松,招待喜宴多用猪肉、猪下货。一套猪下货可以做成好几样菜,猪肝、猪心、猪大肠、猪小肠、猪头肉、猪口条、猪肚、猪肺,宴席基本是全猪宴。然后就是猪肉炒菜,猪肉炒白菜、猪肉炒芹菜、猪肉炒韭菜、猪肉炒黄花菜、猪肉炒黄瓜、猪肉炒油菜,总之是猪肉炒各种菜。为节省开销,那时候的喜宴有重复菜品的习俗,也就是"吃剩菜"。上一桌的菜,比如猪肝、猪心都是那种干切装盘的,这样剩下的就可以稍微添一些,下一桌继续用。有时候没得添,不太够一盘,就在菜盘底下垫张白菜叶子,切点白菜丝,或者几片油菜叶,看起来美观又有丰盈感,这样就是"遮丑",不满的盘会让人笑话。或者加一些菜炒一下,把净荤凉菜变成半荤半素的热菜,比如猪肠子炒辣椒,猪肚炒白菜帮,总得让它还能成为一道菜来凑"样数"。

　　宴席的最后一道菜是鱼,俗话说"无鱼不成席",这道鱼相当重要,寓意连年有余。首次去座席吃喜宴的年轻人,家里老者定要郑重嘱咐:吃喜宴不能大撒筷子吃,吃多了,人家后面怎么办?尤其不能去碰那盘鱼,那基本是个看菜。酒席的鱼大有讲究,必然是带鳞的鱼(如黄姑鱼),其次是个头、味道都体面的鲅鱼等。这鱼通常要留传到底,就是要留着伺候所有场的宴席,一般前面是不动筷子的。

　　后来农村生活好了,人们都要吃新鲜菜,主家也会主动把鱼用筷子挑破,示意不用留着,尽管吃。但是大家也只吃那只被挑破的。下一局酒席,主家只需把这条吃开了的鱼剔除,从煎好的备用鱼中添上一条就行。这个节俭得几近窘迫的习惯延续到现在成了习俗。如今的酒桌上,上来鱼之后,还是主人招呼着"开鱼"。他不开,客人怎么好意思动筷子吃呢?那几乎就是不懂规矩了。

有时候，招待客人的喜家备菜不丰富，最后的几桌酒席就显得物品匮乏。一条鱼被挑破了，也吃了一边，拿掉这一条，那盘子里就显得空，不体面。于是，聪明的主妇就把那条被吃掉一边的鱼反扣过来，藏在另外几条鱼下面，这样，鱼看起来还是满满一盘，体面没有丢。

如果鱼不多，实在装不满盘怎么办？仍旧是在鱼下面放上些白菜叶或者香菜叶，好像是给鱼这道大餐配的隆重的装饰。盛鱼的盘子铺上张大白菜叶子，有时候是绿叶，很生动；有时候是撕开的几瓣雪白的白菜嫩叶，看去也是水嫩嫩的，既有视觉上的美感，又把鱼盘塞满，保存了体面。这些装饰看似有些雕琢，而实际上是为了支起空隙，让鱼"浮在表面"，显得盘里满当当。这个传统被沿袭下来，现在厨师做红烧鱼时，出锅入盘后仍然在鱼身边放几根绿茵茵的香菜茎。

喜事的酒席是这样分散完成的，但白事就不那么从容了。旧时习俗，从众亲友吊唁到出殡日的各种招待，需要全村人出手帮忙。将来宾搭配成几桌酒席，由村人分头负责招待。这在乡下是一种人情上的传统，给丧主招待客人有专门的称呼叫"待客"，或许叫"代客"，即代你招待客人的意思。

相互"代客"的人家之间形成一个来往的圈子，在村里实行大循环。由于近些年农村人口流动大，很多家庭集体外出务工，"代客"的严密循环大网就有些疏松。从村庄的账上看，这次村里有白事该张三家"代客"了，可是张三家的老屋一直没有人，人家进城了，于是绕过张三家。这样的情况多了，就有新的章法出来。发生这种事情时，张三提前安排自己亲近的人替他家"代客"，"代客"的费用由张三出。替人"代客"的就替人张罗酒菜饭食,村里有了饭店后,这件事就变得容易多了。"代客"之家不管身处天南地北,只要把费用转过去,帮忙的人就给安排好酒席。

　　乡村饭店的存在似乎让"代客"这件事变得多余。丧主之家完全可以不用自己忙碌,也能把来宾招待好。可是,乡下人流传下来的互帮互助的规矩,一代代人交往的情分都在这一场酒席里呢。眼下人际关系疏离的村庄,有些事大家还在努力维系着那份人情,这让人感觉到邻里之间的温暖。

　　"芳林新叶催陈叶,流水前波让后波。"规矩是一个村庄的人情,是血脉亲情的传承,但也在潮流中不断演变改进。前段时间我去进行新农村建设采风,就见过几个村庄有大礼堂,大礼堂的功能是给村民免费提供举办婚礼和白事的招待场所。礼堂可以装扮成城市的婚宴大厅,举行时尚的婚庆仪式,更重要的是,有十几、二十几个大桌,可以一次性招待客人。这村庄里有红白事的人家,只需要找一个上门炒菜的"流动厨房"就妥当了。问及村里曾经的白事待客之俗,答曰,已经随殡葬改革废止了。

　　当下的乡村宴席,几乎都与酒店和"流动厨房"有着极大的关联,去农村走亲戚,常常见主家冷锅冷灶,所有时间尽可叙故旧、聊前景,到饭点儿直接带去饭店。远一点的饭店在镇上或者邻村,近一点的就在村里,主人自己动手置办一桌乡村酒席成了稀罕事。

　　"借问酒家何处有,牧童遥指杏花村。"在当下的乡村,酒家既不遥远,也不神秘。酒家处处,且举杯豪饮吧。

九曲巷的静谧时光 ①

　　白墙、灰瓦、青石铺就的街巷,木窗、瓦沿、吊在檐下的玉米穗子。场景无不在提醒着你,脚印已经踏上千年前的土地。

　　这里是古岘镇的土地,单是名字就有丰满的历史折痕,曾经熙攘的繁华之所,隐藏在平度腹地上。旅游中巴驶过平度城往东约二十五公里就抵达这处透着宣纸气息的街道,这里濒临小沽河,是一颗水畔珍珠。历史就是这样的,水脉是一条枝繁叶茂的藤,而每一条藤上都有出色的瓜,黄河流域的半坡文化、长江流域的河姆渡文化都是它们河流之藤上的硕果,而古岘镇就是小沽河水系最为骄傲的硕果。以镇为名,它却有一座城的气魄。古岘镇似微服私访的王,从不张扬自己的贵族血统和显赫身份。它是古胶东国所在地,又名"乐毅城""即墨城",是青岛历史之根,以它为核心的即墨古城及六曲山古墓群现在是国家级重点文物保护单位。

　　齐国故地的平度,实际上涵盖着现在的即墨古城,在西汉的强盛国力下,东郊即墨也空自繁华,成为齐地显赫的繁华兴盛之邦。汉武帝刘彻为皇子时被封胶东王,这片土地便与后来声名显赫的汉武大帝联系在一起。刘彻当太子后,他的封地就

---

① 发表于《大众日报》2018 年 8 月 18 日副刊。

转赠给其兄刘寄,刘寄被封胶东王。刘寄死后一百五十余年,其子孙均在胶东为王,这片古老的土地以它敬献的甘美养育着皇族子孙。

千年兴衰,故国神游,脚下似乎踏着的不是土地,而是一部竹简雕筑的巨大史书。

我们从二里的九曲巷走进古岘镇的深处。现古岘镇驻地八个里,是春秋战国时期,燕军联合五国伐齐时乐毅屯兵的地方,史亦称"乐毅城"。中国战争史上,著名的以少胜多的田单大摆火牛阵的战役就发生在这里。而现在,古战场只留下了美丽的传说,古岘镇的街巷是静谧、古朴、安逸的。

"一来二去三山街,七弯八拐九曲巷",宽可通车马,窄仅一人行的九曲巷,户户门扉鲜亮,那红对联几乎都是手写的,行书、篆书、隶书等不同的书法展示在黑漆木门上。轻轻拨动一户的门环,门就开了,只有殷勤的狗在招呼,也许主人已经习惯了游客推门而入的打扰,只是友好地笑笑,任由游人探看小院风情。几件晾在竹竿上的衣服,密匝匝开在甬道边的太阳花,旧脸盆、破茶壶、豁口的瓦罐都成了器皿,开满指甲花、仙人掌、四季梅。一户一个天,每一户都不缺花儿,它们和这方淳朴百姓在九曲巷里安静地过着自己的日子。

建于清雍正年间的李氏拳馆里,几个学生正在练习拳脚,身形瘦削的孩子给我们表演了一套螳螂拳,虽然暑假才开始学习,但这套拳他打得连贯而有气势。院子里有一丛梅花桩,有矫健者一跃而上,踩着木桩身轻如燕。突然感觉时光逆流回到当初,拳馆初建时,九曲巷内的李氏九兄弟,传武于乡里,扬善百里外。

在古茶馆，我们似乎打开的不是嗅觉体味的芬水氤氲的茶香，而是耳朵在时空里搜索到风信。那战国时代的北方，茶是一味神奇的药，医治野心和名利。燕将乐毅率六国之众，以为栽下他们的茶就能征服这片土地，想不到他们的茶树被这片土地征服，成了这方百姓的福祉。那时候的九曲巷摇曳着芬芳的茶树，九曲巷弥漫的茶香驱逐了战火，取代的是街坊聚首、亲友叙旧、商贾谈经。人气密集的茶馆，耳鼓里荡漾着说唱茂腔、柳腔、五弦戏、大鼓、相声等民俗表演，它演变成一个综合文化和商贸休闲和新闻集散的茶肆。

至西汉胶东国时，茶肆在二里更加兴盛，泡茶馆成为一种时尚，三教九流均举茶盏行礼曰"以茶表敬"，文人雅士推茶为上品，曰"以茶雅心"，江湖儿女尊茶为上，说"以茶行道"。

在茶馆，我们仰望那高大的被烟熏过的屋脊，我们在大茶壶坐镇的乌黑桌案前站定，耳际是高谈阔论，是笙歌荡漾，是一部熙熙攘攘的民间史册。院子里，一个大茶炉吸引了众人，大家纷纷伸手去拉那架风箱，风推火力，茶馆的火汹涌着茶客的百味。

三原色染坊里晒着鲜艳的布匹，红黄蓝是最美的色彩，染缸，煮锅，晾晒架，小小一个染坊，却有着古老的历史，且几经更迭。它最早是战国时燕将乐毅联合五国伐齐时的官方染坊，后演变为民间染坊；西汉时刘寄到任胶东王后，大兴土木，各色丝帛用量大增，染坊又转为主要为王侯将相所用；抗日战争期间更名为"三原色染坊"，却以这浓烈的色彩为掩护，暗中救国，因替八路军染军布被日军发现后被摧毁。俯身在古老的染缸边，我似乎看见岁月的色彩在这里更迭，从大铁锅里轻蘸一点颜料，那些沉淀的岁月，正是在滚滚沸腾的煮布锅里将颜色慢慢渗透。谁也取不出煮进布匹中的颜色,正如谁也驱不走岁月里的战火和疼痛,乐毅攻城和日寇溃败,哪一个侵略者都是历史的小丑。但是,"战争"这个标签,始终在那里警醒着世人,眼下太平静谧的时光是多么珍贵。我把那一点染料涂在手心,并努力攥紧了它。

我们的脚步很轻,谈论也细腻,怕惊扰了这曲曲折折巷子里静谧的时光。在千年私塾,我捻起一管狼毫笔,模拟在宣纸上写下什么,这是二里李氏在西汉时设的学馆,师承祖籍胶州的大儒庸谭研习儒家学说,亦文亦武的九曲巷,千年学塾浸润着古老街巷的文化气质。在这样的学馆,我们这一行采风人都是学童,学馆先人们写下的不在宣纸上,我们写下的亦都在纸外。

在酒坊,我端起好客村民赠的一盏老酒。古岘老酒虽藏在深闺、不事张扬,但啜饮半口便知道了它的好——醇厚香浓。老酒亦称"黄酒",是用农家珍贵的大黄米(黍米)酿造,与声名远播的即墨老酒同宗同源。古岘老酒始于西周,至今仍被这方百姓珍爱。

我们从史书里的烟火,走到了历法的截面,我用手抚摸了一下"大暑"的木刻,阳光立即钻透云层,照在徐万且的铜像上熠熠生辉。伫立在二十四节气农耕广场的徐万且,是生于西汉时的胶东国即墨(今古岘镇驻地)学者。汉武帝太初元年,徐万且被选中参与编制《太初历》,这是我国历史上第一部比较完整的历法,它第一次把二十四节气纳入历法。《太初历》中的节气,一定带着小沽河畔的谷米的香,带着胶东故国百姓田间劳作的身影。我突然想找一个节气牌拍张照片,看见在"小雪"和"大雪"之间,一美女衣袂飘起,如五谷仙子。我们都是大地哺育的孩子,被节气领着在大地上奔跑。我依次从"立春"走到"大寒"。走过节气,突然感觉人世间的冷暖和悲喜都变得那么通透,铺在大地上的这册立体史书——九曲巷也是那么通透。

玉皇庙的蝶变

"东有玉皇庙,西有王母井,仙气十足;有陶器馆、剪纸馆、民俗纪念馆、红色纪念馆,历史丰满;看十里桃花,看古朴街巷,看醇厚民俗,看中国最美乡村,回到记忆里的家乡。这里还能品正宗的农家宴,特色驴头、桃园散养鸡、野生鲤鱼、野菜饺子、蒸槐花、蒸榆钱,用王母井淘洗的米,用老石磨磨出的麦面、玉米面、地瓜面。一餐吃出童年的味道,母亲的味道,岁月的味道。春天到了,朋友,约吧!"

这是我第一次在玉皇庙村的农家菜馆就餐时发朋友圈写下的一段话,后来被聪明的菜馆主人当作广告语,经常发在他的微信朋友圈。玉皇庙村我已经记不清去过多少次了,有官方的考察、参观、采风,也有自己不由自主地奔着美景、美食和鲜果前去尝鲜,为着那份美景和那份乡村情怀。

第一次走进玉皇庙村是个深秋,是一个全国名作家、书画家在胶州的采风活动。车在村东头停驻,人们不约而同地"哎哟"了一声。我们同时看见了曾经的家园场景。那是一片片旧场院一样的光洁土地,一座座粮囤是金属网格做的,透明的网格里是金灿灿的玉米垛。几棵古树的造型,树干上面也绕着金灿灿的玉米。这多么像多年之前的家乡景象:秋收时节,人们把蜕皮后的玉米穗绕在树上,垛在场院里,放进粮囤里。

人们在这片场院里流连、拍照,任组织者怎么招呼也不肯去前面看风景了。她们说,这才是真正的乡村,这才是最纯正的美丽乡村。

其实,美丽乡村我们刚刚看了个"序",村口的场院秋景只是个宏大交响曲的序曲。沿着干净的大街,脚步缓慢地进村,被一阵阵花生蔓的香气撩拨。正是收花生的时节,一车车花生白花花地缀在花生蔓上,从大街上驶过。街口的一户户农家,门上的对联虽然已经不那么红艳,可是书法字体各异,内容充满祥和与赞美,让人心境恬然。每一户的墙外都种满了花,鲜艳的美人蕉,硕大的地瓜花,开得正盛的江西腊。墙头上也是花,那紫红色的眉豆(俗称月扁豆)开得簇簇拥拥一片茂盛,吊瓜花已经谢了,墙沿上缀着油嫩嫩的大吊瓜。

临街的人家,每家门前都有花槽,有的是曾经喂养牲口的马槽,有的是水泥缸。水泥缸是二十世纪八十年代的时兴产品,因为包产到户后农民粮食突然多了,原先的粮囤都不够用,就纷纷找匠人打水泥大缸盛放粮食。水泥缸比一般水缸要大许多,缸上面围上十几圈"遮子",一缸缸粮食高高地冒尖,直顶着屋梁。时代变迁,人们早已经不是"囤里有粮,心里不慌"的心态,粮食都卖给粮库,副食品在生活中占的比例也越来越大,人们极少在家存粮。曾经昭示丰收盛况的大粮食缸,完成了使命,如今闲置成了养花的大花盆。农民再也不像以前那样,饿怕了,一旦有了粮食就拼命储存。现在,他们的粮食储存在村口的场院上,不必担心谁来偷,他们的粮食储存在国家粮仓里,也不必担心挨饿,给孩子们讲挨饿时的事,他们都当故事听。

　　玉皇庙是个储藏故事的村庄，推开街边一户古朴农家的院门，就像瞬间翻开了历史，"玉皇庙革命教育基地"的匾额挂在一座民房上。这是一座典型的旧时农家居住房，土墙斑驳，火炕上有旧时铺的席子，已经陈旧，却依稀可见岁月留下的痕迹。风箱在灶台边，我忍不住拉动了一下，它仍旧有旺盛的风在推送，绝不是个摆设。一盏风灯挂在墙上，那是没通电的时候，室外防风的高档照明器具。水缸边上是一只古铜色的葫芦瓢，好像正等一个家庭主妇舀水做饭。锅碗瓢盆都是二十世纪六七十年代的样子，农家岁月在这里贮藏着，我看着一件橱柜上的旧物，感慨万千。锅台上是一件陶品，一个大的盘子，里面却有好些镂空的花纹。我的家乡以前用这样的器皿盛放饭食，叫作"漏盘"。"盘"者广口而下端密封，而这器皿却通风透气，故称"漏盘"。窝窝头、地瓜、地瓜干、菜团子等满满当当装一漏盘，人们吃得香甜。而有的地方竟然将这器皿叫"饭罩子"，除非它翻过来用，否则很难讲通一个"罩"字。如果一个饭具盛满了饭，而用"漏盘"反扣一下，它倒真成了"罩子"，但是用来罩什么呢？镂空的盘显然不能保温，又防不得苍蝇。除非是把它罩在饭盘子上，上面再搭盖个包袱。

　　"玉皇庙村"因村东建有供奉玉皇大帝的庙宇而得名，村西恰有一口井叫"王母井"与之呼应，井水甘甜，经年不涸。我去就餐的农家院就在王母井边上。王母井上安有古老的辘轳，游客们常常会来摇几把辘轳，沾沾仙气。村人说，王母井是慈悲的井，多少年来养育着满村人，有一年，一个小女孩在井边玩耍，不慎失足落井，竟然毫发无损被救起。获救的小女孩说，感觉有人在水里托着她，根本不往下沉。

鸡鸣犬吠相闻,街头巷尾古朴,辣椒串、红枣颗垂下一身民俗符号,香饽饽、布老虎演绎岁月里的剪影。玉皇庙的二百多户人家,在这样的气氛中喜气洋洋地过踏实的日子。

谁能想到,这个村庄曾以"脏、乱、差"令人生厌和失望。但是,摘去落后和贫困帽子的它,如今戴着"中国最美村镇"的桂冠。

几年前,玉皇庙村中心大街路面破损严重,坑坑洼洼,柴火乱堆放,垃圾随手扔,鸡鸭满街跑,一幅鸡飞狗跳的场面。因为离城区不远,种地收入不高的村民中,青壮年都选择进城务工。一座村庄就剩下中老年人懒洋洋地过日子。

村庄要改变,先要妆脸面。经过村容村貌整治,村庄容貌美了,人心更要美。玉皇庙村的人要在精神风貌上配得上这家园的优雅。

"爹娘生咱身,拉扯咱成人,汗水壮咱筋骨肉,恩情比海深。养娘心安稳,敬爹是本分,一个道理传古今,要做孝德人……"大喇叭里循环播放着这首《三德歌》。这是玉皇庙村美丽乡村建设道德工程中选取的一个"点",以此切入打造村庄的美丽"心"世界。

"做人应该有孝德、诚德、爱德,歌词说的都是些最朴素的道理,咱老百姓听着舒坦,也打心底里认同。"村民们说。

"我们有美丽的村庄,是因为我们有美丽的村民。"村领导这样说。

村民乔继周原任胶县(胶州市的前身)副县长,在解放胶东时做出突出贡献。退休后,老人回村干了一届党支部书记。为给村庄做贡献,他献出自家的三间老瓦房,将它们打造成红色革命教育基地。每天一早一晚都播放革命歌曲,唤醒红色记忆,弘扬正气新风。

美丽不光是用来看的,还可以带来经济效益。玉皇庙村村民以前主要以种植粮食作物、外出打工为主,致富路径不宽,村集体创收无门。现在,他们利用资源打造起乡村游。通过玉皇大帝庙、赏花尝果乡村游、民俗展演、农家乐等,让村庄活起来,让村民富起来。

村干部带动亲朋好友,再带动村民,捐出自己家的闲置房屋办各种展馆,于是小小的村庄,办起七八个特色展馆。大家把多姿多彩的地方民俗,集中到了玉皇庙村。经过一段时间的筹建,玉皇大帝庙会、黑陶体验馆、七仙女剪纸社、年画手工艺馆、小磨香油作坊、"一轮磨"豆腐坊、尼山书院、乔老县长红色革命教育基地等场馆相继建设完毕,二百多幢房屋也被粉刷一新。

经过五年的努力,玉皇庙村成了远近闻名的村落。2014年,村庄通过国家 AAA 级景区验收,2015 年荣获"中国最美村镇奖"。以民间手工艺传承为主要特色的乡村旅游,使大家看得见绿水、记得住乡愁、留得住乡情,并打造出一条新颖的完整的产业链条。

玉皇庙村不仅有美丽的当下,更有鲜红的历史。也许就是这些根脉,促使他们在新时代勇于创出自己村庄的品牌。

在胶北革命历史纪念馆,一组烈士群雕让人肃然而立,他们高擎红旗,表情坚毅。胶北(包括高密地域内六区及胶济铁路以北大片区域),是一片红色的热土,在这里发生过多次战役,尤其是抗日战争和解放战争时期,党组织团结带领胶北人民同仇敌忾,抛头颅洒热血,用生命和鲜血染红了胶北大地,最终赢得了胜利。"在玉皇庙的一次战斗中就牺牲了一百零三名将士"，镌刻在纪念馆墙壁上的这个数字，让人心中一疼。一百零三名烈士的热血该能把小小的玉皇庙村浸透了吧，他们的村庄底色上原来有这么刚烈的传承。

玉皇庙村的特色博物馆中，有两个"名吃"博物馆——由小磨香油和卤水豆腐的生产场做成的博物馆。小磨香油的家墙外正洋溢着浓郁的香气，近前一看，是一堆堆芝麻油渣在那里散发香油一般的香。主人介绍说，简单一处理，这些油渣都要被买去肥田，胶北桃子等水果之所以好吃，是因为施用了特色肥。小磨香油的油渣是肥田养果树的最好肥料，总是供不应求。小磨香油博物馆在村西，做香油的各个流程都向游客敞开，主人还兼做花样饽饽，各种各样的礼盒和样品陈列在那里。我们要买一些，她遗憾地说，做好的花样饽饽都卖完了，现在生意火爆到供不应求。

"一轮磨古法豆腐坊"也很热闹，大石磨、大水缸、大木桶，都是传统的豆腐用具。墙上壁画补充着做豆腐的环节。泡豆子、磨豆子、搅豆浆、煮豆浆、点豆腐、压成型……传统的豆腐手工制作工艺，就这样以生动有趣的形式得以呈现。品尝鲜嫩无比的卤水热豆腐是每个游客的必修课，吃高兴了还要大包小包带一些回去。豆制品也丰富，酸甜辣咸口味齐全。"一轮磨上流琼液，百沸汤中滚雪花。"品着豆腐，也品着文化里的精致，心中更熨帖了。

麦收时节的记忆 ①

每年麦收时节我都有些躁动,血液中似乎有一种东西被节令唤醒。要多次去乡野田间看麦子由青绿变橙黄,由橙黄变金黄,直到它们开镰收割,直到看见金黄的麦粒晒在阳光下,心里才妥帖。这源于个人经历,童年到青年的时光里,我身在农村,是麦子最金贵的岁月,那时麦收大于天,每到割麦子的季节,什么事都给它让路。可是,后来麦收越来越科技化,对麦收的重视程度也越来越淡。今年麦收前我回老家看望婆婆,对姐姐说:"你是不是也该准备准备,要麦收了。"姐姐说:"麦收有什么好准备的,现在的麦收都比不上平日里忙呢。在树荫凉里喝水等着,来了收割机割下来,把麦子往路边一拉就行了。"

说得轻巧,也确实轻巧,现在的麦收,就是刹那的事,几亩地"突突突"就被收割机变成了粮食。自己只需将麦粒运回晒干就行。"还有的不用运回来呢,"姐姐说,"有收麦子的,从地头直接拉走,麦子是湿的他们也不嫌,就是比晒干的价钱便宜一些。这样多省事啊。"前几年我就听说过有收鲜麦子的,农民的麦收就是在地头上付钱、收钱。前年麦收的时候我回老家,问二叔一亩地收割费用是多少钱。他说:"今年麦子长得不好,

---

① 发表于《青岛早报》2021 年 6 月 17 日副刊,题目《追赶麦收》。

收割机的价钱也不高,一亩地五十块钱,国家给补贴三十元。"
"还有这么好的事,我们收庄稼国家给补钱?"二叔说:"还有
更好的呢,松园村割麦子不要钱。"原来收一亩麦子,国家给补
一部分,剩下的村里给补上了。这事真让我目瞪口呆了。

父亲离开家乡进城居住数年,每年都多次回去,春秋两季
还要在家小住一段时间。那年麦收时节,我拉上他回去看看这
个特殊的农业季节。我们从一条新修的路回村,经过东坡里遇
见村人,父亲下车与之攀谈。村人说,他在等收割机过来。路
上不断跑过一辆辆农用三轮车,他们满载着麦粒从田里往村里
跑。村人又说,现在都不用自己运麦子了,他们跟收割机联合
起来,割麦子的人家就来告诉他们哪片是自己的,把打下来的
麦子运到哪里就行了。

于是我记起跟儿子一起追赶麦收的事,那是几年前,端午
我们回老家过节,正赶上一场大雨,打断了刚刚开始的麦收。
儿子喜欢看收割机割麦子,这次回家本来雀跃着,看见满坡寂
静的金黄麦田,很失望。我安慰他说,没关系,下个礼拜天再回
来看。他父亲却说,下个礼拜天麦子肯定就收完了。是啊,联
合收割机唱主角的麦收季节,麦收不再是一场持久的鏖战,几
天时间,漫山遍野的金黄麦田会被收割完毕。看着儿子失望的
眼神,我深感遗憾却也没办法。

端午第二天,我回到支教的乡村中学上班。上午还是阴云
低旋的天气,看看眼前满目苍翠的青山,想想整个春天都没有
去爬过,现在眼看着半个夏天过去了,真是辜负了山脚下的生
活。中午吃完饭,趁天不晒,我放弃午休,沿缓缓的山路上山。
走过大片的土豆地,见不远处的麦田里,有老两口在挥镰割麦
子。多少年没看见手持镰刀割麦子的了,这场景让人激动。我

急忙奔过去。原来那是块不大的麦地,四周都是小路,怕是收割机进不来吧。一把镰刀闲在地头,我就脱下外套,将飘曳的上衣前襟系成扣,裸露着双臂,挥镰刀帮老人收割起来,感动得两位老人直叫我喝水。那镰刀锋利,割着麦秸"喳喳"作响。麦芒刺着我的胳膊,麦草上的灰尘直炝鼻孔,这正是童年割麦子的感觉。割了一会儿,老人的儿媳妇来了,得知我是山下学校的老师,抢过镰刀,说什么也不让我干了。我用手机拍了几张他们劳动的照片。

晚上,我把这组照片发到 QQ 空间,立即惹来追问。他们不相信现在还有这样原始的劳动。更有摄友追着要地址,要去拍片。要知道,现在想拍组还原旧日劳作场景的照片,得像拍电影一样雇演员摆拍。我不得不遗憾地告诉他们:傍晚我又到那片麦地边,麦子已经收割完毕,田地空空,只剩麦根了。

次日,我回城的路上,见金黄的麦粒晒在马路边,心里惦记着儿子想看麦收的愿望,无限怅惘。不能等礼拜天了,无论如何,今天得带儿子出城看看麦收,如果今天不去,也许今年的麦收就过了。

我接到放学的儿子,告诉他我的计划,儿子雀跃。我们沿着广州路南行,辗转经过几个村庄,那些村庄虽居城郊,却完全是城镇的气息,路边是菜地、厂房,连棵麦子都没有。辗转拐进204国道,只看见些村庄的路牌和绿树,我说:"得离开国道拐进村庄,否则什么也看不到。"我从姜家庄道口拐进去,见村庄的水泥路晒满麦粒,路边收割过的麦地里正在播种。我对儿子说:"孩子,咱来晚了,已经收完了。"儿子体谅地说:"至少咱看见麦秸草了。"从204国道到二道外环,已经是十几公里的路程,我们放弃了,打算右拐,从九城路回城。车疾驰间,突见齐刷刷的麦茬草之深处,一片林地中间,有几个人围着收割机正在割麦。我们急忙停车狂奔过去,是狂奔,生怕耽误片刻,那极少的一片麦子被撂倒。

我们就像当年追着看耍猴一样表现出热忱,追着收割机三个回合,一直看到麦粒从漏斗倒进三轮车车斗。收割机和载着粮食的三轮车离开,我们才回过神来,满足地离去。

又一年,麦收结束了。时光这么快,记得多年前听过一首歌,歌中唱"追得上岁月,追不上风"。如今的麦收,也快得跟风差不多了,我们稍一懈怠就追不上它。

黑山前

每一个村庄都有丰满的故事,每一个村名都有自己的来历。

古时候那些偏僻的村有它们的优势,隐蔽在山凹或者林深处,远离战乱和匪祸,也远离各种捐税盘剥。"任是深山更深处,也应无计避征徭。"那些村庄都有自己的难处和苦处,而黑山前却像个隐者。这个偏僻的小村,悄然于山岭深处,我几次想去拜访都没有成功。

一个小而古老的村庄究竟是什么样子,我多次在从它附近的山路经过,有一次被遥遥指认,但没有去成。这次去黑山前有些任性,跟寻找一块打麦场有关。这件事我做了有十年了,自从我们村最后一块场院消失之后,我就在寻找,每一个麦收季节都留意村头村尾,想寻找一块旧时的打麦场。

我们村的最后一块打麦场消失在坤银的手中。那是一个老实憨厚的男人,以最朴素的劳动对待土地。当别人想各种各样的法子发家致富的时候,他依然勤劳地牵牛扛耙在土地上耕耘。他把所有希望和精力都用在土地上,他几乎是我们村最对得起土地的人。

然而,打工潮涌动,先是村里的姑娘、小伙子,后来是青年妇女、中年男人,都在寻找打工的门路。粮食和土地在越来越活泛的生活中渐渐贬值。人们对土地不那么看重了,手里有了钱,买粮买菜,不必那么辛苦去耕种。联合收割机简化了劳动,而坤银却坚持几年用镰刀和不联合的收割机割麦子,这样更省钱,他把自己的力气在麦季里换成钱。

只有他,用牛车拉着一车车麦子从村里走过。只有他,很认真地压一块打麦场来郑重地对待麦季。他没有坚持几年,也如别人一样被现代化收编了,他那如田野边缘一块补丁一样的打麦场最终消失了。

有一年清明时节,我和先生开车在山洲水库周边穿行,见过一个村庄的村边有一块地,似乎是用作场院的,旁边还有传统的遮雨农具苫子。我下车无限深情地看了一会儿,说希望麦季的时候来看它重新成为麦场。

此后,没有再遇见过打麦场,心中这个结却一直有。

记得那天是庚子年的芒种,我下午开车出城,一个一个村庄转,就想寻见一块麦季场院。失望之后,我想,不如就今天去黑山前吧,那里或许能有。

有现代化的导航设施,在张应、洋河地域的山岭地里绕行,我也并不怕迷路。糟糕的是有几处在修路,我战战兢兢、如履薄冰地从施工路段蹭过来。快到的时候还走错一段路,没法调头,只能一点点从坡地上倒退回来。

车到路边的西王家庄,我以为到了黑山前。在村口,一位六十多岁的老人说,还得从村后转过去呢。我问村庄的情况,他说:"老人多,我这个年纪是村里的青年了。"在村头,我看见一小块貌似要被压成场院的平地,刚压完头一遍的样子,还粗糙着。车转到村后,一个更大的被压得很光滑的场院里,一位老人正在那簸玉米。我有些兴奋，多年未见场院和簸谷物的老人了。老人说自己八十七岁了，这是她儿子压的场院，因为要晒东西。在西王家庄，竟然还有一户地道的农民，为了晒东西，为了麦收，正经八百地拿出一块不小的土地压成场院。

场院的边上有三个囤底，两个里面是崭新的玉米骨头棒，另一个底朝天在一边弃着。粮囤曾经是农民的图腾，而我这几年见过的都是扔在那里被雨淋一淋，腐烂到可以砸碎时就用来烧火。其实将其作为烧火柴，也意义不大，农户现在基本不用柴火灶，很多地方连煤气灶都淘汰了，直接换了天然气管网，用囤底烧火相当于处理垃圾。

我终于来到了黑山前村，黑山前是山路尽头的一个村庄。背靠的那座山就叫黑山。展眼望去，四面都是山林，只有进村的那条路像一个器皿的小小缺口。有记载说，相传二百年前，王振东到此给洋河镇李子行村地主朱文甫看山，在此定居，后繁衍成村。因居住之地坐落于黑山之阳，便命名为"黑山前"。

我沿路爬坡，把车停在村西南的空地上。脚下的路上晒着刚打下来的麦子，还有鲜麦的气息。路边是几间比较新的房子，挂着村委的牌。几个人似乎在忙活啥，我隔着窗户问他们："是不是村上很多人都进城打工去了？"这是我近几年转村最常见的话题。若我问："村里都有什么人？"得到的答复几乎无一例外，都是"年轻力壮的都外出了"。所以这一次，我直接把答案问到对方。对方大约是村干部，说："谁说都外出打工了，都在村里干活呢！"我知道自己唐突了，便笑笑走开。我在村里转胡同，因为这个村子几乎没有街，有条稍微宽一点的胡同，也算不得大街，与另外的胡同几乎互不相通。

从村庄出来,村前一户人家敞着大门,院落里有一个老石头碾子,我便过去看。屋里走出位老人,问我是不是要吃蓝莓。我便与她聊起来。八十二岁的老太太腰板很直,说话也清晰,根本不糊涂。她带着我去她家的蓝莓园,其实就在家门口。她的儿媳闪了腰,支撑着从床上起来跟我说话。我走进蓝莓棚,老人一边帮我摘蓝莓,一边吆喝着赶鸟。那些鸟从两层屏障的大棚外钻进来偷吃蓝莓。大棚是双重防护,一层薄膜加一层防鸟网。大约有时候需要透气,门开着或者从别的地方,鸟仍旧能飞进来。蓝莓不仅是人类的美味,鸟也乐享。偷吃蓝莓的鸟是白脑壳,跟喜鹊个头差不多。

老人的儿媳妇说,她家的蓝莓就是好吃,不用化肥,也不用一点农药。肥料用豆子和松毛。她指着西山说:"去山上锅着腰在松树下将松毛扫成一堆堆,再装进袋子里,一点点运回来,很麻烦。"我说:"这村在山沟沟里,蓝莓销售是不是很麻烦?"那中年女人说:"不用销售,都是从朋友圈看见了开车来采摘的。很多是从青岛来的呢,来咱这里吃蓝莓,这里有山有水的,可以到处玩玩。"这有些出乎我的意料。这些年洋河镇打造慢生活休闲游,竟然连这山深处的小村庄也大受裨益。

离开蓝莓大棚,我准备回城,却发现村外至西山的小路幽静而葱茏,就沿着山路往上走。行走不多远,看见一块小场院。压场院的碌碡和碾子都在场院边,碾子上还裹着塑料纸,看来是刚刚压完还没有卸下"妆"。寻找多年,不料今天一下子遇见了两块正宗的场院。

山间栗子树居多,山泉时现,青石乱藤间有一丛巨大的深红色野蔷薇花,开得灼灼妖艳。沿山坡而上行,直走到汗津津才返回。下山时遇见一位老人,他手里提着根棍子,腋下夹着马扎,牵着四只羊,一只双乳硕大几乎垂地,另外三只看起来像它的孩子。老人耳背,我们比画着说了几句话。他说自己七十八岁了,整天在家干什么?不如牵着羊出来玩。

跟老人擦肩而过之后,卖蓝莓老人的孙媳妇正逗着小儿在散步。她跟我说,这老人是村书记的父亲。我与这个孙媳妇聊天,问她这么年轻在村里是不是向往进城。她说他们小两口一直在城里上班,因为婆婆前两天把腰伤了,叫她请假回家帮着照看。她其实不懂农事,也就是帮着带带孩子和做饭。她说公婆很能干,蓝莓园之外,旁边的一片桃园也是她家的。

黑山前村在我的猜测里只背靠一座黑山,现在看,它竟然四面环山,那些山或许没有记入书籍的名字。山上葱翠,远远看见苹果树、桃树、栗子树、核桃树,郁郁青青。从西山归来时,我又遇见这家的老婆婆,问起村庄的历史,老人说,好像是她老老公爹从外村搬过来立的村,那时候所有家当就一挑子。

初到黑山前村的时候,我认为它是一个空壳的小村落,也像很多人担心的那样,这个原先就人烟少的村子,会彻底空掉、消失掉。但是看见村口那户四世同堂的人家,我感觉大地上到处是希望。我问老人家:"我该怎么称呼您呢?"她想了想,大笑着说:"我儿子叫王福治。"八十多岁的人,大约只记得自己是谁的母亲,谁的奶奶,谁的老奶奶了吧。

一些人离开村庄去外面寻梦,一些人留在村庄在土地上开花。这就是黑山前,让人看见无尽的希望。

香甸^①

2013年初秋,我去胶州市第二十六中学支教。走进香甸,人们对学校的老称呼是"香甸中学"。香甸是个村庄,清道光乙巳《胶州志》标为"香店",解释说,因此村地处艾山脚下,是艾山每年四季庙会的交通要道,村民以做香为业,故名"香店"。后演化为"香甸",取古乐府《孔雀东南飞》"隐隐何甸甸,俱会大道口",形容该村车水马龙之盛。但在民间对"香甸"另有一说:村庄周围野花繁茂,花香荡漾,满村都是香的。我宁愿相信,"香店"到"香甸"的演化是因为漫山遍野的花香。

我支教的"香甸中学"(后改名为胶州市第二十六中学,2022年改为洋河镇中学)坐落在艾山脚下,抬头就是艾山,满眼青翠。山不高,仅二百二十九米,但有"坐对一青山"的意境。

学校是镇上的中心中学,却没有建在繁华的镇上,而是在距离镇子东面五里地的香甸村。学校在村庄的最西边,也开门朝西,一出门就是广袤的田野。香甸中学正好坐落在艾山脚下,"窗对一青山"就是中学里的寻常场景。我在二楼、三楼上课的时候,不经意间就能瞥见艾山坡上的果园,春季花盛若缤纷飞霞,秋天里,从窗户刮进来的风都是香的,有梨子的甜香、

---

① 发表于《青岛晚报》2020年10月24日副刊。

红星苹果的郁香、葡萄的冷香,还有浆果发酵的酒香。常常就有些醉意朦胧。于是彻底明白,"香甸"之"香"不单单是花香,果香比烂漫的花香更浓郁和持久,竟然持续到初冬。冬日我漫步在山坡林地,果园里曾经落地而发酵的果实的香,依旧在泥土上弥漫。不走进这片土地,焉知"香甸"之香?"甸"有两解:郊外;田野的出产物。这郊外的香,这田野出产的香,是恒久不散的嗅觉体验,让人沉醉。

其实,我鼻翼间吸进的各种果香不单单来自眼前的艾山山坡,洋河大地的"慢生活"大林果业传承中,林果业已经覆盖了太多的土地。洋河镇多山岭,过去这山岭薄地种庄稼收获微薄,而且传统农业利润低。"岭上果子洼里菜",于是山民都在林果上下力气,逐渐就形成了果香荡漾的特色地域。

曲家炉也是个芳香之甸,它在镇驻地边缘,村名来历有分歧。一说当初是曲姓的铁匠立村,其发家的器具是一架打铁的大铁炉,所以名叫"曲家炉"。另一说法是,曲姓人家建村时,村庄荒芜,芦苇丛生,就被外村称为"曲家芦"。正如"香店"与"香甸"完全可以重合一样,"曲家炉"和"曲家芦"的说法完全可以同时成立。看看它的左邻右舍,南面是牛栏沟村,西南为芍药洼村,都是一派田园风致,浪漫无比。由此,"曲家芦"那曾经芦苇满地的场景便也真实。荒凉是荒凉些,可是有满满的意境。

支教两年,我给洋河镇当了两年歌手代表,每年夏末去市里"周周演"大舞台演节目。同台演出的朗诵节目文本是我写的,是反映洋河大地慢生活的内容,配上各种实景画面,一年年成了洋河镇的保留节目。2017 年 10 月 17 日,这首修改压缩过的诗歌发表在《光明日报》上,我的洋河诗行,算是冲出胶州走向全国。这首诗每一行的源泉都在洋河大地上。

> 累了你就到农家的炕头巷口歇一歇 / 在屋檐边、果树下听听温暖的乡音 / 咧嘴的石榴红，彤彤的柿子在枝头招手 / 芋头，苞米，地瓜，淳朴的乡情早已摆上饭桌 / 尝一尝柴火炖肉大锅蒸出的馍 / 丰收的大白菜鲜香满满一锅 / 把纯真的童年交给自然滋养……

这是洋河慢生活的真实写照，是我对洋河的深情赞歌。"山水洋河·四季有约"成为品牌，慢生活成为时尚，众多城市人从各处赶来，最隆重的是金秋的田园盛会。人们在"果趣"曲家炉板块里闻着果香，采摘苹果、猕猴桃、葡萄、蓝莓、梨子等十多个果品。四十多个"甜蜜果乐园"，让游客在金秋尽享采摘之乐、口味之乐。人们在"田趣"板块里重温当初情怀，在官庄的"田趣"板块里掰苞米、刨花生、地瓜、芋头，回归真正的田园生活。"山趣"是洋河镇的重头戏，在山脉稀少的胶州，洋河镇是最丰裕的山水镇，有艾山、东石、西石，更有新开发建设的融"吃住行游乐"于一体的九顶莲花山板块。秋风中，果香里，九顶莲花山演绎着"九鼎"之大锅造型，烹饪五谷丰登、烤全羊、炖鸡、炖鱼等地道洋河特色美食，配以各类精品采摘、农家宴等，使游客慢享山林野趣。"慢生活"是洋河镇兴农的招牌，各个版块的农家乐里，有最正宗的农家饭菜，山野菜包子、槐花包子、古法烙饼子、味道鲜美的跑山鸡、金黄的炒山鸡蛋，多种乡村野菜等极具洋河特色的农家小吃满足各种味蕾需求。

在洋河支教的时候，我多次在它的村庄街巷和旷野中行走，以前是山岭薄地穷山沟，如今是果香荡漾游人闹。

行走在曲家芦村,村庄雅静,街道朗阔,古朴的花器和鲜艳的花朵相映成趣。村口成片的果园连缀在一起,木屋、回廊、果园里走动着白鹅,枝头上栖息着土鸡,红苹果从茂密的绿叶间探出脸来。更多的苹果遮盖着"面纱",防虫、防药、采光、着色的高科技技术,把它们养在深闺,等一双双有缘的手来采摘。

行走在李子行村,浓郁的村风让人脚步微醺,一户户手写的对联大约出自一位博学老先生之手。这个村清末出过一位书法家——朱清芬,他曾经为民国胶县政府题门匾。墨香之外,李子行村还以醇厚浓郁的芋头香气打动了远近的食客。"羊脂美玉"芋头已有百年的种植历史,人们吃芋头就认李子行的,每年都有人托我代买。李子行村头有多个卖芋头的摊位,但是也掺杂别的村来冒充,因朋友要最正宗的,我只好亲自到村里、到地头购买。

洋河镇曾叫艾山公社,是一处绝佳的有山有水的好地方。但是,过去的山水不值钱,因为山岭地多,传统农业收入低,有适合林果的土地,却没有林果的市场。时过境迁,新时代新农村给了洋河大地新的机遇和生机。依托山林,发挥优势,于是,一处山水相约的慢生活基地慢慢完成,人们在这里找到了世外桃源般的欢乐。

自2008年以来,洋河镇成功举办了十多年的"慢生活体验节",从单纯的蔬果采摘,发展到集乡村慢生活体验、田园嘉年华、研学旅游等于一体的乡村旅游综合体;也从一个村起步,逐步打造出串联全域的"四十八公里生态慢行环线",逐步构建起"全镇是公园,村村是景点"的全域旅游发展格局。"大相家粉条二百年,洋河小米曾是康熙朝的贡米,李子行羊脂美芋走俏商超,曲家炉苹果果香三十年……"路边卖山货的老人如数家珍一般。

我有好几张经典好照片都拍自洋河的花海,那些村庄已经不再是单纯经营农业,而是多元发展,土地种上了油菜花、向日葵、波斯菊,种上了美。美就是生产力,给村民带来了好日子。

山、水、林、田、石、村、花、果,整个洋河大地都是芳香之甸。

麻湾记忆

一、一条幸福路 [①]

沿着乌黑平展的柏油路从 204 国道拐进村，就像突然进入一个江南水乡，粉墙黛瓦，小小的镂空花廊，一丛丛淡竹平仄如诗，一棵棵月季疏朗如梅，一树树紫薇花朵撩着屋檐，一株株国槐虬曲优雅，让村舍的裙裾淡雅而清秀。这就是名声远播、由落后贫穷蜕变成拔尖村庄的麻湾二村。

第一次走进麻湾二村，我与写村史的老村支书聊得最多，作为退役在家的老支书，矫法清对村庄的热情从来没有退却。他是村后民俗博物馆的义务讲解员，无论谁来，无论风雨，也无论他是否正忙着自己的事或者有个头疼脑热，他都随叫随到。

老支书带着一大摞手写文稿来到办公室，原来他在家写村史。他要根据自己的记忆和执政村里多年的经历见闻，把村庄发展过程中那些难忘的事件记录下来。他带我去看麻湾记忆民俗陈列馆，走在村路上，说起村庄的洁净美丽，他感叹："原先可是又贫穷又落后啊，就说脚下这条路吧，曾是一条怎样的烂

[①] 发表于《青岛晚报》2020 年 10 月 10 日副刊，题目《麻湾记忆：一条幸福路》。

泥路啊！你要想了解麻湾二村，就先从修一条改变村庄命运的路开始吧。"

大麻湾村是美丽的大沽河畔一个历史悠久的村庄，有着一千五百年的历史。相传，唐王李世民率兵东征时路过此地，曾在此处安营扎寨、休养整顿。该村村东有一泥湾，水清澈，专供军马饮用，由此李世民将此村命名为"饮马湾"。后来，村庄借助泥湾水多的优势，多产黄麻，逐渐演化为麻湾，后发展为大麻湾自然村。

大麻湾村离胶东镇驻地仅有三公里路，因为村庄大、在胶东有影响力，镇政府曾一度称作"麻湾镇"。麻湾旧景之"麻湾渔乐"是古胶州八景之一。随着时代变迁，1958 年人民公社成立后，大麻湾自然村分成了三个行政大队，即麻湾一村、麻湾二村、麻湾三村。近年，三个村又合成为麻湾社区。

原先的大麻湾村人口多，土地少，因为濒临沽河，土地以沙土地为主，农业生产并没有优势。在分村庄的时候，一村和三村紧靠着 204 国道，而二村在最里面，距离 204 国道比较远。二村往东往南是绵延的大沽河，这一天然屏障阻断了道路，里外就只有通往 204 国道这唯一一条出村的道路。

那是一条小土路，路窄还尽是坑坑洼洼，"旱天一身土，雨天一身泥"是那条小路真实的写照。麻湾二村就处于这样一个交通不便的坐标上。村庄的土地环境更不乐观，麻湾二村的土地大都在偏远地方，且土地贫瘠，除了沙地就是洼地，既不耐干旱又怕雨涝，平常年份亩产四五百斤，遇到灾年就更惨淡了。

家家泥坯房，雨天排水不畅，出门是小土路，坑坑洼洼和稀泥。农民在种庄稼之外，不得不兼营菜园等补贴生活，但是菜农卖菜成了一个难题,他们每次外出卖菜,需要早早把菜准备好,一家人帮着推车才能顺利走出那条或者积水成泥或者坑洼不平的路。村里也有买了大车搞运输的,因为路不好,司机不能把车开到家门口,每次都把车停在 204 国道边上,然后再走一公里的泥坑路回家。

无路走的村庄太难了,他们太需要修一条路,可是修路需要钱,修路需要拆民房,修路需要从别的村庄兑换土地呀。村干部说:"不管付出多大的代价,也要修路。"群众说:"路不好太苦了,拆我的房子也要修路。"于是,紧靠着那条小泥土路的十几户村民的房子被拆了。拆房修路,在自己的村庄可以畅通无阻,可要将路修到 204 国道,需要经过麻湾一村和麻湾三村。修这样的一条路,可以方便三个村。这样的好事不该多磨,可拆屋迁房不是小事,要多方协调。磨破了嘴,跑细了腿,前前后后做了许多工作,麻湾二村行路难的局面终于在 2007 年画上了句号。一条崭新的、宽阔的路,一条村民通往致富大门的路,给村庄带来了无限生机。

有了路,村民的干劲更足了。土地有限就搞工商业,与农业互补发展。原本就头脑活络的麻湾人,在村里建起多个工厂,尤其是猪鬃厂,把村里所有妇女都召集起来,她们成了第一批在自己村庄工厂上班的工人。紧接着,他们又引进了篷布生产,多家篷布厂雨后春笋般在麻湾村建立起来,当时全国有 50% 的篷布都是来自麻湾制造。这个村庄的三十多家农户支撑起中国篷布产业的半壁江山。从二十世纪九十年代到现在,麻湾二村的篷布产业仍然在国内市场占非常大的份额,具备自己的特色。

招商引资大潮汹涌时，麻湾人也不落后，他们看到商机巨大的工艺品行业。工艺品生产占地少、成本低、利润高，多用于出口，可分散加工。这众多的利好，使麻湾人迅速建起多家工艺品厂。工艺品产业在麻湾二村一经落地，便呈现欣欣向荣的局面：村内无闲人，人人做手工，家家开工厂，户户当老板。人们无论干什么都把手工工艺活带在身边，随时随地抽空加工。真是老人孩子齐上阵，看戏聊天不耽误。他们笑称："这是耍着玩着挣外汇。"

工艺品厂的异军突起，使胶东的民营企业上了一个新台阶，麻湾二村的成功带动了周边村庄，甚至胶东镇许多村庄的闲置人员都被利用起来。

开了多家工厂、走上红红火火的企业发展道路的麻湾二村，在企业发展上越走越大胆、越来越成功的麻湾人，始终对土地怀有深厚的情感。

好多人脱离了土地，那些闲置的土地怎么办？怎么能更好地让土地生金子？他们积极引进了一些跟土地耕种、园林育苗等方面密切相关的项目。2011年，村两委①在镇领导的指导下，积极探索新型农村土地使用方略，率先使用"田地反包"制度，从农民手里反包了土地，引进了"大沽河佳华园艺生态观光园"项目。这一项目的落户，为麻湾二村的土地绘制了新的发展宏图，真正全面实现了农民在家门口上班。农民重新进入田地，但是已经转变了身份，是在自己的田地上上班挣工资，开创了中国农民"拿土地入股、在土地上做工"的先例。

佳华园艺项目的引进，让麻湾大地上的农民实现了旱涝保

① 村党支部委员会和村民委员会。

丰收，当时一亩地的反包价格为八百元，后来，在双方协商下，村两委又给农民争取到了每亩地一千元的反包地价。佳华园艺项目在一期阶段只有一百多亩土地，经过几年的发展扩建，目前已经是占地五百亩，是集生态农业、家庭园艺、域外花草、奇异蔬果观赏体验和销售于一体的生态观光园。2014年，它成为青岛世界园艺博览会的重要合作伙伴，为青岛世界园艺博览会提供七十多种各类花卉，成为世博园花卉合作商中的佼佼者。

　　三十年河东三十年河西，想想当年、看看现在，麻湾二村走上了一条艰难而又完美的蜕变之路，走上了通往富裕、幸福的新农村之路。

二、岁月留香

　　八间房的一处建筑，就像一户旧时人家，大红的"福"字贴在古色古香的门板上。这是村委办公室旧址，如今被建成一个名为"麻湾记忆"的民俗陈列馆。这里装着村民农耕时代的乡愁。当打开那两扇沉重的木门，我们好像一下子推开了岁月之门。这里储藏着岁月的化石、拓片。农用小推车、防雨的苫子、斗笠，曾经红极一时的自行车、缝纫机都在这里，那段艰苦的岁月，随着一条村庄的路修成，渐渐远遁。

　　当家家户户以新换旧，曾经的自行车、缝纫机、钟表这些富裕标志的物件就成了古董。那是岁月的见证，扔掉还心疼，存着占地方。新的瓦屋楼房要装新物件，彩电、冰箱、洗衣机、微波炉，哪里还用得上风箱、蓑衣、苫子、蒲团？于是，2017年，村委搬至新建成的办公室之后，决定把旧村委办公室的八间平房改建为一个纪念馆,号召村民把家里用不到的老物件捐献出来。消息一传出,村民们踊跃来捐物。一时间大家纷纷赞扬这一举措,说:"咱们日子过好了,但是不能忘记过去,要让我们的子子孙孙知道他们的祖先曾经是怎样生活的。"于是,这个农耕博物馆成了乡愁的根,村民有时候来看看,对比一下曾经的日子和现在的生活,脸上漾起满满的微笑;家长带着幼小的孩子来博物馆,很耐心地给孩子讲乡村的历史;更多的是学生集体参观,远近的学校纷纷把这里当成了教育基地,这里是不忘乡愁、展望未来的立体课堂。

记录着村庄历史的还有一堵浮雕墙。

当生活发生了翻天覆地的变化,人们回首曾经,越发感念赶上了好时代,过上了好光景。他们感念一辈辈人对生活的坚韧和努力,感恩祖先对美好家园的建设、对村风家风的贡献。梳理了村庄历史节点的特殊事件之后,人们在村委前建起一面浮雕墙,以唐太宗的饮马湾传说为源头,从现实的移民东迁落户于此的口头传承开始,回顾了漫长岁月里亦农亦渔的先民生活。有古桥古庙的记载,有当地特产和生活特色介绍、教育医疗卫生在村庄的发展史、村庄的红色革命历史。撒网图充满活力,农耕图扬鞭奋蹄,保家卫国图那些参加抗美援朝的勇士的形象高大武威,文教图里私塾先生谆谆教导学子的场面栩栩如生,笙歌图中秧歌的红绸飘舞、锣鼓的气势威风。

从落后到先进,从贫穷到富强,麻湾二村的这面墙就是半部村史。一个村庄的沧海桑田、风雨变迁都在这里。从立村兴业,到农耕渔猎、发展教育、医疗惠民……一路风风雨雨中走来的麻湾二村,用浮雕墙的方式铭记了历史。这些浮雕不掩饰真实的窘迫,不美化曾经的苦难,一步步都是祖先跋涉的足印,一帧帧都是汗水和智慧的结晶。

第二次去采访，接待我的是妇女主任法信香，她受新任村书记李光照的委托，带我参观并解答我的疑问。她是一个祖母年纪却很时尚的人，干脆利落，在村里服务了好多年，对村里的发展几乎无所不知。

她是村里的多面手，日常工作之外还是文艺骨干，村文化大讲堂中有她的剪纸作品。她说："赶鸭子上架，多年没碰了，为了带动村里的剪纸氛围，我也就重新拾起剪刀剪几幅。"经济发展之后，人们追求的是文化生活的丰富多彩，文化生活充实了，人们又渴望进步，渴望对多种知识和文化的学习。在这种情况下，新书记带来新气象，对村庄进行了全民提升和打造，还建起了麻湾村民大讲堂。

大讲堂分为六大板块，分别就安全、法治、心理疏导、妇女工作、文化文艺等方面进行了周密的安排，邀请专业人员担任大讲堂的讲师，把社会生活的方方面面以大讲堂的方式给予村民"精神充电"。村民大讲堂的设计既高端又实用，深受村民欢迎，在文化和文明传承上起到了推波扬帆的作用，麻湾二村也因为文明的各个方面在全市遥遥领先，先后荣获胶州市文明村庄、青岛市社会文明村庄等荣誉。

说起村庄，她满满的自豪。"荣誉太多，都不知道从哪里说起了。花园式村庄、生态宜居村庄，这个你都看见了，我们村是古色古香与精致小品有机融合的民俗特色村。新书记上任后，对道路进行了隆重的规划建设、提档升级，先后完工十六项美丽乡村提升工程，包括街面整治、民俗展馆建设、文体广场景观打造、沽河道路景观提升等，并按照徽派风格粉刷墙面，使村庄洋溢着浓郁的安详氛围。"我问她怎么会这么熟悉情况，她说：

"每年太多来参观学习的,有时候有专人进行讲解,有时候我临时上阵,都是自己村庄里实实在在的事,闭着眼也弄不错。"

"我可以自豪地说,我们村的村民过上了和城里人一样的生活。"这是胶东办事处第一个告别土灶、风箱、煤炉子的村庄。2017年,管网式天然气通到每家每户,大家再也不用烧柴冒烟、大锅做饭,再也不用扛着煤气罐去灌气了。有了天然气,就有了良好的供暖条件,村民也告别了冬天用煤炉取暖的旧生活模式。几千年的生活模式彻底被改变,他们彻底过上了和城里人一样的方便舒适的生活。

三、文明花开

第三次去麻湾二村,我久久不能忘记的是那个绑着毛巾做水袖,一板一眼唱茂腔的四岁孩童,那是老村支书的小孙子。孩子耳濡目染,自小就喜欢唱、喜欢扭。那天,他就像开了个人演唱会,他唱"喜鹊喳喳门前叫"等现代戏,也唱《赵美蓉观灯》等经典唱段。谁也没有特地教过他,他是跟着村里的戏班子和爷爷手机上存的唱段自己学会的。

麻湾二村有悠久的村史,也有与村史一样的优秀文化传承。解放初期,麻湾村就有丰富多彩的民俗文化活动,创建过麻湾剧团,剧团里的优秀演员曾被挑选到金光剧团担任骨干演员。大集体时代,麻湾的三个村庄纷纷利用冬闲时排练各种剧目和小戏。那时候都是义务参加,既没有工钱,也没有工分,完全凭村民的热情。麻湾村分成三个村庄之后,麻湾二村分到的道具服装最多,他们那份对文艺的热情也最高涨,很好地传承了文化传统。

　　麻湾二村的群众以空前的热情使用那些道具,在普及革命样板戏的时候,排练了大戏《红灯记》,并到周边村庄和田间地头去演出,到公社参加过调演。那时候,村庄经济薄弱,各种道具贫乏,他们的演出很受限制。比如没有幕布,红小兵们就献出他们的袖章,拆开来拼接成一幅幕布。演《三世仇》这样的剧,缺服装,怎么找一些特殊的服装呢?他们想起来批斗地主、抄地主家的时候曾经抄出过绸缎衣服,他们就在那些抄家的物品里找到了绸缎衣裳用来演戏。日本兵的服装怎么制作?这可难坏了大家。他们想来想去,终于有了办法:用大粗布,拿颜料把它染成想要的颜色。虽然条件艰苦,但是大家热情高涨,把戏排得非常出色。

　　村民经过艰苦创业,普遍致富之后,文化生活再次活跃起来。他们建立了社区文化中心,在村委门前修建了文化广场,又成立了胶东茂腔剧团,不断排演各种各样的节目,大到传统茂腔剧目,小到自编自演的生活小戏,丰富着村民的业余生活,传递着社会主义文化的正能量。

　　麻湾二村有许多个创举,举办村级艺术节就是其中之一。2017年7月20日,麻湾二村社区举行了首届文化节,2018年又举行了第二届。艺术节上既有茂腔、秧歌、威风锣鼓等传统节目,又有歌唱祖国、歌唱新时代的歌曲;有老年人的健身舞迪斯科,也有年轻人喜欢的街舞,形式多样。村民上了自己村的大舞台,脸上洋溢着幸福和满足的笑容。村民看过节目,骄傲地说:"咱村的艺术节,都赶上市里的水平了。"村民艺术节在胶州市引起轰动,各大媒体纷纷进行报道。

　　威风锣鼓、七彩秧歌,吹吹打打,喜庆万分,村庄文艺生活在传承中更加丰满。文艺宣传队在各种节庆活动中起到了多方位的服务作用，青年人当兵入伍的时候，他们会敲锣打鼓扭秧歌去欢送；本村、本社区村民结婚，只要提前打个招呼，村里的锣鼓队、秧歌队都会盛装上阵给他们欢庆一番；近几年，每到重阳节，他们专门为老人排演精彩节目。

麻湾二村的文化定位很高：不能自己村唱唱扭扭、吹吹打打就叫文化了，要做精做细做深做广。他们利用佳华园艺生态观光园的优势，与之合作定期举办花卉交易节、花卉摄影大赛、花卉书画展览等旅游节庆活动，将文化拓展开去，让麻湾的文化之花开遍大地。农耕是根，文化是本，园艺是花，他们开设"农耕·园艺·胶东文化·研学实践教育基地"活动，将园艺、历史、文化等融入生活和教育；针对现代化农村城镇化，少年儿童稼穑体验匮乏现状，开展结合时令节气的耕耘、播种、管理、采摘、收获观察和体验的研学实践，以花卉、绿植、园艺为素材的设计制作类的动手实践与体验的研学实践活动。

每到夜幕降临，麻湾二村村委办公楼前的大型文化场上，休闲的人陆续到来，人们或者闲聊沟通信息，或者专注地看LED大屏幕播放的新闻，或者在准备即将开始的群众集体舞。好几支文艺队伍在广场上开练。娱乐加健身已经是麻湾人离不开的业余项目。

美丽的母亲河——大沽河滔滔不息，它滋养着大地上一个又一个美丽的村庄，哺育着两岸淳朴的农民。人们以自己的勤劳、智慧将村庄建设得更加美好，将它打扮得更加美丽。

隐形的翅膀 ①

每一次飞翔都不是单纯地靠翅膀震动,有无数隐形的翅膀助飞了它翱翔天空的梦想。

——题记

蝴蝶梦想飞翔,可破茧成蝶的过程是艰辛的,没有打破旧秩序向死而生的决心和奋斗,就没有春天里翩翩而飞的舞姿;纪念碑是崇高的,它威严耸立,接受人们的敬仰和膜拜,但它的挺拔先有万山丛中选取的石料,经过千锤万凿才能造就;高高在上的碑林,它的巍然屹立建于牢固而默默无闻的根基之上,由无数沉默的基石托起,才有它彪炳于世的宏大。世间大凡美好壮阔事物的形成总经历不易被常人察觉的艰苦过程,它们皆站立在庞大的无声奉献之上,就像站在巨人肩膀上获得的荣誉和奖杯,高贵而伟大的是那个巨人,这常常成为不为人知的秘密。2016 年的夏天,我走进胶东国际机场建设现场,走进这样一个秘密。

---

① 获"胶州国际机场杯"征文大赛一等奖。

一

2021 年，不管你是在半岛亲友圈、大山东经济圈，还是在祖国的任何一个地方，你将与胶州人几乎同步快捷地拖着拉杆皮箱从胶州大地直接起飞，从云朵上掠过，到世界任何一个有飞机起落的地方，在那里休闲、观光、游玩、游学或者洽谈商贸。这个当时并不为全国所周知的胶州小城，将被世界众知；麻湾渔乐的闲趣、秧歌之乡的风尚将被更多人了解和欣赏，胶东这一方沃土也将被记录在国际航空的史册。胶东国际机场成了一个连接现代信息的结点、一个启动新生活的按钮，青兰、青银、沈海三条高速银蛇飞舞，如时空的快递员，快捷地输送人流，汇集在这里，高铁和地铁双线直达航站楼，方便快捷的大山东辐射网，使胶州这个千年古城即将成为全国瞩目的焦点。这就是胶东国际机场，一个具备现代理念，顺应时代发展的国际机场，在有着数千年文化积淀的胶州城，落地生根，即将花开激滟。

机场的设计独具匠心，既体现了深厚的历史文化底蕴，又具有蓬勃的现代气息。山东素称齐鲁大地，由齐文化和鲁文化支撑着文脉，青岛和胶州都是古齐地的领地，所以胶东国际机场那五角伸展的造型，实际上是古体"齐"字的变体。这个暗含了齐国古体字的象形设计、体现齐文化的硕大建筑，还体现了现代海洋的鲜活气息。机场的造型就是一只大海星，优美而独特的海星造型，突出了青岛的海洋优势和浪漫气息。海星的造型又那么像一个巨大的手掌，五指张开，深情地抚摸着这片曾经热血沸腾的大地，与这片热土击掌，许下生生世世的诺言。

二

　　巨大海星的五个触角,是机场的五个指廊,它们夹角较小,最符合机场的运行要求,使旅客到最远的登机位很快捷,转机也便利。这集约高效的海星形机场,摊开的五个手指将一期十五个村庄抚平。"你得给我舞台我才唱得开戏,"海星好像这样说。拆迁腾地是机场面临的第一个考验。这美好航天梦的背后注定有几多艰辛、几多拼搏。这不是在一片荒野上绘制的蓝图,机场的最佳选址需要覆盖几十个村庄,中国人根深蒂固的家国理念,使人们千难万难不离家园,何况盛世的胶东,人们安居乐业,一边有土地田园,有农耕之乐、衣食保障,一边又有现代化的工厂激活着传统的富足生活,给小康日子锦上添花。人们耕种、打工、开办工厂,正把日子过得风生水起,一下子背井离乡,思想上是要费一番周折。

　　在村庄拆迁的日子里,我曾经漫步于几个村庄的街头,亲历了搬迁拆除的现场。那种背井离乡、连根拔除的不舍在老人身上体现得尤为强烈。自己垒起的一砖一瓦,亲手种植的一草一花,就那么全部在版图上消失,在眼睛里消失,只留在记忆深处了。我去的时候已接近拆迁尾声,大街小巷是忙忙碌碌搬家运送的车辆,有的房子已经被推倒,那些旧家什被堆放在街上、胡同里。一位老太太抱着架风箱要装车,儿子却在一边说:"住楼房了,这个用不着了。"老太太怅然若失,昏花的老眼注视着风箱和满地的瓶瓶罐罐,注视着那些她带不走的旧生活,深深地叹息。拆迁对一个村庄来说就是连根挖除,为了机场,为了青岛的腾飞事业,这些在村庄里住了几代、十几代的人们,像候鸟一样迁徙了。候鸟明年还会回来,而他们这一走,就是永远离开。我问一位老人："愿意搬家吗？"她说："不愿意,在这里生活快一辈子了,就愿意最后死在这村庄里,埋在这片田地里。可是,得搬啊,国家要发展,机场要建设,咱就要搬,咱老百姓能为国家做点啥呢？"忙碌着的年轻人说："把我们的土地和家园献给机场建设这样一件利国利民的大好事,我们也是骄傲的,政府给我们足够的钱安家和创业。我们原先四处打工,把老人'扔'家里不放心,现在买楼房住在一起更方便。"

一期的十五个村在预定时间内拆迁,工程队如期进驻,在一片曾经烟火鼎盛的村庄上,将生长起更加茁壮的炊烟,放飞更加绚烂的梦想。这一点,老百姓是有贡献的,他们抹着泪告别家园,在另一个陌生的环境里想念家园。这片曾经五谷丰登、人丁兴旺的土地,这片在机器面前瞬间变成废墟的土地,将涅槃重生,从哺育那一带的村民,转而成了造福千万倍人的场所。"换个地方重新创业！"年轻人意气风发地开着车,载着车斗里的旧家园走远了,他们把对家乡的眷恋和不舍转化成一种创业的激情。

三

然而,这并不是全部,不是每一个村民都明大义、识大体,他们有的利欲熏心,想入非非；有的被一些言论蛊惑,犹豫不决；有的心存侥幸,想多占一点便宜。有的村庄丛生错综复杂的矛盾,族系之争、派系之争、街巷邻里之争,各类矛盾在这个敏感尖锐的时刻伺机爆发。胶东镇的机关干部无比敏感,他们及时进驻村庄,如一贴万能膏药,化瘀止痛,疏堵导流,在拆迁的关键时刻,他们体现了不怕苦不怕累的作风。

　　驻扎村庄的时候是个炎热的夏天,政策宣传,平息矛盾,需要硬的时候他们必须挺起腰杆说一不二,因为他们代表着组织的尊严、国家的利益;需要软的时候他们对老大娘、老奶奶苦口婆心、家长里短地进行心理疏导,有时候还需要赔上些泪花。是啊,家园难舍,要倾听和理解村民的情绪。环境变了,今后的日子他们心里没有底,他们的要求不过分,给他们今后的生活无忧的承诺和保障是人民公仆的责任。他们把拆迁户当作亲人去考虑问题,"如果他们是我们的亲人,我们会怎么样?""如果他们是我们自己,我们又怎样?"这样的换位思考,避免了拆迁过程的简单冷漠化,将亲情和温暖融入其中。

　　机关干部李保帅的诗歌,真切地反映了拆迁特殊时期机关干部们的艰辛:"夏伏天进村,桑拿天迁坟,无处不考验,各个抖精神。都说征迁苦,哪知期限紧,父母妻儿弃,并非无情人。铁肩担道义,难舍是责任,甘愿为民苦,梦牵起航魂。多少辛酸处,无眠于夜深,人生几回搏,仰天问丹心!"那时候,天气炎热、蚊虫叮咬、暑气迷瘴、饭菜简单,错综复杂的村庄,随时可能有潜藏的矛盾跳出来影响整个拆迁进度。他们一刻不敢懈怠,"吃三睡五干十六"高密度的工作节奏,使他们黑了、瘦了。那段时间,他们无暇顾及家里的老人和孩子,吃住在村庄,时刻在现场。挥一把汗,擦一把泥,在进驻村庄的日子里,他们殚精竭虑,他们嘴皮磨破,他们脚步勤挪,他们甚至必须是火眼金睛,还必须眼观六路耳听八方,既要苦口婆心,又要斗智斗勇。村庄里有各种各样的情况,他们许下了阳光下的誓言,要将拆迁工作保质保量按期完成。朱家屯、韩信沟、河西店、前店口、杨家屯、二铺村、周王庄、石家庄、后店口、安家村,每一个村庄都有自己的特点,错综复杂的房产隶属,貌合神离的拆迁家人,各怀计谋的违章建筑户、借机搅浑水、牟利泄愤的不轨者。因为派姓沿袭的矛盾纠葛，因为答复差异出现的混乱，因为村干部不轨导致的状况陡变，这些都是不安定音符，哪一个音符飞起来都会影响拆迁建机场这一宏大交响乐的完美。这一切，都需要机关干部们瞪大双眼，就连睡觉都要睁着一只眼。他说："好累！白天磨破嘴、跑断腿地工作，连做梦都是在现场忙拆迁。"

他们成功了，他们胜利了！市领导、省领导竖起大拇指："你们打破了全省的拆迁记录。"轰隆隆的机器开进来，高高的吊塔竖起来，这片轰轰烈烈发展的沃土上，有他们多少个日夜的操劳，这些，不止星光知道、台灯知道，那些走过他们身边、被他们感动过的老百姓也知道。

四

2016年夏天，我再一次走进这片广袤之地，这里已经换了天。我站在高高的瞭望塔上，看见此时的开阔工地上架起了无数塔吊，很多穿工作服、戴安全帽的工人在忙碌着。工地负责接待的人员告诉我，这样的三伏天，既要保证工程进度，又要保证工人的健康，除去雨天全体休息以外，工地一直在运转中，没有哪天因为天气炎热而停工。是年，胶州大地的伏天格外闷热潮湿，炎热的日子也比往年长久，但是，当绝大多数人在有空调的屋子里工作或休息时，这里依旧在一层层地垒砌着百年大计。除了塔吊和一些蓝色铁皮屋，地表看不见别的建筑，施工人员说，目前的工程主要在实施地下的基础设施。"那些蓝色的简易铁皮屋子是工人宿舍吗？"我知道他们来自全国各地，住工地源于我对工人以往的经验。"不是，他们在生活区住带空调的房子，条件非常好，就近还有通往市区的公交车，有多家摊位经营日常用品，生活用品和娱乐都很丰富。"我从瞭望塔望向他手指的工人生活区，有些远，除了绿树掩映中的房屋边角，看不到太多生活场景，但是我能感觉到那里一定有热烈而富足的生活。很多工地工人带着家属，他们的孩子也被优先安排在城区或者就近入托、入学。

我跟一个戴安全帽走出工地寻找物品的工人打招呼，他是四川人，在外漂泊数年了，每年回家几次，大部分时间在工地做工。他说，这个工程大，要做几年，他打算把这里当家了，胶东镇上有新开发的楼房，他计划在这里买房子，扎根在胶州。"有机场、有高铁，什么都方便，去哪里都容易，我喜欢在这里安家。"说着，他充满憧憬地往镇驻地的方向望了望。这是一个年轻的工人，他黝黑的脸上挂着汗珠，安全帽边的黑发有些汗湿。看着他继续忙碌的身影，我突然想起一句歌词："我不知道你是谁，我却知道你为了谁。"我想此刻，我注视着他背影的眼神是感动的、感谢的。

五

村庄如期拆迁了，机场上竖起了一个又一个塔吊，热火朝天的新生活给人们的飞翔之梦带来了希冀。然而，看似波澜不惊的生活表面下，还有深处的一些裂痕需要修补，还有一些风浪需要平息。家产纠纷、房屋归属，是随着机场拆迁出现的新问题，并不是拆了就风平浪静，那些余震还需要另外一些公仆来收拾。坐落在胶东镇驻地的李哥庄法庭，在近几年的案件审理中,受理了大量因机场拆迁带来的纠纷案件。合伙人的厂子,分家不明的房屋,产权模糊的宅基地,一系列问题需要在这里画一个句号。

面对因机场拆迁而涌进的数百起纠纷案件,法院工作人员就好像老中医,对每一起案件望、闻、问、切,本着公正和负责的原则,本着亲情第一、和谐一家亲的原则,调解多起纠纷。每一个漩涡的平息都耗费了法官们大量的心智和脑力,每一个复杂的纠纷都需要他们多方查找证据。

清官难断家务事,隔着几十年的岁月,那纸文书、地契、分家单早已枯黄,被揉皱了,当年的见证人大部分都已作古,健在的也意识模糊,记不清晰。谁能还原历史一个真相?多次的调查取证、调解劝说,当事人眼中的一座冰山,被法院的工作人员一点一点融化成了水;当事人眼中不可调和的纠纷,在法庭工作人员的眼中不过是一个小小的误会。是啊,无论是父子、兄弟、姐妹,谁输谁赢都还是一家人,有时候赢的是官司,输的是亲情,赢得了一些钱财,输的是做人的名节。在庄严的法庭上,法官们既尊崇了礼法,又维护了情谊,每一桩案件都跌宕起伏,法官们付出了许多额外的劳动。"苦点累点值得,因为我们多做一点,这个家庭就破镜重圆了,因为我们的努力付出,最后大家皆大欢喜了。"

国际机场是一个大杰作,完成它的不是某一位大师,而是千万双手、千万滴汗、千万人;机场需要高瞻远瞩的规划,也需要脚踏实地的实干。每一个飞翔的姿态都不会被遗忘,它们是从这片广阔的沃土上助跑起飞的,那些隐形的翅膀一直在高处、低处辅助着飞翔。

刁家屯：最后一匹马

我去刁家屯完全是个意外，那次秋天一个人去蛤蟆屯村看蓼花，把村庄内外转遍了，还是不愿意回城。于是我就开车出村，从村口逆着回城的方向沿着村间的公路开下去。我遇见了一栋很漂亮的二层小楼，背景是秋日云天，很纯净。近看，原来是刁家屯的村委办公楼，在村东头很独特的一个安静场所。路边一块大石头上刻着"三河源村民广场"。三河源，哪三条河的源头在这里呢？我不仅充满好奇。路边还有牌子写着"田间学校"。这是个完全陌生的村庄，我决定下车去村里走走。

村口一户人家门口有几个人在徘徊，原来是青岛来此看中医的人在排队等着。我奇怪的是，中医一般都是上午号脉开方，怎么临近黄昏了，还有外地人排队呢？得是多么有名气的中医啊！后来才知道，这个村有三户中医门诊，都很有名望，求医者众多。

很多村庄是以姓氏命名的，我猜想这个村也是刁姓人家居多。路遇一位老人，问他村庄有什么来历，是否村人都姓刁。"没有姓刁的，"思谋片刻他又说，"有一户姓刁的人家，前年跟着儿子搬去济南了。"一个以姓氏命名的村庄，一般是同一个祖先留存下来的后代，也可能是一个大户人家落脚在此，有佃户和长工在此共同构成村庄。在时代的变迁里，上天并不因为大户、富户的富庶而格外恩宠他们，往往那些赤贫的佃户儿女成群地繁衍开来，衣食优越的富户反而人丁凋敝、日渐没落。后来我查阅资料，道光乙巳年(1845)的《胶州志》标此村为"北石屯"，相传由刁姓立村，二百年前叫"刁村"，后改为"北石屯"，又改为"刁家屯"。

所谓的三河是指墨水河、小辛河、十米河。刁家屯并不是三河的源头，而是交汇点。河流交汇的地方一般地势低洼，但刁家屯还好，在低洼处是邻村和睦屯，春夏至初秋，蛤蟆繁衍众多，叫声轰然，故名"蛤蟆屯"(1973年改雅称"和睦屯")。

刁家屯算个边城村寨，它西邻高密市，北边就是滋养胶北大地的墨水河，且墨水河与十米河、小辛河在村北交汇，交汇处俗称"北三岔"。因滨水而居，村庄多种菜。此刻，村庄边缘菜地铺陈，许多菜农在菜地里整理蔬菜。种十亩田忙不过种一亩园。这是民间俗语，听之就知道种菜园的辛苦和琐碎。这里如蛤蟆屯一样有大部分沙质土壤，适宜西瓜、蔬菜的生长，早在人民公社时期就有种植西瓜、蔬菜的传统，特别是西瓜种植与蛤蟆屯、肖家屯连成一片，已形成规模，每年都有很多商贩来争相抢购，只不过蛤蟆屯的西瓜抢先声名远播了。

村庄里的房子规格不同、高低不一，好房子水泥红瓦、窗明几净，而有些老房子还是土墙。有一家房子的屋山土墙上镶嵌着很多俗名叫"干狗"的石头，不知道建筑的时候是为了美观还是为了坚固。有些用白石灰抹墙的旧房子，墙皮早已脱落，就像一本残缺的旧书。从这样的墙边走过，我的脑海中突然跳出歌词"岁月在墙上剥落看见小时候"。这些旧物真的可以代表一段岁月了。

在村南头即将出村时,我往西一看,高高的土丘上似乎有一匹马,这可是稀罕物了。农耕时代彪悍的农业大牲口,在被现代化涵盖的村庄里已经不见日久。我奔过去,见一位老者正在放马,马的缰绳搭在马背上,它自由地吃草。这高处是一处宽阔的堤坝,老人说,这就是老墨水河的河堤。旧河破败不堪,因为常年干旱,早已经没有了河的体面。下面的河谷隐约有几处水湾,大多被庄稼和青草覆盖。河上有座老桥,通往别的村庄,桥很简陋,但是比较宽阔。路没有人走就荒芜了,桥也是,不走,它就颓败了。现在村与村之间有平坦的公路,河上有坚固的桥,一条旧河上的一座老桥注定是寂寥的。

我问老者:"现在养马能做什么,还用它干农活吗?"他说:"啥也不让它干,就那么养着。养它十四年了,不舍得卖掉。城市里还有人养宠物呢,我就养着这匹马,我少吃点好的就行了。"那匹马长得硕壮,而它的主人却干瘦,养一匹马是需要费不少精神和饲料的,一个愿意把钱投给自己喜爱的牲畜的农民,该多么热爱他的乡村和生活啊。

我还在乡村生活的时候就已经很少看见马,大约是2008年春天遇见过一次。四月,万物油亮的季节,我带着孩子和侄儿们在洋河老家的田野里游荡,突然在乡路上远远看见一辆马车。一匹岁月里的马真实地呈现在我眼前的黄土路上。马拉着马车,不合时宜地走着,马车上赶马的男人,衣着也很古旧,就像一幅不真实的画面。当时,我正拿着相机,就远远地拍下了这个新鲜的陈旧事物。我真想如小时候那般,追上去攀着车框坐进马车。但是,这辆马车像个隐喻,那是我们再也回不去的岁月。从乡村回城后,我为它写了一首诗。

《一辆马车从乡路上走过》：

慢吞吞，一副疲惫的神情／这匹老马，还记得这
片坡地吗／你的神情，如何与四月的田野匹配／如何
与这轰隆隆的乡村兼容／无数细草从春天赶来，刺痛
湿润的风／土地发酵，豌豆将开花／茶针已经老去，撺
掇些芦花般的雪／一匹马，一辆车，半车粪从乡路上
走过／马车上的老年男子，穿半旧的泛白衣服／一顶
与四月极不相称的帽子／好像从乡间文物库里抖搂
出来／我不知道，这辆马车将走到哪里去／我真想追
上这辆马车／叫它带我回到过去的岁月／我更担心的
是／这匹老马能不能走到夏天

那匹马让我思谋良久，一匹马的归宿在哪里？随着农耕岁
月的消失，它们就完全谢幕了吗？如今，我在刁家屯又看见了
一匹壮硕的马，没有可以施展它雄壮的劳动场所了，它与我们
的时代有了距离，只是一件风物，却倔强地存在着。正因如此，
我记住了这个村庄、这个难忘的下午。

管理村:种下无忧花

几年前,我应邀去管理村为其写一篇演讲稿。管理村是胶州市推荐的村庄代表,要参加青岛的比赛。由此,我在村里采访了三天,共接触到二十几个人,收获了满满一笔记本的感人故事。

一、家庭紧急会议

年轻的村民明刚跟我说起他家召集家庭紧急会议的事情。

管理村原先就是普通的村庄,但是随着城市发展,村民很早就搬迁住进新楼了。从村民到市民,大家真不适应。"村搬迁之前,我家一直都是我爸说了算。可是,自从村庄变社区、村民变市民之后,生活的新变化多了,老爸思想有些跟不上,他的主张不能服众,我家就改用家庭会议,民主表决家庭的决策。"

"第一次紧急家庭会议是妈妈召集的。"那是 2005 年,管理村刚刚搬迁住进新楼房,许多村民晚上没事干,有些聚集打扑克,竟然发展成小规模赌博,影响很不好。于是,村里组织大家健康娱乐,成立了秧歌队。这个村庄以前的文化生活不多,村民普遍保守,没人报名参加。村干部挨家挨户动员,可是村民们害羞啊,跑大街上扭秧歌,磨不开脸。明刚妈是个痛快人,响应号召报了名,但是明刚爸坚决不让她去。他说:"大家都不去,你出什么风头。不好好伺候公婆、收拾家务,跑出去疯什么。"明刚妈不服:"伺候老人、照顾孩子、做家务我哪样都做得不差,凭什么不能去参加自己喜欢的活动?这是个好事,我就要带头,都像你这样老脑筋,社会怎么发展?"这两口子谁也说服不了谁,明刚妈就把明刚兄妹紧急召集回家,加上家里的老人,召开了第一次家庭会议。听完爸妈的争执,明刚兄妹把票投给了老妈,还对老爸说:"你可得改改了,要跟上潮流才行。"老爸嘟囔说:"我真是老脑筋了?"就连明刚的奶奶都向着儿媳妇,她说:"都新社会了,还不解放妇女咋地?"

从此,明刚的老妈就风风火火扭秧歌了,邻村见她们的秧歌队红火热闹,也纷纷效仿,明刚妈还成了她们的教练。那天,明刚妈邀请老伴儿观看她们的表演。从来是晚上只看电视不出门的明刚爸,在村文化广场惊呆了,竟然有二百多人在健身,不仅秧歌队彩带、扇子上下翻飞,还有老年人的太极拳、太极剑队,年轻人的迪斯科健身操队。他说:"咱村的人还真赶时髦呢,我看比城里人还时尚。"明刚妈说:"俺们就是城里人呢!"

明刚家的第二次紧急家庭会议是 2008 年,明刚大伯去世时召开的。堂哥是个孝子,将大伯一直伺候得挺好,可就发丧事宜,大伯的几个弟弟与堂哥产生了分歧。事情的起因是管理村的殡葬改革。以前的老传统是鼓手喇叭,吹吹打打,烧钱烧纸,乌烟瘴气,纸马纸孩,灵棚高搭,一日三次给故去的人到土地庙旧址烧纸送汤"送盘缠",浩浩荡荡的队伍堵塞交通,有几次还差点出交通事故。村干部召集村民搞讲座,提倡厚养薄葬、文明殡葬。经过一年的普及宣传,村里出台了殡葬改革村规,刚开始实施就赶上明刚大伯的丧事。堂哥拥护改革,想把丧事简办,明刚的父亲和他的弟弟们主张老做法。经过家庭扩大会议的热烈辩论,年轻人的新办法战胜了老主张。大伯的丧事办得简单文明,村民们都很赞成。

事后,明刚对老爸说:"爸,关键时候我又一次没跟你站在一起。"明刚爸答道:"你只要跟'理'站一起就好。其实我心里也不赞成那一套,有些老规矩真需要改改了。"原来明刚爸的老脑筋也在进步。

让人想不到的是,明刚快九十岁的奶奶竟然也召集了一次紧急家庭会议,而且比任何一次都让人难以表态。

事情的起因是管理村的圆梦计划。村委的"圆梦计划"已经连续办了好几年,每年帮老人们圆一个梦想。老人们中午吃饭不方便,村里就办起了免费食堂;老人们不喜欢到装修华丽的理发店理发,村里就成立了夕阳红理发店。2011年春,村里又召开老人座谈会,询问老人的要求和心愿,竟然有人提出想去北京旅游。

听到这个信息,明刚八十六岁的奶奶摇着轮椅飞快去了村委会,却是抹着泪回来的。奶奶背驼腰弯,平时仅能自理,村里不敢带她,一家人也不同意。被拒绝的奶奶,梦想落空的奶奶,长时间把自己关在屋里流着泪。最后她召集"紧急会议"。奶奶把希望放在年轻人身上,但是这次明刚也不支持奶奶出去,毕竟年纪那么大了,又是远途旅行。奶奶说:"我是个苦命人呢,旧社会兵荒马乱、缺吃少穿,多亏共产党解救穷人,让我过上今天这样的好日子,我对党有感情啊,让我去看看咱们的首都,去看看天安门,去谢谢咱们的党,我就是死在回来的路上也值啊。"

这次投给奶奶赞成票的竟然是明刚爸,他沉默了好一会儿后,叹口气说:"好吧,娘,咱赶上好时代了,过上好日子了,去趟北京没那么难,虽然你腿脚不好,可我就是背着你去,也让你看看北京天安门,也跟你一起去谢谢咱们的党。"

那次,奶奶由明刚爸和明刚两代人陪着,参加了村里的圆梦行动。

不久,明刚爸也召集了一次紧急家庭会议。他说:"跟几个老人商量好了,我也要去城里的老年大学上学,去当一回大学生。"全家热烈鼓掌,奶奶说:"你在我手里就没捞着上几天学,现在好好补上吧。"

这是明刚家的故事,在一次次村庄改革、一次次家庭辩论里,他们逐步褪去了农民的烙印,成为崭新的市民。身子住进崭新楼房的村民,双手离开土地,成为市民,依靠改革,一步步提升着精神境界,逐渐完善着从农民到市民的幸福转身,精神上频频上楼,视野越来越开阔。

二、文明的脚步

自村庄开始往楼房搬迁,管理村就热闹了。鸡、鸭、鹅"嘎嘎"叫着到处乱跑,羊、兔等家畜和牲口涌进了社区,无处安放。村主任说:"乡亲们,咱不是农民了,住楼要有住楼的样子。"但是,破家值万贯。曾经贫穷的村民,那么多东西不舍得扔,于是囤积在小区里,堵塞在楼道里,严重影响了小区的卫生和形象;旧物品的堆积还会引发邻里间的矛盾,你的东西碍着我的路了,我的东西被你的物品压着了。搬进楼房,村民一时适应不过来,邻里间、婆媳间时有摩擦。因为东西占地、鸡毛蒜皮的小事,吵架、怄气的事情时有发生。生活富裕了,精神依然停留在原先的高度上是不行的,物质和精神两手都要抓。于是,"文明"成了新蜕变村庄迫在眉睫的事情。

2005年,管理村成立了精神文明办公室(以下简称"文明办")。这是个新鲜事物,后来,外地新农村考察团到管理村,客人们惊奇地说:"一个小小的村庄设精神文明办公室,恐怕全国没有第二家吧。"村书记笑道:"因为需要,所以存在。文明办的作用可大呢,帮我们完成了村民到市民的精神转变。"

转变可不是件容易事,刚刚搬迁的八个月内,文明办就像过去敲钟上工一样给村民上"紧箍咒"。因为村民不再种地,而是在各种岗位上班或者做生意,文明办就选在每天早晨上班之前的时间给大家"上课"。村礼堂里乌泱泱的,一开始村民们都很不习惯。可是不来不行,不来就是落后,以后评"文明户"会被一票否决。文明办会在早晨开展各种各样的精神文明讲座。大家是农民,多年没进过课堂了,难免懒散,根本坐不住、听不进,打瞌睡的、悄悄低语的、手里偷偷做活的都有过。可是慢慢地,那些贴近生活现实的讲座,他们开始能听懂了,其实讲的都是他们热切关心的话题、迫切需要的答案。他们越听眼睛越明亮,规范越学心里越亮堂,从一开始叫着来、逼着来,到后来抢着来、占座位。村民气质有了明显变化,眼神不迷茫了,语言不粗俗了,笑容更灿烂了,谦虚礼让之风遍及童叟。

文明办的主任叫刘秀明,是个干瘦且开朗豁达的人。他退休前是三里河办事处的文化站站长,能说能画、能唱能跳,为让健康的文化娱乐走进小区,他可没少动心思、费力气。刚成立秧歌队时,村民害羞,谁也不报名,他就挨家挨户动员,好不容易凑了几个学员,可围观的村民一来,学员们纷纷打了退堂鼓,溜掉了。刘秀明向村干部提出要求,为了村文明娱乐的发展,干部和家属必须带头,各自回家动员家属参加秧歌队。那些天,村民可是开了眼界,村上平日最庄重的老人——村主任的爹也在扭秧歌;计生主任的婆婆,脚有点跛,扭起来也挺好看;还有那些村干部,平时西装革履的模样,从忙忙碌碌的岗位上下班后,就忙着笨手笨脚地学秧歌。胶州毕竟是秧歌之乡,被秧歌滋养了几百年,音乐一响,许多村民就骨头痒痒。刘秀明看火候到了,急忙鼓动老少爷们都来学秧歌。文明健身好处多,积极参加学秧歌的给发秧歌服装,以后评选"文明村民"还给加分。红火的秧歌扭起来,趁热打铁,文明办又相继组建了门球队、太极拳队、柔力球队,还有迪斯科健身舞队。

丧葬改革是村里的文明大事件,在晓之以理的基础上,文明办进行了为期一年的调查问卷,并做了大量宣传,还搞了个老人辩论会。有的老人愤慨地说:"活了一辈子,怎么着也得'走'得热热闹闹的,难不成就一声不响地跟拖死狗一样拖出去?"也有老人说:"国家领导人都只播哀乐,不吹喇叭,难道人家一辈子不轰轰烈烈?"就在刚刚实行新规定的时候,一户人家出了问题,去世老人的弟弟是个老脑筋,偷偷将哀乐换成传统吹鼓手的曲目。音乐一响,大家都惊呆了。老人的儿子是个孝子,但是他通情达理,知道应该拥护村里的改革。他立即叫人换上哀乐,并当众严厉批评了叔叔。那位叔叔后来认识到自己的错误,主动在村民大会上检讨。从此,管理村简约、文明的老人殡葬新风畅行,村民拥护,周围社区村庄纷纷效仿。

文明办主任刘秀明就是村庄的润滑油,谁有事他都能上通下达,给梳理明白。原本文艺工作出身的他,在了解到村里的老人不喜欢到外面花里胡哨的发廊去理发后,他就买了理发用具,在家里偷偷练习,并在小孙子头上做试验:夏天给推成光头,春秋理成寸头,到冬天留着小分头。他感觉老人们对头型的要求大抵也就这些了,于是开始"下水",在文明办旁边挂上了"免费理发"的牌子。如今,他手不离剃头刀,忙里偷闲,十分钟就能理完一人。对于一些腿脚不方便的老人,或者冬天衣着笨重,或赶上刮风下雨的天气,他会上门理发。他心里有本账,谁该理发了,连招呼都不用来打,他抽空带上家伙什就去了。

　　文明不文明,关键看行动。村风好了,人们的精神境界高了,拾金不昧蔚然成风,少到几元钱,多到上千元,管理村的村民,见钱不心动,捡到就上缴,已有多达六十次拾金不昧的事件,累计拾遗现金金额达五十万余元。七十一岁的徐玉珍是小区的保洁员,一天清晨五点钟,她拣到一个包,打开一看,这个家境有些拮据的老人被吓了一跳。厚厚一大沓百元钞票,她数都没数明白。一堆银行卡,在路灯下她还辨认出,一张二百万元存款的票据。一辈子没见过这么多钱的老人,捧着包呆坐在长椅上。小区里静悄悄的,没有一个人,孙子的旧衣裳、儿子早出晚归的三轮车、老伴颤颤巍巍的拐杖,走马灯似的从她眼前经过。"这肯定是个不缺大钱的主。""每月四百元保洁费,得干多久才能挣这么多钱啊!""钱是人家的,你不能动心!"徐玉珍从长椅上站起来,坦然地继续挥舞她的扫帚。当冒冒失失满脸冷汗的失主拿回钱包时,感动得慌忙抓出一把钱要答谢徐玉珍。她笑着说:"孩子,钱是好东西,但是大娘不能因为钱昧了良心。"

　　徐玉珍因屡次拾金不昧,2013年被评为胶州市道德模范之星,并受到嘉奖五千元。时值黄岛区输油管线重大爆燃事故发生，她闻讯后，毅然将五千元奖金通过红十字会捐给了灾区群众，在"最美胶州人"史上续写了尚德新篇。

三、小村遍开无忧花

发展集体产业，壮大村集体经济，让管理村居民"零负担"，变成"无忧村民"，这是管理村两委的奋斗目标。

2011年的一天中午，阳光祥和地照耀着管理村免费餐厅。七十五岁的李洪兰和七十六岁的王茂让老两口坐在一张桌旁。村免费餐厅与村幼儿园毗邻，共用一个厨房，但菜谱不同。当天老人们的菜谱是萝卜丝炖虾、土豆炖芸豆、馒头。"都是老人们喜欢的菜，做得很软烂，每天菜品不同。"厨师边往托盘中盛菜边说。老人们就餐的房间在厨房隔壁。已到就餐时间，老人们齐坐好。李洪兰说，她四个女儿都嫁到外面了，儿子也成家，分家另住。以前老两口中午自己做饭吃，有时嫌麻烦就凑合一口，孩子们都不放心。现在好了，村里开了餐厅，他们天天过去吃，饭菜不重样，好吃又免费。吃完饭还可约老伙计打扑克、打门球。

受房屋面积限制，村免费午餐餐厅开始只对七十五岁以上的老人开放，后扩大了餐厅面积，免费就餐者的年龄扩至七十岁，后又进一步扩至六十岁以上的老人。扩至六十岁免费就餐的时候，该村符合就餐年龄的老人共一百三十七人。

"我们村从儿童到老人，从生到死，村里全管，自己没有负担。"一位老人很粗犷地说。老人们七嘴八舌地说："幼儿园是村办的，本村孩子入学一天一块钱学费，午餐吃得很好，才三块钱，村里给补助呢。孩子回家吃不收费。""上学成绩好还有奖励。"

村民有什么福利?

"可多啦!每季度给村民发放米、面、油等生活必需品;村里自建取暖锅炉,收取很低的取暖费,还给村民发放取暖补贴,互相一扯平,差不多是免费取暖。""村里还有最后二十亩地,都开建大菜园,雇人种菜,收的菜不对外销售,按人头分给村民吃。这年头不都讲究吃绿色无公害蔬菜吗?我们村民的待遇就这么高,吃免费的无公害蔬菜。"村民们你一言我一语地说道。

"孩子结婚村里也管,只要按照村规民约不铺张浪费,村里就给一条龙服务到底。"大家记得,最初成立婚庆服务小组时,村集体提供三辆装饰好的婚车来迎娶新人,一辆大客车接送客人,婚礼现场统一装饰,村里提供鼓乐队。"一场婚礼体体面面的,主家不花钱,还特别省心。哪里找这样的大好事。"

村党支部书记刘元征直言,现在村里经济条件还不错,因此想方设法多为村民谋福利,每年做点好事实事。据悉,该村从 2002 年就开始给村民发放生活补贴,年龄不同,待遇不一,最高的每人每月五百九十元。老人节有补助,不违反村规民约及有关规定的有补助,还有失地养老保险金、新农保养老保险金。

在村民心中,有一本温暖的村庄福利档案:2011 年,管理村率先办起了敬老食堂;2012 年,村里颁布了管理村《丧葬规定》,全程免费帮助丧主处理丧事;同年,村里为因病住院的村民发放一定比例的医药费补助,为发展家庭经济的村民提供资金扶持;所有村民常年享受村集体发放的每月数百元生活补贴和奖金;村里六十岁以上的老人每月可领上千元各类补助。他们笑嘻嘻地说:"谁说种地的人不能吃劳保,我们村的农民就有退休金。"

管理村有一个已建立十六年的公益基金,因运作透明和救急、扶困、助学、奖优受到村民支持。

这项公益金建成于 2004 年 10 月。当时由于一户村民患重病无钱治疗,村两委发动全村捐款,帮助该村民渡过难关。为解决类似情况、激发村民公益道德意识,村两委决定建立村公益基金,村集体经济出资一部分,向社会团体、企业募集一部分,同时,村民个人可自愿募捐。

村民突遇的天灾人祸、大病医药费补助都在基金服务范围内,这是管理村公益基金会对辖区村民的承诺。据村党支部委员刘秀明介绍,对于因病住院的村民,扣除合作医疗报销部分后,公益基金会将给予适当的医药费补助。每年该村医疗补助支出几十笔,数额近十万元。

不仅是村民的大病医药费补助,村公益基金会的惠及范围还包括奖励村里各类学校品学兼优学生、奖励村里的立功军人和见义勇为者等。2011 年,村里考出了一位留学英国的博士,按照章程,基金会奖励其一万元,当年发放的优秀学生奖金总额达三万多元。六十多岁的栾胜忠是三里河公园的巡逻员,他在三里河边救了一名跳河轻生的女子,基金会给予他见义勇为奖励一千元。成立以来,村公益基金已发放近百万元。

公益基金还有一个重要用处,对家庭月人均纯收入八百元以下、有能力发展家庭经济且有合适的发展项目,但缺乏资金的村民家庭,村公益基金会将给予资金方面的扶持。村民肖永刚靠着基金会的扶持办起了小加工厂,代理加工电器元件,现在小厂办得红红火火,规模扩大到二十多人。目前,已有三十多位村民享受到自主创业的扶持。

管理村对村民生活"大包大揽"的底气来自哪里?

新管理村位于胶州市新城区东侧,临近胶济铁路。该村于2005年搬迁至此,其原址在目前建设中的胶州市文化中心、体育中心。

新管理村除了村民居住的澳门花园小区,还建有两个大市场:新城区农贸市场和胶州市文化市场。租金收入是新管理村重要经济来源之一,目前每年有三百多万元。另外,新村建设时,除村民搬迁房,还建有部分商品房,销售收入五千多万元,成为村里的"第一桶金"。现在村里还有两家制造企业、一家投资公司。有了这些积累和可持续收入,村里就能为村民提供基本的生活保障和公共福利。

四、圆梦

在我很小的时候,父亲就用他粗糙的大手抚摸着我的头说:"孩子,你要好好读书,将来当城里人,住楼房,坐电梯,吃食堂,爹这一辈子就是个农民,那样的生活赶不上了。"

还没有等到沧海桑田,管理村的村民就实现了住楼房、坐电梯的梦想,老人们吃起了免费食堂,还能走出村门去看看我国的大好河山。

中国梦是庞大的,它由许多个体的梦组成,孩子的梦、老人的梦、年轻人的梦、生活环境改善的梦、精神境界提升的梦,每一个梦想都是一粒种子,在最合适的阳光和雨露下发芽,开出绚烂的花朵。这多姿多彩的梦之花将汇集成中国伟大复兴的蓝图。一个小小村庄的梦是那么实在,从农民变成市民,变成物质富裕、精神灿烂的优秀市民是我们最真实最可行的中国梦。

我在洁净的村街上走过,耳畔传来大喇叭里播放的歌谣:

> 大路朝前走走走,中国朝前走,
> 前程似锦人豪迈,中国朝前走。
> 风是我们的歌,雷是我们的吼,
> 新的世纪敞开了门,赶路正是那个好时候。
> …………
> 朝前走啊,不停留,
> 中国一步一层楼,
> 新的世纪敞开了门,
> 赶路正是那个好时候。

多彩的村庄

一

每个村庄都是有色彩的,它们有的是现实中的视觉锦缎,绚烂夺目地呈现在时空外围,如油画一样鲜亮夺目;有的却底蕴深厚,如沉淀多年的醇酒,潜藏在村庄历史文化的肌理深处,散发恒久的香气。

我走过的那些村庄,各有各的色彩和风韵,如一幅幅风格浓郁的画卷。"黑土岭""黑山前"似乎是黑色的,其实不然。黑是它们依靠的山和岭的颜色。黑的土地总是让人想到肥沃,而黑土岭村如今是平坦的田野,看不见岭在何方。正如"黄墩后"村,它已经被沧海桑田同化,变成了养育庄稼的好田地。远看黑黝黝的山叫"黑山",其实植被丰茂,大约是黑松居多吧。"黑山前"在山的怀抱里,背靠黑山石,面向开阔地,都是向阳人家。

"河西郭""青杨行"满是葱茏之感,这样的村庄与古诗意境相契合,绿意婆娑、鸡鸣犬吠,堪称最具诗意的村庄。"夼"的字面意思是"大河奔流",含"夼"的村庄,都是傍河而居的吧。我去过"十五里夼""二十五里夼",行走在这样的村庄,有满满的浪花飞溅的想象。

　　我非常喜欢我支教过的洋河镇,那里很多村庄色彩缤纷,比如"芍药洼",听到这个村名,扑面而来的是汹涌春色,这个村庄的过往一定是花团锦簇。现实呢,一次次开车经过,见屋舍俨然,与其他村庄并无区别。我总是放慢速度无限眷恋,期待哪怕一抹浓艳色彩的芍药突然闯进眼帘。有一天突然看见一则新闻:芍药洼村返乡大学生赵晓燕带动农户种植近百亩金银花,正在丰收季。图片里有采摘农妇们鲜艳的红头巾,有绿篱金花,更有采摘下来的金灿灿的金银花朵。隔着屏幕,我似乎闻到了金银花特有的香气。"芍药洼"的色彩,从以往臆想中的芍药的红艳,到真实的金银花的金灿灿、银晶晶,愈加丰满厚重。

　　洋河镇的十亩田村像一幅古画。支教岁月的闲暇时光,我曾经在香甸村和十亩田村游走,在杏花盛开的时节,沿着村头的柏油路踱步,用手机记下这样一行行字:

　　穿过杏花的疏影/我抵达岁月深处/在十亩田的村头伫立/亦不知山中甲子/有农夫荷锄而过/耕耘菜地的他/首先向大地祭献一袋旱烟/然后缓慢地向太阳祭献了汗水/再往前就是香甸了/大约是十里花开/但是我的脚步想更慢一点/我愿意留在这个/叫作十亩田的村庄里

　　我愿意留在的村庄是十亩田村,那年有缤纷的杏花、碧绿的菜地、耕耘的农人、晒太阳的白须老者,都让我恍惚间以为自己穿越了。它就是陶渊明的桃花源吧,最早落脚在这里的人家大约有十亩田地。一户人家若有十亩田地可耕耘,定然衣食无忧,便是小康之家了。这样的场景,谁不想留下?同样喜欢的是"青杨行",如今它的村牌竟改成了"青杨杭",这一改,所有田园意象破了气。好在音韵不变,内心还流连在青柳婆娑如烟的遐想里。家乡的临村叫"松园",听起来也很有意境。我第一次经过"孤山泊"的时候,竟然陡然生出沧桑感,大约是那个"孤"字让我动了情。孤零零的一个村庄,在山的一隅,我竟然生发出大漠孤烟的情愫。

二

在深秋的胶莱大地上行走,那些村庄多是金黄色的。胶莱是平原辽阔之地,多产粮食和葱、姜、白菜等。金秋时节,丰收结束,到处是晾晒的金黄苞米棒,田头、街巷、房顶,更有很多编成辫子缠绕在大树干上,金灿灿、明晃晃。在广袤的苍茫大地上,在金黄村庄的比邻处,红色火焰却猝然跳跃在眼前。哦,这是一个红色的村庄,红的屋顶,红的院墙,家家高竖的旗杆上飘扬着鲜艳的五星红旗。这个红色村庄,如簇簇火焰在辽阔的胶莱平原上凸显,像一束火炬般高拔。

天空瓦蓝,苍穹朗阔。五星红旗在秋天的风中猎猎招展,翻动着历史的册页。

星星之火可以燎原,这里也是最早燃起星火的地方。

"宋家屯",本是一个寻常的名字,大地上有很多这样名字的村庄。胶莱这片富饶的土地原本是黄色的,盛产花生、玉米、大豆、高粱,盛产金灿灿的麦子和暄软雪白的馒头,盛产和平与安详。但是野兽来了,它们打破了这个村庄的宁静。

当铁蹄践踏河山,当家园频遭荼毒,漫漫长夜,是谁在黄色的土地上点了一盏灯?

这是一块最早觉醒的土地，早在 1927 年的 7 月，胶州第一个党支部在这里悄悄成立了。在黑夜中紧握拳头宣誓的人，看见了共产主义的灯盏。他们宣誓的同时，把自己也变成了灯盏，照亮黑漆漆的深夜，让胶莱大平原和更远地方的人们心头有了希望。

"麦丘"，一个温暖的名字，我以为它盛产小麦，麦垛成丘。然而它是大平原上的一片洼地，曾经开着雪白的芦狄花，长着瓜蒌藤蔓，青草上尽是放牧着的牛羊。麦丘，养育着生灵，也见证岁月静好。

那年，大地喑哑，生灵颤抖，炮火打破了安详的大地，战火逼近麦丘。

在三月，桃花还没敢揭开面纱，大地刚刚醒来，胶莱大地是一派早春景色。勤劳的人们正准备春耕。

肩负精锐枪械的敌人突然闯入，六十多个入犯者走进了麦丘。那是血与火在逼近，那是死神的队伍。

灯盏照耀并指出了方向，这片红色的土地，每一根草都站起来迎敌。独立营、铁路武工队、青岛工人大队，全民皆兵。怒火从胸膛中崩出："犯我家园者必诛。"

一声枪响，划破长空。大刀、长矛、土炮，没有一样精锐，却有无比锐利的战斗怒火和家仇国恨。

血染的衣裳、血染的土地、血染的史册，在勇士倒下去的地方，民族的脊梁又坚硬挺起。

这一仗打出了胶州人的威风，打出了胶州自己的"平型关大捷"。

几间寻常的老屋安静于村庄一隅，像几十年前老百姓的土坯房一样,石的墙基,黄土的墙,朴素的黑瓦。土墙上有大幅的红色窗花,都是耕耘与收获的美好图景。

这里是宋家屯最早的胶州党支部旧址。就在这样一间农家屋子里,党的火种悄然播下,从此,这片热血的土地上也有了太阳。

几件旧农具挂在屋墙上,它们是岁月的见证。它们知道那平日里握着镰刀的手,在战争来临的时候,可以握着刀枪向侵略者瞄准和挥舞。

土炕的小方桌上有一座旧灯台,灰尘掩盖不了它的模样。土坯底座上面是一截树枝,树枝上带着不同高低和方向的树杈。夜晚照明,可以根据需要调整挂灯的高度。这座小小的灯台啊,当夜色吞没河山,那灯盏就亮起来,高高低低,是照亮心灵的希望之光。

三

绿村一定是绿的,"绿树村边合,青山郭外斜",这样的诗句是与绿村隔着千年的唱和。绿村大约是当代的世外桃源,民生安乐、生活富足,村庄掩映在层层叠叠的绿树红花里。这是我初听到"绿村"这个名字时的遐想,并一再地想去看它。

那日去绿村很偶然,被朋友邀约的时候,我已经驾车于大沽河的岸上,决意沿着它一直行驶。大沽河岸上原本是土路,如今不仅宽阔平坦,两边亦绿化得非常好,各种植被覆着早先的河岸。这条河岸成了风景区。

沿着这条美丽的河行驶,来到了即墨女儿村外的万亩槐花林。我下车在林子里游玩,走进村里,遇见一位八十八岁的老汉,攀谈起来。老人说,古时候,朝廷官员经过这个村庄,见女人在屋顶上修釜台(烟囱),这本是男人干的活。官员奇怪,这个村的男人干什么去了?为什么满村女人?派人去查访,原来这个村的男人都到大沽河岸上防汛去了。官员遂命村名为"女儿村"。老人还说,自己的祖先是从云南搬迁而来的,居住地是云南省桂花县大槐树村鸡屎巷。那时候兵匪到处杀人,很多人躲在这个巷子里,杀人者看见巷子鸡屎多,就没有进去搜寻,一巷人得以保全性命。巷子也就因此而叫了庇佑过他们的"鸡屎"的名字。

想想我要去的绿村,感觉与女儿村还是匹配的,都在大沽河的润泽下,都是有故事的村庄。于是我调转车头,去寻访绿村的故事。

"沽河岸边有一个村,胶莱镇上南王疃,水土肥美,人儿勤奋,多少佳话传古今……"这是乡村歌手周鹏原创歌曲《绿村》的歌词。我也曾犯过主观判断的错,认为绿村是个生机勃勃、绿得汪洋恣肆的村庄。它生机勃勃是真,但不是个村庄,而是大沽河畔南王疃村营造的神话。绿村是蔬菜专业合作社,是生态园区,是观光、游玩、采摘的重要旅游示范园区。

走进绿村的外围,就像闯进童话世界。在北方的深秋,金黄的菊花开成一堵墙,蔓延的大白菜地绿成了海,垂垂的葫芦如迎宾的使者,在长廊悬挂着,轻轻摇摆着。

它不是村庄,却比任何一个北国的村庄都生动。在花卉智能联动温室里,是勃勃生机的植物,是生命与生长的代名词,是希望与喜悦的标签。所有色彩中,绿色最有生命的张力,在绿村,满满的绿溢出来,溢得四野芬芳。走进一扇门,突然就如同穿越到南国。边角的沙漠地带是各种造型的仙人掌,更有开着花的、擎着果的火龙果;香蕉林是绿的泉眼,绿浪翻涌着,湮没了一切,硕大的绿蕉叶冲击着视觉,刚刚谢花的香蕉果,青绿的颜色那么可爱。一阵阵浓郁的香,如入五月的槐林,而眼前一片金黄,那细小繁密的花瓣开成一个垛子。它叫黄槐决明,怪不得有阵阵槐香。高大的热带植物壮硕而浓郁,柠檬散发淡淡清香,硕大的柚子和波罗蜜坠得树枝成了一张弯弓。嘉宝果如紫得发乌的葡萄,密密麻麻地挤在树干上,我起初误认为是树莓。那甜丝丝的香气荡漾着,我忍不住摸下一个塞进嘴里,甜得心花怒放。

在绿村,满眼是南国的绿,是科技在移花接木地创造奇迹。

"新农民就是要高科技。"带我们参观的技术员微笑着说。

黑天鹅与锦鲤在同一片水域相处甚安,动物园区里有活泼泼的小黑驴在吃奶,梅花鹿一群簇簇着,大的小的一看就是一家亲。羊、兔吃着青草,孔雀一次次开屏。

未曾见它时,一次次惦念;来过之后,更是念念不忘。于是,几年中,我多次造访绿村。为写胶州白菜,我去看过它的胶州白菜博物馆;为写胶州白菜,我去过浩瀚的白菜地采风。在绿村,我还被邀请参加大白菜节,品尝特邀的大厨专门做的白菜卷、白菜包等白菜菜系。我查阅过资料,胶州市第一届大白菜节在南王疃举办,此后多届大白菜节都在这片土地上举行。这片土地出产的23.6斤重的"白菜王"经过几轮拍卖,最终以三千八百元的价格被拍走。

在绿村,在王家疃,在整个胶莱大地,土地还是原先的土地,土地上生长的植物已经有了内核的转变。一个传统的农业平原,一片好土地,有了好的思想去经营,才会缔造这样的童话甚至神话。

　　绿村,它就是绿的,生机勃勃、向上发展,在传统中长出科技新果实。绿村,它该是所有乡村的样子。

第三辑

泥腿与高堂

乡下表哥的朋友圈

看乡下表哥的朋友圈,你会以为他是颇具文艺气质的美食家,隔三岔五晒吃。"春来第一鲜:开凌梭""生鲜鲍鱼吃出新花样""赶小海来的欢蹦乱跳的海鲜们",文字下的那些图让你以为他住在浩瀚的海边,与捕捞的船老大是拜把子兄弟。春初他晒枝头现采的香椿芽、带着露水珠子的新割韭菜。"一剪春韭鲜,自己下厨包的韭菜盒子""无竹使人俗,无肉使人瘦,不俗也不瘦,竹笋炒咸肉。清晨刚从林中拔的竹笋炒檐头挂了很久的咸腊肉"。秋天他晒"菊黄蟹",白瓷碟子上热气腾腾的红蟹旁边,配一朵开成七分模样的黄菊花。他晒新长成的小公鸡,"一鸡两吃,炖与烤,枝头飞的土鸡味道就是不一般"的文字下配着公鸡们在高高的围墙上打鸣和在树顶栖息的图片。看着这些更新的内容,你又会认为他身居山野,过着鸡鸣狗吠相伴的悠闲日子。

看乡下表哥的朋友圈,你会认为他是个学者或好学者。他一年多次晒出隆重的大讲堂,他偶尔西装革履地出镜,有时候是密密麻麻的笔记和写着他名字的桌签,有时候也坐在主席台上宣讲。像讲课的又像听课的各类会场,看他展示的文字说明,听课居多,且种类比较杂,有养殖、种植方面的,有商贸物流、国际经济的,也有美食汇、驴友圈等生活内容。他的大课堂不断地变换,他好像长着翅膀,忙得像一只候鸟。

看乡下表哥的朋友圈,你又会怀疑他是个闲人,因为他朋友圈的关键词是"逛"。秧歌节来了,他去看各地汇聚来的秧歌表演;美食节期间,他去拍民俗、尝新鲜;夏日的夜晚,他租车去参加青岛啤酒节喝啤酒。他就像个"驴友",浪迹天涯,江南的果香花香、北国的雪国冰雕,他无不去凑趣。前些年,他的足迹遍布山东大地,当把家乡人文和风景基本看遍后,他雇人值守自己的庄园,自驾去各处游览观摩。有时候,他在朋友圈晒出天高云淡的空旷平原,并附文字"一个人在路上很惬意";有时候,晒出的是古镇的飞檐翘角和异域的繁华;有时候,晒出的是风呼呼地穿越高原的视频;有时候,晒出的是一个温柔小镇的一家民宿。

看乡下表哥的朋友圈,有时候你会以为他是个健身达人或兼职司机。他似乎每天在穿梭,城里乡下、乡下城里,不断变换着位置。他车程多,脚力也惊人,动不动就占了运动榜的封面,两万多步,很少有人能超越。有一次他"泄密"了,说干活一天走了这么多步,也真不容易。

其实你猜的都不准确,表哥是个地道的农民,住在里岔镇里岔村,多年从事养殖业。他的养殖场不大,也就养了百十头母猪。他说自己就算个体户吧。表哥的朋友圈签名曾经是"猪:金裕农场(里岔黑猪)",后来变成"鸡:飞上树梢"。这个变迁是悲伤的,有着他经营中的无数叹息。

表哥这个养猪人的确有个性,他说自己就是喜欢旅行,喜欢美食,更喜欢乡下的居住环境。表哥在县城有房子,他的两个孩子在城里读书和上班,为了便于照顾孩子,表嫂也进城上班了,他在乡下的养殖场成了光杆司令。其实表哥完全可以雇人照看养殖场,自己进城住,但他说:"不习惯,在城里听见车鸣笛声和工地建设的噪音就烦躁,在乡村听着鸡鸣狗叫睡得踏实。"年龄不算太大的表哥很固执地爱着他的乡村。

表哥原本是个时尚人,留过长发,穿过白色牛仔裤,也会简单地弹弹吉他,像二十世纪八十年代的很多小青年一样。生长在镇上的他,在青春年华里,也曾把梦想放飞在蓝天上。表哥不是花里胡哨的追梦人,他有实实在在的手艺,比一般人懂得审美,更具备闯外的资本。他中学毕业后就跟着师傅学理发,在镇上的理发馆干得很不错。那时候,他从发型到装扮,都在小镇青年中位于潮流的前端。结婚之后的日子,正是农村包围城市的打工大潮汹涌之时,身边的同学都呼啦啦去外面闯荡了。面对淘金梦的诱惑,他很理智:一个农村人,为什么非要跑出去掘金子呢,为什么不能在家园上干一番事业?

经过考察和论证,他选择了乡下人最熟悉的行业——养猪。这在当时根本没有引起人们的关注,有些人颇为不屑,"养猪?!又脏又臭,谁不会,谁干不了呢?"有的同学替他遗憾。

他有梦想、有规划:在理发馆干活可以衣食无忧,而他更想干成点事业。他在自己家的场院里盖了猪舍,开始养猪。他是个稳妥的人,开始的规模不大,但是比较稳定,当他逐渐感觉那十几间猪舍满足不了需求的时候,恰逢镇上看好了他的地方,要建为他用,在镇东兑换给他几十亩地,让他重建养殖场。

这个机会正好拓展了他的养殖梦,他按照最科学的标准建设猪舍,用最环保的技术处理垃圾。去镇上找他的时候,对他发来的位置,我只看了看大概,我想,不就是个养猪场嘛,我闻着味就找到了。

后来我确实迷路了，这有些好笑，导航里明明显示目的地在眼前了，却没有发现猪场在哪里。一片槐树林外围是果树，再往里是无数竿青青翠竹，一树花隐约在树丛里，有鸡的鸣叫和鹅的身影。一只矮小的宠物犬来迎接我。我说："你这养殖场怎么一点臭味也没有，像个花园似的。"表哥笑着说："你还拿二十年前的经验看待养殖场啊！我这里要是有气味，周围这些农户还怎么过日子？全都自动化污水处理啦。"

我说："你有这么大的养殖场，怎么还有那么多时间到处听课和云游？"他说："你要相信现代化的力量，猪的喂养不需要耗费太多精力，有设备投放饲料和水，它们自己就去吃喝了，定时自动冲刷猪舍和消毒，从而保证卫生和防疫。这点活一个人做轻松无比。"

那次拜访我们聊了很久，表哥光鲜的朋友圈里其实暗藏着很多他没有诉说的劳苦和悲伤。一场猪瘟猝不及防地到来，对他打击太大。他本已做好全面封锁和消杀，意想不到的是，送猪饲料的车没有消杀到位，把病毒带了进来。三天之内猪圈就空了，好几百口母猪和猪仔全部死光，那是怎样的心疼。邻居说："那几天看见他走路都摇摇晃晃的。"他说："我不是心疼钱，我明白，搞养殖和经商一样，有赚有赔的，不能光在行情好的时候笑，遇见低谷就哭。我心疼那些生灵在病毒面前无能为力的死亡。"心情一落千丈之后，他立即告诉自己，不能被打倒。他迅速进行彻底消杀后进了猪苗。但是，它们要长起来，生出猪仔，把猪舍填满需要一段时间，不能让这些猪舍等待。他毅然转向他完全陌生的行业——养鸡。从此，表哥朋友圈的签名由"猪：金裕农场（里岔黑猪）"改为"鸡：飞上树梢"，开始散养鸡经营。空了的猪栏被新进的鸡苗填满，打击和损失被坚强填满,坏心情被朋友圈里的幽默和浪漫填满。猪瘟后的那些日子,他在朋友圈里用阳光荡涤着阴霾。

你如果有心,一定看得出乡下表哥朋友圈的情怀。2020年2月14日,他早晨六点多钟发了一条朋友圈:"新春的第一场雪,替土地和庄稼高兴,替一切勤劳耕种的人祈祷。"他的图片是新拍摄的田野、村庄、荆棘树和一条踏雪而行的狗。在乡下养猪的表哥,他骨子里对雨水之爱从画面里溢出来。这个居住在乡下的"老土"表哥很洋气,那天表哥在朋友圈晒出的第二条是一捧鲜花,火红的玫瑰和纯洁的百合相拥,用碎碎的满天星填充搭配。花束用紫红色的包装纸裹着,显得大气而喜气。他说:"走了一个多小时,终于来到胶州城,一路上看了多起侧滑的交通事故,雪天路滑真的考验我的车技和耐心,还是和自己的媳妇一起过节吧,下午去糖球会吃糖球啰。"乡下表哥的浪漫绝不亚于城里人,表嫂是个老实本分的人,见到表哥的鲜花也许会心疼钱,尤其是经历猪场大劫之后。但我看见有知情的朋友留言说:"真汉子也!"

生活嘛,就像这样的雪天,有纯真的美好,也有侧滑事故,难得的是表哥一颗珍爱生活的心。表哥永远是那个把累放在脚上,把痛揣在怀里,把笑挂在脸上的人。

麻雀也歌唱

我把约见周鹏的地点定在了百年咖啡馆。他比约定时间到得早，我在路上就看见了他在朋友圈晒出的图片，有些兴奋。对于他来说，这个地方他或许是第一次来。

我关注这个老家的青年很久了。最早知道他，是因为几年前他创作并演唱的一首歌曲在网上很火，点击量过百万。创作的歌曲内容是赞美他的家乡里岔小镇。这是他歌曲创作的处女作，让我有些惊讶的是，他竟然是个没接受过一天正规音乐教育、一直生活在农村的农民。

"我有好几种身份，"周鹏喝着卡布奇诺说，"一直不变的是农民身份，我不像村里有些农民那样，只剩下一个农民户口，身心早已融入城市了。我在农村有土地，我至今在种地，还种了两亩桃园。我的父亲、姑姑、妻子、孩子都在农村，这足以证明我纯粹的农民身份。"

农民身份的周鹏却像个演员，一转身就是其他形象。一年前，他留起长发，在脑后扎成一个小辫子。莫说是在乡下，就是在县城，扎辫子的男人也是新潮一族。扎辫子源于他的第三个身份——歌手。他仿佛刻意把自己装扮得有些艺术范儿。

从小就喜欢唱歌的周鹏，喉咙并没有被允许自由歌唱。胶州市里岔镇是传统的小镇,民风淳朴,人们大都中规中矩。他的父亲是个极端传统的人,在家里唱歌成了父子俩不能调和的矛盾。父亲不允许家里像闹戏班子一样起歌声。周鹏就在野地里唱,放羊、剜菜、割草、拾柴的时候,在河边、在田野、在山上,到处都有他的歌声。他小时候嘴里唱的歌曲是从村里的大喇叭上学的,从邻居家的收音机里学的,从大队屋电视播放的电视剧里学的。从各种各样途径学来的歌,完整不完整地唱一气,他才快乐。"到现在也是,每天唱歌成了一种习惯,哪天不唱歌就感觉没精神。"他说。

但是命运并没有把音乐殿堂的橄榄枝抛向这个乡下少年。初中毕业之后,由于学习偏科,上了不到一年职业高中,他就辍学了。无缘进入与音乐艺术有关的学校读书,他遵从家人的意愿外出打工,后来在酒店学习烹饪。长大当一名厨师成了他的愿望。

如果沿着厨师的道路走下去,他也许会成为一个农民身份的城里人。他在城市的饭店里努力工作着,直到认识老家一个后来成为他妻子的姑娘。结婚生子后,他发现父亲逐渐年迈需要照顾了,他便做出了生活的另一个选择——归家。身在外地的姑姑,从小就喜欢他,但如今姑姑患病孤身。他少年时曾对姑姑发愿,将来会养她的老。现在,姑姑老了,回到老家屋檐下;父亲也老了,常常看着田野出神,他们都不愿意离开生活了一辈子的农村。一个在城里谋生的乡下人,根本背不动这么沉重的家。于是,他果断选择回农村老家陪伴老人,老老实实换回了纯粹的农民身份。

中途"下车"的大厨职业没有成为他的第二个身份,短暂的城市工作经历却开阔了周鹏的眼界,他不甘于在有限的土地上耕种,于是开创了第二职业——赶集卖小百货。农村小商贩成了他的第二个身份。只要不是农忙季节,他总是去赶四乡集,用一辆三轮摩托车驮载着日用小百货,在集市上听熙攘人群里的吆喝和各种声音。尽管卖小百货赚钱不多,他也乐此不疲。也就是在那时候,有个朋友送给他一本书,一本由离自己村不远的村庄的一个曾经在乡下生活的姐姐写的散文集——《岁月流歌》。这个作者就是现在坐在咖啡馆里采访他的我。这本书里的内容深深地触动了他,他读着书里描述的熟悉的家乡事物,一颗早年爱慕文学的心又灵动起来。读中学时他就爱写点东西,长的,短的,还有一些分行的像诗歌。他把自己感觉还不错的那些文字抄好,投给文学杂志,有一次竟然还发表了。他从来不认为这是个正当事,就是自己喜欢玩的一种文字游戏罢了。现在,在这本书面前,他深藏已久内心渴望的东西被唤醒。

蛰居乡下的周鹏,业余生活丰富多彩。他依然痴迷着唱歌,哥们有什么庆祝活动都会邀请他去唱歌助兴,有时候还会隆重地封一个红包给他。开始他不好意思,后来慢慢适应了。乡下人的日子好了,乡下婚礼也办得文艺,像城里人一样在酒店摆宴席、请宾朋,而且请司仪和歌手、乐手助兴。逐渐地,周鹏成了频频受邀的乡村歌手。他的第三个身份——歌手就这样形成了。紧随而来的第四个身份是他意外的惊喜。那天,他应邀去参加一个青年的婚礼,献歌对他来说已经轻车熟路。但是头一天晚上,他收到新郎家的求助电话,之前预定好的婚礼司仪因为有事来不了,情急之下想让周鹏来主持婚礼救急。周鹏亲历过很多场婚礼场面,可是从来没有想到自己会当司仪。看到新郎家急得没了章法,他咬咬牙答应下来。接下来他出了满脑门儿的汗。他把经历的一次次婚礼场面迅速在脑中回放,又上网查阅了相关资料和婚礼主持流程，快马加鞭地准备起来。"那一天忙得我啊！升学考试我都没这么用功过。早知道自己这么能吃苦，应该狠心去考大学的。"周鹏风趣地说。

"那一天我压力山大。还好，经过自己的努力，效果出乎意料的好。婚礼结束后新郎家人纷纷向我表示感谢。"从此，里岔小镇的人都知道了：农民歌手周鹏不仅会唱歌，还是个出色的婚礼司仪。于是，就有了各种打包式邀请，婚礼主持加歌手献唱。

在里岔小镇努力生活的周鹏，决心留起长发。但是压力该有多大啊！他在父亲面前总是戴着帽子遮掩着。他永远记得小时候在家里唱歌时，总要等到父亲外出后，而且自己要把门窗关得严严实实，以防被邻居听见。有一次，忘了关窗户，他唱得太投入，声震四方，住在南屋的父亲听见了歌声，一脚踢开房门闯进来，周鹏惊得失语。

有一天，年迈的父亲说："留长发是演出需要？"周鹏点点头。父亲就没再说什么。"其实，我觉得作为一个歌手，不仅要提高自己的唱功和丰富的知识内涵，在形象气质上也要做一些与众不同的改变。"周鹏说。儿子对他的长发也没有说什么，但是去开家长会时，周鹏会用帽子把长发掩饰得看不出来。"我们追求自己的活法，但是不能只顾自己的感受，老人、孩子包括妻子的感受都要顾及。"而妻子永远是那个最支持他的人，每天都会为他梳头，扎马尾辫子。

生活在镇上的周鹏经常在各种场合主持和演出，人气越来越旺，城市的婚宴也频频向他发来邀请。作为一个乡村歌手，他走在豪华星级酒店的婚宴大厅时，始终步履从容、神情自如，主持起来妙语连珠，演唱起来声情并茂。

周鹏小时候的舞台梦想和心中涌动着的万千音符,攀附在他写的那一首首小诗上。他经常遗憾自己没有接受过专业的音乐教育,一首首歌在心里憋着,无法突围出去。有一天,他拿出录音机,把自己的卧室当成录音棚,将在心里反复吟咏了多遍的一首歌行云流水地唱了出来。他经过反复修改,郑重地录制下来,发给懂音乐的好朋友。朋友立即就把他的歌译成谱子。后来,他又找朋友给歌做了伴奏音乐。就这样,一个不懂音符序列的原生态歌手,能写出他心中的歌了。

于是,《里岔小镇》《胶州 胶州 我的家》《青岛的海》三首不同风格的歌曲构成了他的家乡三部曲。接下来,他为相邻的西海岸新区谱写了《相约大珠山》,他为祖辈耕作的田野谱写了《站在田野唱情歌》,他创作并演唱了婚礼喜宴歌曲《亲爱的小娘子,今天我娶你》。他的标签逐渐从歌手、主持人拓展到音乐人,他给自己定位为"唱作歌手主持周鹏"。

他曾经唱着自己创作的歌曲到过很多地方,参加市里的才艺比赛并多次获奖。如今,他唱着自己创作的歌成了小有名气的网红。于是,金色橄榄枝伸过来,有人找他写歌了。"原本我只是凭着自己最初的爱好玩一下,没想到能得到这么多朋友的认可。真的很感动……"他接受了青岛绿村农业生态观光园的邀请,一次次现场体验寻找灵感。经过一次次创作和试唱修改,他创作完成了歌曲《绿村》。也许这些歌曲无法与结构严谨的专业作品相比,但它饱含一个淳朴农民的情怀和真诚。这些歌发行后,在网上以百万以上的点击量火了一把。

他的歌曲创作紧贴生活和时代,饱含爱心。他为胶东污水处理公司创作了《心愿》,他创作了充满烟火气息的歌曲《正大光明摆地摊》,疫情防控期间他为战斗在一线的医务和科研工作者创作了《坚持到底》。这些原创歌曲在网上广受关注并收获了大量的好评。

　　其实，周鹏的生活过得一样艰辛，逐渐步入中年，每个人都承受不同的生活压力。但是他成功的是，始终做着自己爱做的事，活得更像一个乡村诗人。写诗、写文和唱歌一样，是他最初的梦想。上学时光里那些写在练习本背面的分行文字，终于在他十六岁那年被刊登出来，这对一个乡村少年的精神世界是莫大的鼓舞。后来，他零零散散地发表过诗歌、散文，但随着生活担子的加重，他卸下了许多梦想，文稿多遗失，有些年他干脆封存了写作的冲动。这些年，他又悄悄地写起长篇小说《我的城》，人生种种艰辛都在其中，将他唯一的读者——妻子感动得常常泪水涟涟。这些年，在追梦的路上，他远远近近的舞台都登过，各种生活角色他都生动地演过，妻子是他背后最好的援助，也是他的铁粉。

　　"虽然叫周鹏，但咱不是大鹏鸟，没有翱翔蓝天的本事。就算是麻雀吧，也不光恋着屋檐、树枝和一口米粒，一只不起眼的麻雀也是要勇敢歌唱的。我会一直努力歌唱，如果有一天没人喜欢我的歌了，我就像小时候那样，关起门来自己唱。"说着，他呵呵地笑起来。

糖瓜儿甜 [①]

在罗家村,腊月的风是带甜味的。一百多年前人们就这么说。

其实,罗家村带甜味的风比腊月来得早。当第一场秋霜打湿庭前的蓬草,村里就次第飘荡起麦芽发酵的甜香。许多文学作品里的"麦芽糖"在我们这里叫"糖瓜儿",是用麦粒发芽后熬制的糖稀进一步加工而成。麦芽糖造型各异,有长条的,有周身粘满芝麻的,也有最简单的大颗粒状的叫"糖瓜儿"。"糖瓜儿"是最本色的叫法,似乎所有造型的麦芽糖都包含在这个本色的称呼里。

在胶州市胶东镇罗家村,每年秋冬季节,尤其是腊月里,村庄内外就飘荡着麦芽糖稀的浓郁甜味。"做糖瓜儿啦。做糖瓜儿啦。"村民们见面似乎没有更多的寒暄。"做糖瓜儿啦"就是他们唯一的语言。

记不起从哪年哪月开始,罗家村几乎家家户户做糖瓜儿,不做糖瓜儿的也卖糖瓜儿。据记载,清朝同治年间,李伟昌在烟台出师,回家后与弟弟开了第一家糖坊,主营糖稀,销往青岛、胶南、胶州、高密等地的糖果厂和糕点厂。后来制糖稀这门

[①] 发表于《光明日报》2023 年 1 月 13 日副刊。

手艺在村民中传播开来,养活了一代又一代人,他们逐渐又把糖稀深加工,做糖瓜儿、糖条、花生碎糖板等。于是,这个村庄就成了远近闻名的糖瓜儿制作专业村。

但是时过境迁,随着工业时代的到来,人们的物质生活得到了极大丰富,副食糖果类丰腴,糖瓜儿这纯手工制作的产品日渐没了独占鳌头的优势。很多年轻人不愿意接过祖宗旧业,而是喜欢到城市里闯世界,罗家村的糖瓜儿制作作坊就越来越少。

循着糖稀的甜味,推开一户人家的大门,院子里是满满当当的器皿。几个大小不同的筐里,装着已经发酵好的麦芽粉。生麦芽是做糖瓜儿的第一步,那些饱满的麦粒被温水浸泡得圆润可人,在暖褥中萌生出白嫩的胖芽。麦芽经石碾碾压后就成了麦芽粉。麦芽粉继续发酵,在一口大铁锅中,被慢慢熬制成糖稀。黏稠而浓郁的甜味便日夜在村庄里荡漾,连墙角旮旯都变成了甜的。作坊的门紧闭着,屋里热气腾腾,原来锅里正熬制糖稀,灶下的文火把糖水中的水分慢慢抽净。锅里的糖稀黑黢黢的,正如黎明前的黑暗,看上去与雪白的糖瓜儿毫无关联。

郭师傅一家现在是坚守糖瓜儿制作最好的一户,每年都有大量顾客来订货。他妻子喜莲说:"孩子在大企业上班,工资高、待遇好,早就不让我俩做了。制作糖瓜儿是体力活,非常辛苦,为赶订货,腊月里我俩还得加夜班,有时候忙得彻夜不眠。"郭师傅说:"很多次我也想,不干了吧,毕竟都这样年纪了。但每年有很多客户前来订购,把老手艺放弃了又感到可惜。"这活利润不高,耗费精力、体力大,年轻人都觉得不如进城打工合算。原来村里几乎家家都做,现在仅存几家。可是他放不下。郭师傅十几岁就在生产队里跟着做糖瓜儿,一做就是四十多年,糖瓜儿就是他的日子、他的梦。那些古老的器皿,比锅还大的陶盆、生麦芽的大筐,都是生产队分下来的,他珍爱它们,谁若慢待了他的做糖瓜儿工具,比慢待他都让他不舒服。老郭不是个守旧的人,在传统糖瓜儿的基础上,他总在琢磨改良食材,增加几个新品种,满足市场需求。

生活百味里,缺不得糖瓜儿这一味。俗话说:"二十三,糖瓜儿粘,灶君老爷要上天。"在广大的北方,农历腊月二十三是传统的小年,要祭祀灶王爷,恭送灶王去天庭述职。祭祀的物品中,糖瓜儿是必需品。人们说,用糖瓜儿祭祀,灶王爷的嘴就是甜的,能替人美言。还有的说,用糖瓜儿粘住灶王爷的嘴,不让他说他在民间所见所闻的那些不太美好的事。总之,祭灶这一天,离了糖瓜儿唱不了戏。

在有着"百年糖瓜儿村"美誉的罗家村,人们可不是只在腊月里忙活。"每年的中秋节之后,只要温度一降下来,我和老郭就要开始生麦芽、制糖稀、做糖瓜儿了。因为糖瓜儿是纯天然的糖,人们日常也很喜欢吃。"喜莲笑嘻嘻地说。

老郭不苟言笑,一门心思在糖瓜儿上。我离开制作间打了个电话,回来时他表情严肃地告诉我:"要随时把门掩齐。"糖瓜儿车间里热气腾腾的挺暖和,不至于因为一点门的空隙而冷吧。还是他妻子喜莲解答了我的疑问:"制作糖瓜儿时需要空气湿润,一旦有风,一块糖瓜儿坯就定型了,就再也做不出什么来了。"

喜莲说,作坊里看到的是制作糖瓜儿工序的一部分,生麦芽是在老房子里,那是第一道工序。喜莲打开手机让我看她拍的生麦芽的图片。"先将小麦放在水里浸泡,等泡得松软了就取出放进大袋子里捂着,持续保温直到发芽。然后,把这些发好芽的小麦放在石碾下碾压，直到压碎为止。接着把这些麦芽粉发酵，两个多小时后，器皿中便会有糖水，随后倒入大锅内蒸煮、搅拌，再把其中的混合物过滤掉，就是糖稀了。"她师傅授艺般跟我详细讲解，手中一直忙着各种事。

制作糖瓜儿很讲究火候，尤其是在定型的时候。老郭将锅内黑色的糖稀舀进大铁盆，待稍微变凉后，把糖稀从大铁盆里取出来，两个男人便面对面地将糖稀拉扯起来。拉开，合起来，拉开，合起来，如此重复多次，只有他们自己知道究竟拉扯了多少个来回。那团固体在拉扯中由黑变黄，终于接近白色。这个过程叫"拔糖"。大锅产生的蒸汽氤氲着，屋里很暖，也很潮湿，在这种环境下，利于反复拉抻黄糖。一块黄糖"拔"好了，做糖的人顾不上其他，快速在案板上忙活起来。他们的脖子上套着细绳，左手持黄糖，右手迅速将绳子绕在糖上，用力一扯，一截黄糖就落在案板上，在白色的糖粉中一滚就成了糖瓜儿。他们的动作非常快，只见右手在空中绾来绾去，案板上便是"嗒嗒嗒"糖瓜儿落下的声音。突然，老郭一闪，他手中的线断开，他迅速扯过另一根备用的套在脖子上固定好，继续"割瓜儿"。

制作长条糖板的工序比割糖瓜儿更紧凑，喜莲预先把长桌摆好，撒上一层淀粉。屋里，拔黄糖的两个男人默契地拔完最后一把。老郭喊声"开门"，喜莲便霍地把门打开，就像仪式一样隆重而没有丝毫差错。两个男人一个在屋里持"糖胚"驻守，另一个跑着拉扯着黄糖从长条桌上经过。黄糖被拉成一条两米多长的长条。小步跑动的男人收住脚步，屋门口持黄糖胚子的男人迅速收了剩下的黄糖放进盆里保持湿度。这些黄糖胚子不能见风，遇冷就会干硬成一坨。趁着糖被拉出轮廓，喜莲手持一块小木板，及时上去把长长的糖条按压了几下，把其截成几段。这个过程很快,几乎是眨眼间就完成了。我甚至都没看明白。拉成的糖条很快便在风中定型,喜莲又用淀粉进行防粘连处理,然后收进南屋的库房里。接下来,又一轮跑动、拉扯、定型、分段。

喜莲说,做糖瓜儿两个人紧忙活就行,但要扯糖条,非得三个人不行。屋里的另一个男人是他们雇的工人。这年跟下了,雇人不易,一天要三百元呢。"昨天夜里我和老郭忙到天快亮,几乎一夜没合眼呢。定的货今天来取,咱得讲信用啊。"这时候,村里一个年轻人提着一个水桶来买糖稀,见正在拉糖条,就啥话也不说,静静地等在院子里。我与这个年轻人搭话,他说:"以前我家也生产糖瓜儿,现在不做了。要过年了,怎么着也得做点自己用,也分分亲戚朋友,毕竟咱是罗家村人嘛。自己生麦芽、做糖稀太费劲,就到这里买一点,回家压成花生糖板,做成糖瓜儿。"

喜莲说:"这样忙忙活活的其实挣不到多少钱,糖瓜儿、糖条每斤的批发价大约八块钱,听说市场上卖二十元一斤呢。听说现在有工业糖浆做的糖瓜儿,好看还便宜,但我的客户就喜欢我这老工艺做出来的,味道就是好。"现在,为适应市场需求,喜莲夫妇也学会了经营,定制了包装礼盒,把普通的糖瓜儿、糖条做成礼品。

前不久,老郭的糖瓜儿被评为山东省非物质文化遗产。喜莲说:"孩子们肯定不会再干这一行了,罗家村干这个的几乎都是老人。其实挣钱是小事,就是不想把这门手艺埋没了,就想让吃过咱家多少年糖瓜儿的老客户,还能找到小时候的味道。"

结束采访回城时,我顺便看了一家专门生产花生糖板的作坊。作坊里的老人正在制作花生糖板。他说:"做花生糖板比做糖瓜儿简单，我也从老郭那里订制糖稀。老郭坚持这么多年，不容易。有时候他的糖稀都不够用，但谁家去买，他都不会让人家空手而归。"

这个花生糖板作坊里弥漫的气息更浓郁，除了糖浆的甜，还有炒熟的花生碾碎后浓郁的香。老人笑笑说："我做这个图的就是怀念年轻时候的劳动，说实话，现在农民也不缺钱，单纯为赚钱，这点小买卖我还真看不上。"

我开车驶过罗家村街巷，车上刚买的糖瓜儿、糖条和花生碎糖板还散发着甜味，罗家村的甜和香都被我装上了车。我的内心也变得甜蜜无比。

诸葛村的三兄妹

一、钓鱼的人

前几年我写诗歌，曾经给我们诸葛村的三兄妹每人写了一首诗，这是罕见的，我的诗歌笔墨落到诸葛村具体的人身上并不多。回望诸葛村的几十年发展，这三兄妹真是与众不同。

《钓鱼的人》写的是他家老大张高。那是 2008 年，我老家的房子翻建，我有一段时间住在村里帮着父亲张罗。早晚我都会到村口锻炼，经常看见张高在鱼塘边钓鱼。

《钓鱼的人》：

> 高中落榜回来那年／他把吃一顿中午饭的钱／买了一根钓鱼竿／被父亲狠狠打了一巴掌／从此，他只能含着泪看自己村边的鱼／被大腹便便的城里人钓走／他们管钓鱼叫乐趣／在土里刨食还不知能不能吃饱的他／觉得自己真的不配／他收起鱼竿，收起浪荡岁月的遐想／把自己埋进牲畜、土地和书卷里／越埋越深／从某一天开始／村头出现一个天天钓鱼的人／在全面科技喂养的养殖场边／自己承包的宽阔池塘里钓鱼／村人，谁都不敢说三道四

　　张高比我大两岁，他家在我爷爷祖屋家前面，小时候我们两家是邻居，还算熟悉。后来我在外求学、就业，对村里的人和事都有了疏离感。每次回来，我也就是能在大街上转一圈，更多的是到河崖和窑场旧址那里转，那里有我太多的童年记忆，我与故乡的牵连多由它们而来。

　　河已经接近干涸，窑场因为陈旧、不环保也废弃了，后被卖给了村人。买窑场的人是张高。那时候村人啧啧着，说这个年轻人有眼光，花那点钱买下旧窑址，光拆窑拆出的砖头都不止这个价码，何况窑场那一大片地。

　　年轻的张高在窑场旧址上忙活起来，他在那里建了养猪场，把家搬到了野外的养殖场，他的父母经常来往于村庄和养殖场之间。人们就议论说，张高一家人离开村庄，这不成了野人了？人类的传统是聚居的，他的行为有些离经叛道，村人言辞之间，对这种行为并不赞赏。

　　后来张高的养殖场越来越壮大，成了养殖大户，大家就又开始赞叹他有眼光，会选择发家致富的门路。喜欢探究的人还饶有兴趣地传播他那里的新闻：小猪仔一生下来就用钳子把它的牙齿全部拔掉。这新闻让大家狐疑，那猪一辈子不再有牙齿怎么过活？反正都是吃现成的饲料，也不像早年间去野地里放猪，它们还得自己嚼拱出来的地瓜。那人又说，小猪如果不拔掉牙齿，它在吮奶时会咬坏母猪的乳头。这是主人张高告诉他的。但是人们奇怪的是，难道以前的母猪就不怕被咬吗？以前可没有人拔小猪仔的牙。那人说："这就叫科学养殖。"

　　另一个从养殖场传来的新闻让大家有些难以接受，说给猪们翻建的猪舍竟然条件奢侈，铺有地暖。"地暖"是个新鲜词，等大家弄明白后不说话了。那些冬日不太舍得花钱烧煤炉子的人就感叹一句:"这不是人不如猪吗？猪都住供暖的房子了!"不仅如此,养殖场的猪们生活过得太滋润,猪圈里是水泥地,每天用水冲好几次,干净卫生。

猪场红红火火的日子里,我猜想张高一定很忙。然而我错了,我休假回老家的时候,好几次看见他在猪舍不远处的池塘边钓鱼,有一次还送给我几条鲫鱼做汤。我跟他聊天,他说:"科学养猪很省事,添上饲料就没什么事儿了。猪饿了、渴了都知道从哪里能拱出吃喝。一天加起来就是一个小时的活,我媳妇一个人都不够干。自动化冲猪舍更简单,就是开闭开关的事。"他喜欢钓鱼,以前因为去钓鱼被父亲揍,那时候钓鱼就是不务正业。现在,他有精力做自己喜欢的事了。张高钓鱼只是为了乐趣,家里天天吃鱼都吃够了。他很多时候钓到鱼就再倒进河里,有时候也带回去给养殖的红头鸭和灰雁吃。除了养猪,他还养着稀奇古怪的禽类。

有稳定的产业,又有了可以钓鱼的闲暇,我以为作为新型农民,张高应该满足了。这次我又判断错了,就在养殖场红红火火的时候,他却突然改行了。

张高竟将猪场改成了饭店。大家开玩笑说:"准备给猪用的猪窝改成了饭店,就叫'猪窝饭店'吧。"什么原因让他把建好的新猪舍又转行做了饭店?大家猜不透,但是在一个荒山野岭的地方开饭店实在是不靠谱。我们村的地理位置很特别,处在三个乡镇的边缘,距离每个乡镇的驻地都有十里路。这么偏远的村庄饭店,出路在哪里?镇里的人会大老远跑这里吃饭?周围都是村庄,庄户人会没事跑饭店去吃饭?我像大多数村人一样担心,这一次,张高怕是会输了眼光。张高在村庄里竖起的口碑也开始动摇。连他母亲都说:"养猪养得好好的,偏偏要经营饭店,谁有那闲钱下馆子。"

张高却很坚定,而且不是小打小闹,他的饭店居然雇了大厨。自打他的农家宴开起来,村人似乎就认定他的饭店会倒闭,只是时间的问题,看他能够支撑多久。

但是这一次村人输了眼光。老一辈人不怎么看好的农家宴餐馆,经常有年轻人去喝酒放松。"家里做好了饭他们不吃,去村头的饭店喝酒去了。"老年人不满。"干一天活怪累的,不兴哥们几个一起喝喝酒、吹吹牛?""一天到晚不少挣钱,喝个酒还是错?"去喝酒的年轻人也振振有词,他们除了打理自己家的田地之外,都在附近的工厂上班,有着不低的收入。张高的农家宴菜比较大众化,价钱不贵,却有一样招牌菜——红头鸭。他原本是在自己养殖场养着些红头鸭的,因为吃着味道鲜美,吃过的人都回头来找,他就渐渐有了经营饭店的念头,反复论证后,就毅然改行了。

几年过去了,来他饭店吃饭的人越来越多,村里的红白事,大家都不喜欢自己忙活,多从他那里订餐或者到村头就餐。他的饭店改变了村里白事要别人家给"代客"的旧俗。

连个正规名字都没有的农家宴,因为招牌菜红头鸭名气越来越大,相邻几个镇上的人也慕名来吃。他说:"现在交通方便,连城里人都来吃红头鸭呢。"有一天中午,我在微信里看到一个在城里上班的朋友发的朋友圈——"到诸葛村吃最正宗的红头鸭"。我默默地笑了。县城离我们村庄有六十多里地呢,真是酒香不怕巷子深。

以前,张高的农家乐饭馆雇着一个正宗的厨师,两年后,他学会了厨师会的所有他餐馆里应该有的菜,于是他辞了厨师,自己当厨师。不久前我回老家,中午在他饭店里吃饭,发现他又雇了帮工,一个村民在给他当服务员。

张高在自己承包的村外那个大院子里养红头鸭,经营一个小饭馆,一家人其乐融融。我问他是不是钓鱼的时间少了些,他说还是经常去野塘里钓鱼,只要安排得好,客人多也忙不着。

曾经有人劝他:"既然养猪赚钱,就别折腾了。"我也问他转行的原因,他笑笑说:"养猪赚钱是我当初的需要,开饭馆赚钱是社会的需要。养猪的活我可以干一辈子,但是我得跟上社会发展。以前村人都夸我有眼光,不跟上社会发展怎么算有眼光呢。"

二、野人小贤

写小贤的诗也是 2008 年我在老家帮着盖房子的时候,写于一个傍晚,我从野外"巡游"归来。那个午后,我骑着父亲的大金鹿自行车在东坡地里闲逛,偶遇驻扎郊外的她,并与她攀谈好久。她鲜活的经历扑面而来,震撼着我的小小诗心。

《野人小贤》:

村子里第一个走南闯北的女人 / 推着土制烤炉让家乡的地瓜身价百倍 / 村人都诧圆了眼睛 / 就快要成城里人的小贤 / 突然变成了野人 / 河滩边的白杨林里有她的家 / 有他憨厚的男人和顽皮的儿子 / 有她的羊栏猪圈和几百只鸡 / 她的牧羊犬是只纯种家养狗 / 却灵性地率领羊统治河滩 / 跨栏而出、食饱而归的母猪 / 长成牛犊的样子 / 陌生的气息靠近房舍 / 它跃起的动作无比敏捷 / 河滩上吃饱蚂蚱的鸡群 / 在无所事事地争斗 / 小贤,长年驻扎在野外的女人 / 管狗叫虎

子,鸡叫妞妞,母猪叫小六 / 她站在富贵牡丹的匾挂
下 / 看一眼儿子的奖状 / 再看一眼河滩里逡巡的牲畜 /
她那曾经烤地瓜也做炸糕的手 / 一手拿针给牲畜们注
射 / 一手拿针在绣十字绣

张高的妹妹小贤是我的小学同学,小时候并没有什么特
别,中学毕业后外出打工,后嫁到外地,多年不见。后来,这个
少言寡语的同学,竟然带着自己的老公和儿子回娘家村扎根发
展了。

以前在村里偶尔也遇见她,她骑着大摩托车打个招呼呼啸
而过,野蛮得像个男人。我的回话总是被她"突突"响的摩托
车声淹没。

那天在野外遇见我,小贤很激动,说除了下田路过的人,很
少有人来这里。作为多年前嫁出去的闺女,小贤在我们村没有
户口,他们一家人都是外来户。但是她似乎并不发愁,她在村
里承包了一大片林地,把家安在自己经营的林地里。那时候农
村还没有"流转"这个词,她挨家挨户去谈判和签合同,从人家
手里转包了土地。她在那片林地上搭建了简易的住房,开始养
鸡、养羊、养猪,主营土鸡蛋和白条土鸡。她还买了脱毛机,过
节的日子在集市上现杀现卖。说起土鸡的销路,她说:"别看贵,
还经常断货,大诸葛那里外企的韩国人,专挑好东西买,每次一
定就几十只。镇上的饭店也来定,只要咱货好,不愁销路。"又
过了几年,她的养鸡规模一再扩大,还是供不应求。不仅很多
城里人要吃价钱贵的鸡和鸡蛋,连周围村庄的老百姓也开始吃
这些金贵东西了。每年养鸡到最后,都还得欠着预定的货。

小贤跟我说话的时候先东张西望,看看她家的"小六"在

不在。"小六"是头体形硕大而敏捷的母猪。这头猪太精了，听得懂人话。"小六"非常警觉，有生人来，它就会进攻，不比狗逊色。她怕"小六"攻击我。

"那么狗呢？难道狗不履行职责吗？要一头猪来看家？"我问小贤。她说："'虎子'去河滩放羊、看鸡去了。每天它很自觉地把羊带到河滩去吃草，然后把鸡看得严严实实。"我说："你太训练有方了。"小贤笑着说："动物和人一样，都有灵性。"

小贤是走南闯北见过世面的人，她说："在城里打工钱来得快，只要肯卖力气、能吃苦，干什么都来钱。可是，城里毕竟是人家的城里，咱在城里扎根要拼好多年。咱乡下有现成的土地，咱的根也在乡下，为什么不回来？"她一回来就把根扎得稳稳当当。"搞养殖吧，不管养猪还是养鸡，都是当年见效，你看这片几十亩的白杨树林，还有那边河滩，给鸡提供青菜和活虫，鸡长得精神还不费力气，也节省饲料。"

小贤冲着河滩喊了一声，那条叫"虎子"的黄狗穿过高茂的草丛呼啸而至。"小六"也从鼾声中醒来。她掰了块玉米饼子给狗，说："'虎子'可精了，它就是我的大管家，能去放羊、放猪，它把猪、羊都管得乖乖的，那些鸡也听它的，它不让越界的地方，鸡都不敢过去，真是神奇。"

虽然一直在林地里住着，小贤却很爱村庄，常常骑着摩托车到村里来，买买东西，跟村人说说话，回娘家看看。两年前，小贤从村里买了一所旧房子，翻建成一所新房。虽然不经常来住，但她说，在村里总得有个家，要不真成了野人了。

三、打井的人

《井》：

> 许多年前的老井枯竭了／人们渴望一口一拧开
> 就冒水的井／村庄里站出一个瘦弱的少年／他说，我
> 们打一口新井，让它流进每家每户／就像一阵风吹
> 过，谁也没有记住／那个只有九十斤重半大孩子的
> 话／后来，家家的灶头流着甘甜的井水／打井的人，就
> 是那说话有些害羞的少年／大家这时才知道／为了找
> 到甜甜的井水／那个少年在诸葛村的大地上走过多
> 少路

我最早是先给这三兄妹中的小弟志清写诗的，那时候他年龄还不大，就已经在村里很出名，因为他总是制造新闻。他把并点合校之后闲置下来的村小学校舍买下，在那里用设备孵小鸡、小鸭，孵出的红头鸭苗价钱很高，卖到天南地北，但有赚有亏。他鼓捣那些稀奇古怪的新品种，成为大家茶余饭后的谈资。

这些事对村人的影响并不大，他做的最有影响的一件事是在野外打井。打井之前他就说过，要给村里通自来水。那时候，村里的老甜水井日渐干涸，村人大多用地排车到邻村去拉水，用水之难人人叹息。志清找人勘察了多处，每打一孔，千米不见水，最后打算放弃。他倔强地说："再打最后一眼井，还没有水我就认命了。"那时我们村的地下就是缺水。这一次他像个赌徒，手拿一块石头，在原地飞快旋转，几圈转起来，他手中的石头随意地抛了出去。石头落在一片乱石堆上。人们都说，算了吧，哪里有水，这里都不会有。志清却执拗地说："反正已经

白费了那么多次,不差这一次,这是天意,打吧。"这一次,奇迹出现了,钻井机钻了几十米就钻到了龙脉。

从此,诸葛村的村东有了一眼旺盛的泉水,而且水质非常好,喝起来甘甜,拿到市里去化验,也是优质水。他守着泉水就想做件大事,他没忘自己的初衷,要给村里通自来水。那是二十多年前,很少有村庄能吃上自来水。他号召人征集民意,听说能喝上自来水,村民多是拥护的。人们积极地挖自来水道,凑钱买水管设备,虽然初期每户要投入一二百元钱,最后却家家拥护,这毕竟是彻底改变生活方式的大事。于是,用了几个月的时间,诸葛村民间自发的自来水就通到了每家每户的灶房。

一口水井的水是有限的,自来水还不能全天候流淌,每天早晚都有固定的放水时间。在农忙季节,有的村人劳动回来晚了,错过了接水时间,跟他说一声,他就重新合闸放水。干旱季节,他在放水的时候也会吆喝几句:"水线低,离水塔近的不要一个劲放水,关关闸门,让远的人家也能放到水。"村人常常看见他在放水的时间,从街东慢慢踱步到街西,再从街西踱回街东。家家户户的灶房里传出水龙头喷水到水缸里的"哗哗"声,那是我们村早晚最动听的音乐。志清慢慢踱着步,听这美妙的声音。

但是,通自来水是个没有多少收益的事,一户人家一年能收多少水钱呢?何况村上的老人之家他还不收钱。村人替他算了这笔账后,都替他担心,也替自来水的未来担心。他说:"我打井是为了钱吗?"可是,这样一件天长日久的公益事,他能负担得了吗?他虽然一直在做孵苗养殖等,却没有顺风顺水地成为"大款"。

　　志清打的这口神奇的大井,把村里的饮用水问题解决了。干旱的日子,它还汩汩地流淌着,顺便救活了很多庄稼。多年前,我在报社实习的时候,回家听说了这件事,就约谈他,打算给他写一篇报道。那个夏日的晚上,在我家院子里,晚风轻送,星辰明朗,他和我聊了很多。他很羡慕有知识的人,说自己如果多读几年书,会做得更好。临别的时候,他说:"写报道就算了,我不想出名,何况这是件小事。"这让我有些失望。

　　志清后来又流转了大井边的大片土地,在那里种植、养殖,建筑自己的梦。他又打了几口井,由原来的一口井发展成井的套曲。我有一次回家时听说,他的井,已经给周围几个村供自来水了。

　　干旱一直是我们村的一块硬伤,很多农田在岭上,这几口井,让诸葛村人饮水有了源泉,土地有了底气。这个打井的人,即便从未被报道过,也会被土地、庄稼和大地上的人们记住。

荒山种梦 ①

    我的家乡胶州南部以丘陵、山地为主，一座二百多米的艾山就是全境最高的山。有两块极为特殊的大石头，突兀如天降，分列在艾山的东西两侧，叫作"东石""西石"。远望"西石"，它就像一位大地幻化出的慈祥母亲，被岁月浸染得周身沧桑褶皱，但是赤诚而坚定地伫立着。她微微仰头看向苍穹，那是在祈祷苍天护佑苍生。她的手于胸前擎着一只"金蟾"，她以慈爱的呵护情怀，将涓涓爱意布满山川。此金蟾与慈母的形象，也预示着五谷丰登、天下富足。

    "西石"就是这样一座有慈悲情怀和富足象征的小山，它周边的山林也有内敛娴静之气。纵横的土岭间，山石之阴有一口明晃晃的水塘，水清澈，波光荡漾，塘边垂柳依依，柳树下几栋小木屋极为雅致，使人恍若进入童话世界。水塘以西是一片山岭地，错落有致地栽种着果树、花树和庄稼，公路东侧两座山丘中间的旭日正冉冉升起，照着门口大石头上刻着的"旭日庄园"四个大字，照耀着水塘边崭新的柳色和赭黄色的木屋，以及背后的梯田和葱茂的林果地。旭日东升之下的山岭一派欣

---

① 发表于《农村大众》2022 年 11 月 16 日副刊。

欣向荣之气，也像一幅纯净的油画一般静美。这明晃晃的水塘是一口封了底的小水库，储备水源以灌溉山岭上的花木，主人放养了鱼，闲暇之时甩竿垂钓，也极为惬意。塘中之水引自一路之隔的祥云峡。那是一泓天然之水，大旱之年不干涸，一直清澈见底。

传统认为，山之北为阴，不是发达之地，在"西石"的后背上建设这个庄园似乎风水欠佳。庄园的主人买下这片地的时候，亲友多以此劝阻。他却说："我命属木，山之阴可以生长，而且我的外号就叫'木头'，会在这里扎下根。"待聊得深了，他才说："我是个农村娃，现在政策好，我离开土地搞企业，其实内心还是亲土地的，一定要站在块土地上，我这块'木头'才心安。我干了这么多年的木材生意，每年我把那么多木材锯开、烘烤卖出去，虽然都做了建设事业，可仍有些不安，有些心疼。买下这片地，经营这个庄园，我根本就没有想在这里挣钱，而是想打造一个可供大家赏花、摘果、垂钓、休闲，能够体验农家乐趣的娱乐场所。我不计成本地栽下那么多树，是为了把荒山变成青山，是为了把曾经锯过的木头还给大地。"

怪不得被人喊作"木头"，不仅仅是做木材生意，他的很多想法、做法也确实非常人所能理解。这个不为"利"的土地经营者，对庄园的投入完全是公益性的。近年来，他每年投入数百万元修缮、绿化，却没有任何收入，他把对土地的投入和经营当作一种信仰。

刚从别人手里拿到这块地的时候，它还是块光秃秃的不毛之地。但凡经营过山林的人都知道，养荒山不仅投入大，还看不见啥。它长得很慢，就像无底洞一样慢慢吃钱；等它长大了，你也未必有什么受益，它看起来很美，但产出不了多少可以变现的东西。这些论调，他早就听人说过，但他痴心不改。几年来，他前后投入几百万元用来修路，铺设灌溉管道，栽植各类果树、绿化树，建立小养殖场。看着逐渐绿起来、美起来的荒山，他比做什么都高兴。

"我还是个生意人吗？光赔不赚！哎，要不别人怎么叫我'木头'呢！"他这样问自己。

"我赚得可多了，这些花、这些树、这些果、这些笑脸……"他这样安慰自己。

春天的时候，这片山上有烂漫的山花，秋天的时候，这片山上有最醇香的果子。周末，城里的朋友来庄园体验最淳朴的农家生活，摘樱桃、摘桑葚、摘杏子，刨地瓜、刨芋头、掰苞米，用农家的老灶台做一锅自己钓上来的鱼，再炖一锅土鸡，漫锅的锅贴吃出田园味道。喜欢烧烤的，那边还有烤炉，现烤鲜鸡，或者用无烟炭火烤肉串、鲜虾。其实最可人的是大锅里煮的地瓜、芋头和鲜玉米，吃出童年的感觉、乡野的原味。

我多次来到旭日庄园，有时候为花，有时候为果，有时候为田园，有时候为夜色。那日在庄园采风，饭后微雨，我在木屋里小憩，暖融融的电暖炕上，是小时候老家的感觉。木屋里陈设简单却齐全，有窗、有桌、有茶几，有洗手间和厨房，在小木屋可以长久居住。木屋前后都是菜地，喜欢吃绿叶，就采鲜灵灵的菠菜、茼蒿、油菜，喜欢野菜，就到梯田的阡埂上挖。这里不打药，野菜生长得特别肥嫩，山菜、饽饽蒿、苦菜、荠菜、曲曲芽、蒲公英、山蓬、面条菜，应有尽有。

山野四季，风致迥异，湖风清爽，空气清甜，面对苍懋的山石，耳畔是变幻着鱼跃、蝉吟、鸟鸣，梦想中的田园，不过如此。

住在山里，更是别有一番风味。入夜，万籁俱寂，斜月西悬，一片静谧的山岗在月光下犹如神殿。远离城市喧嚣的幽静，你恍然若回到童年的小山村。那山坡上柳树下的小木屋，正好安放你一枕清梦。

庄园中八座木屋分别安放在两层梯田上，下面的一层四栋分别叫"春""夏""秋""冬"，上面的一层是"福""禄""寿""喜"。名字既体现了四时风月，又表达了人们的朴素愿景。我最早对木屋的喜欢源于冰心的《小橘灯》，那个小女孩就住在黄果树下的小木屋里，日子清苦却温馨。梭罗的木屋是他亲手在茂盛的森林里建造的，他守着清澈的湖泊，种植一片养活自己的土地，营造了别样的世外桃源。

庄园最南边的一栋木屋被长租着，夫妻都是文职人员，每个周末带着孩子在这里度过。他说，喜欢这里的环境，自己带着孩子在山野间走走，就像回到美好的童年。现在孩子的业余生活单调，很容易被电子产品控制，而他的孩子，每周末都在乡野度过，认识了庄园里所有的庄稼和蔬菜，还会给木屋院子里的蔬菜浇水和捉虫，偶尔也帮着做饭。学习累了的时候正好用乡间漫步和农业劳动来缓解。他自己也经常坐在湖滨垂钓，一周的工作压力就这样得以缓解。

在现代快节奏的生活潮流中，脚下带点土的乡村生活体验，让很多人向往。

在小木屋住过的朋友说，在旭日庄园里住一宿能治疗焦虑、失眠等好多病。我曾经在月色布满山岚的时候在庄园内行走，星辉交映着月色，大地静谧，而虫声热闹。此地的人间，是另一番样子，一番在都市里永远想象不出的样子。

前不久，我再去庄园，正是头茬西瓜下地的时候，而枝头的杏梅累累黄果，煞是喜人。山上空气清新，五脏六腑经历着洗涤，我坐在屋外的木质阳台上，阳光很暖，山风微拂，几只小鸟飞过，很快隐入山林。我沿着湖滨往"西石"走去，发现那条细小难行的山谷小路被修葺，变得平坦宽阔起来。这是庄园主人今年三笔投入之一。山谷的景色深深打动了我，两侧是高茂的野生荆条棵，荆条正是盛花期，开着一穗穗紫花，花丛间飘飘曳曳地飞起些白色的铜钱般大的蝴蝶。我缓慢前行，被景色打动，随手拍了几张照片发了朋友圈，立即就有朋友问在哪个名胜风景区。我开玩笑说，在紫花沟蝴蝶谷。朋友深信。

在青山绿水的褶皱中，有了这样的小木屋，立即就让田园景致多了童话色彩，人的心境大不同。我在木屋里贪婪地嗅着它散发出的木质清香，透过硕大的玻璃窗户，巡视蓝天白云、山山岭岭、田野树木和远处梯田上劳作的身影。那一刻真的想久住下去，就在这岭上做一个农夫，从此亲近泥土和庄稼，与山林花树共同构成一幅画，一曲田园新歌。木屋一侧的墙上，悬挂几串野生的松果，果瓣微微展开，就像一串讲故事的嘴巴。

晚霞由山顶消隐，暮色余晖褪尽，木屋遁入夜色中。窗帘未合，满天繁星睁亮眼睛，齐刷刷地俯视这山野、村落和木屋，成了我的一帘幽梦。

山中夜晚安静得出奇，世界仿佛不存在了。市井吵闹中难觅这样的安静之地。安静是力量，柔润、持久，赐人以想象和安宁。突然又想起庄园主人光旭的话，他要把木头还给大地。大地又把众多的好还给了人间。

山岭谷穗香 ①

　　去探访高志勇的农业合作社时正值盛夏,我们迎着午后两点多的烈日出城西行,在洋河大地上飞奔约一小时后,接近了目的地。在一个叫"房家庄"的小村路口,车一不小心就把那条进庄园的路错过了,它看起来正在施工。沿着土石渣路爬坡而行,眼前就呈现一片油绿。青翠的玉米在拔节生长,密匝匝的谷穗一眼望不到边,几架风车在天边晴空下缓慢转动。那些青绿的谷穗被银白雪亮的细网罩着,远看似一层薄霜。谷田上空盘旋着燕子和麻雀,从飞翔的路径看,它们正在捕食飞虫。由此我判断,这里的生态很好,并没有农药将虫类一网打尽,所以燕子、麻雀非常密集。

　　在新修路坯和原先的水泥路衔接处,有一条水冲击的小壑,我们只能把车停在土路上。今年因为雨水勤,把原本衔接良好的路给冲开了口子。进入农庄,路边是金灿灿的葵花田,桃园里杂草繁茂,遮蔽了田地原有的状貌。同行的菊说,怎么不好好锄草,草快把桃树淹没了。我想,也许农庄活多、人手少,顾不上吧。这个农庄的新鲜事最早是菊告诉我的,她以新闻口

① 发表于《人民日报》2022 年 8 月 29 日(删减版)副刊,题目《山岭从此谷穗香》。

吻描述:"竟然还有这样的事,在百十亩谷子地上雇了那么多农民,用最原始的方法锄地除草。"

这个农庄的办公区域不大,一间简单的办公室里,眼神明亮、皮肤黝黑的高志勇热情地接待了我们。办公室里还有一位客人,是他邻村的一位朋友,来送种子。客人说,这是他八十多岁的父亲一年年留下来的老扁豆种子,传承六十多年了。作为回报,高志勇摘下留种的老黄瓜相赠,这也是他保存的传统黄瓜种子。说起种子问题,大家都在叹息。用买来的种子种出的东西,吃起来不是原先的味道,种完一茬就完成使命,即使留下种子,明年只长蔓子,不结果。高志勇自豪地说,他收集保存的传统蔬菜、庄稼种子有十几种。因我也有个巴掌大的小院子,我就向他讨要二十粒扁豆种子。高志勇大方地抓了一把,说:"多带些,种子只在我的农场循环也没多大意义,流传出去,在更多的地方保存和传承才更好。"

高志勇个头很高,人显得精干,眼神里充满书生的睿智,皮肤却跟在农田里劳作的农民一样黑亮。他当年可是高才生,中专毕业后在粮食部门供职。随着社会体制的转变,他也顺流而动,从粮所转行到农业。其实,做农业很苦,见效慢。我们开玩笑说,以他的知识和才干,这些年干什么也都该发财了。但是他却甘愿被几百亩土地拴住,做了农场主。我问他,农场发展有瓶颈吗?他说有,而且几乎是不可突破的艰难。最难的时候,几百亩地几乎颗粒无收,那种绝望和后悔难以描述。但是,想过多少次放弃的他还是咬牙挺过来了。

2011 年,高志勇开始在洋河镇房家庄流转土地,筹建他的合作社。这是片贫瘠的土地,土层薄、易干旱,并不是种庄稼的好地。俗语说,有旱死的竹子,没有旱死的谷子。谷子泼辣,土薄、干旱都不会是大问题。高志勇开出一亩地八百元的流转费,当地农民心里乐开了花,他们深知自己的土地不肥,勤勉耕耘一年,就算两季庄稼都赶上风调雨顺,去掉各种费用,也很难有这样的净收入。这土地种它没多少收入,若赶上干旱等灾年,很可能连基本投入都收不回来。不种地就只能外出打工,土地荒了,村子空了,农民们不舍。村民流转了土地,有了保障,再转身到农场里做工,凭空多出来一份收入,哪能不高兴?

因为这个农场的建立,周边村庄的农民有了就业机会。农场日常基本固定用工十几个人,在特殊的节点,如耕种、拉网、施肥、收获,用工就很多。这时节是谷粒初长成的时期,庄园里正在给谷子大面积拉网。眼下生态保护得好,鸟类密集,如果不拉网,谷穗难免被鸟雀啄得空空。"每年我都会留出两三亩地不罩网,专门来喂鸟。现在农民的田间管理都用农药,蚂蚱等虫类都被毒死了,鸟的觅食很成问题,只能吃田野里的粮食。咱们给人类种粮食,也不能饿着这些鸟。它们在我们农场里吃掉很多虫子,也是有功之臣呢。因为我的农场是农药零投放,鸟群就格外密集。"

"农药零投放?"我惊讶地问。不仅是现代农业,就是传统的老农民种地也离不开农药,有几种虫子是非药不治的。高志勇笑笑说:"那是传统农业,我虽然走的是传统农业的路子,用有机肥,但走的并不是保守的老路,我们现在用酵素驱虫。"他从办公桌的几个小瓶中取来一瓶,洒几滴在我的手上。我闻了一下,酵素带有玫瑰花的香味。他说:"自然界很神奇,很多植物自带杀虫功能,如丝瓜,它就不招虫,我们将其枝叶发酵制成驱虫酵素进行喷洒,可以代替农药,绿色又环保。"我笑着说:"看来你的'馥谷园'不是'复古园',既保持了传统农业的优势，又有高新科技做指导。"

高志勇选择做传统的谷物种植，源于其幼时的味蕾记忆，一段追寻儿时味道的初心。他说，城市生活中，越来越找不到曾经的感觉。他常在餐桌上感叹："那种汤汁浓稠糯和、香气醇正的小米粥哪里去了？那是儿时的味道、母亲的味道。"于是，他一直在寻梦，终于决定种出最好的谷子，重现当年小米粥的浓香。当国家政策鼓励个人流转土地建设农业合作社的时候，他立即付诸行动。

他与谷子似乎格外有缘。很小的时候，他在胶州三里河文化旧址看科学家来考古，他对出土的瓦片、器皿等饶有兴趣，尤其对出土的钙化"粟"格外留意。钙化"粟"就是谷子，几千年前的先人吃过的谷粒。此后，求学路上他认定粮食这一科，始终怀揣"米袋子"情怀。

他在考察中锁定了洋河镇房家村那片山岭薄地。这里地处北纬36度，有着朗照的阳光、干净的风、无污染的水。可以说，这里是出产优质小米的黄金地带。于是，他流转了三百亩土地，成立了粮食专业合作社，还起了个充满田野芬芳的名字——馥谷园。

创业何其艰难，要种出好的谷子，必须有系统的农业配置。土地、肥料、种子等一样不能少。经过多少年化肥、农药、激素、地膜等侵袭的土地，已经板结、酸化、有机质下降，先要养。"闲地三年也肥沃"，他接手土地后就休耕养地，让土地自我调养。另一个"养"就是施肥。经过考察检测，他最后选定了富含氮磷钾、有机质含量高的羊粪来快速改变土地成分。为此，他就近承包了一家养殖场的羊粪来养地。

谷子忌重茬。一亩田种植了谷子，要三年才能缓过劲来，所以，他的三百亩地只能分成三块，轮流种。

2012 年春天，高志勇首次播下了一百亩谷子，他的宏伟蓝图从准备阶段跨越到实施期。此后的一百三十天里，高志勇就像以往的老农民一样，每天都蹲在田垄间，查看土，查看苗，查看蛾飞过的痕迹，查看虫到来的迹象。绿油油的谷苗一天天长高，他的喜悦也一点点增长。草高了锄草，虫来了捉虫，不用一滴农药。他悬挂了各种杀虫灯，又从村里雇来锄地的农民，以最原始、最绿色的方法侍弄他的谷子。"谷锄三遍米汤甜"，等谷地锄过三遍，谷的身量长起来，就不再怕草，他也被晒成了"黑炭头"。

干旱是农业的瓶颈，虽然谷是耐旱庄稼，可也有限度。高志勇用自己小水塘里的水给谷子上了两遍满水，让人喜悦的是，谷子蓬勃地长着，开始抽穗了。可是很快，麻雀就扑向这片没有农药气味，散发着浓香的诱人谷地。挂红布条、扎草人都不管用。人来赶，倒是有效，可是人前脚刚走，它后脚就到，实在太占人手。高志勇小心翼翼地给谷穗罩上网，像呵护婴儿一样百般细心。谷穗一天天变沉，高志勇心花怒放。

苍天不负有心人，馥谷园的一百亩谷子获得了丰收。高志勇慢慢品着汁浓汤稠的小米粥，这层厚醇的米油，润开了他的苦累，这扑鼻的香气，驱走了他的辛酸。"馥谷园的小米能吃出小时候的味道。"口味"刁钻"的当地人很快就闻着香气寻了来，通过各种渠道来购买的订单纷沓而至，高志勇有些应接不暇，四万多斤小米很快被高价抢购一空。原来大家都怀念小时候的味道，原来大家都在苦苦寻觅纯正无污染的粮食。从此，高志勇走绿色农业之路的决心更加坚定。

　　然而,接下来的三年,遭遇了空前干旱的天气,就连胶州重要的水源地——山洲水库都干涸了。馥谷园的地块都在岭上,尽管自有蓄水池塘,也抗不过几个月的干旱。旱灾给高志勇带来巨大损失。一棵棵谷子皮包骨头的样子让人心疼,而轮作模式下,间隔期种植的小麦、玉米几乎绝产。2015 年的夏天,高志勇和工人们没日没夜地拉水灌溉,想抢救那些庄稼。可是山地崎岖,水车翻了,他被砸在车底,胳膊骨折……比肉体疼痛更残酷的是内心的动摇,干旱这个农业的瓶颈真的无法突破吗?在犹如焦土的大地上,远水解不了近渴,他的心也濒临崩溃。

　　谷子救了心灰意冷的他。原以为会跟玉米一样全军覆没的谷子,以低产弥补了一点损失,给了他一个惊喜。"只有青山干死竹,未见地里旱死粟。"没想到谷子坚强到如此地步。"我难道还不如一棵谷子?世界上没有真正的绝境,只有甘于屈服的灵魂。"他想。

　　高志勇汲取谷子给予他的力量一跃而起,不退反进,迅速在园区内挖了一个大蓄水塘,以地下管道的方式直接通到几里外的水源地。接着配置了节水滴灌设备,节水 50% 还能保证灌溉效果。不经历风雨,怎么见彩虹。高志勇这棵坚韧的"谷子"在前进的道路上越挫越勇。谷子成为他的精神支柱,"馥谷园"的品牌越来越响。2016 年,"馥谷园小米"被评为岛城市民最喜爱的农产品品牌,2017 年入选青岛知名农产品品牌。

　　高志勇想做的不只是种出好谷子,他还有一个在合作社实现"循环链"的梦想。他建了自己的养殖场,用自种的玉米养羊,羊粪经过发酵、还田以后,提升了土壤的肥力。有机肥绿色健康,土壤良性循环,越来越肥沃,小米的品质越来越好。谷子碾米后产生大量谷糠,高志勇又建立了养鸡场和养猪场,对此,进行生态转化,形成了馥谷园的生态循环的第二条线。小米之外,绿色环保羊肉、猪肉、鸡肉、鸡蛋等都供不应求。

高志勇并不是孤军奋战,他一开始就注意联系周边的农民和规模种植户、养殖户,从别人那里吸收经验,也以自己的理念影响他们。在他的带动下,馥谷园周围的一大批农户将农田改种谷子。尽管他们并不擅长种植谷子,但有高志勇这个"专家"在山岭上,他们有底气。高志勇不厌其烦地传授谷子的田间管理技术,积极推广新品种,给他们推荐订单。在他的推广和带动下,周边谷子的种植量达近千亩。

合作社从最初的三百亩发展到五百亩,有些地是主人自己送来的。他们认为把地交给高志勇收益高,看着产出高质量的产品也高兴。"就像自己的闺女嫁了个好人家一样,放心和高兴。"土地的主人说。没了地的村民大多到他的馥谷园打工,合作社每年消化劳动力六千多人次。2017 年,馥谷园被山东省农科院选为山东省现代农业产业技术体系杂粮创新团队试验示范基地。2021 年,高志勇被评为"齐鲁乡村之星"。

高志勇有更大的愿景,他要让农业跟文旅结合。乡村游、采摘业是朝阳行业,很多客户喜欢到他的农庄考察和游览,何不做大合作社,拓展林果业?于是,他开始尝试种植果树,并自己培育、研发果蔬新品种。他研究酵素驱虫、肥田等高科技,并达到了专利水平。初到合作社的时候,我看见桃园里长满了草,就是他有意为之。经他研究,果园并不是锄得干干净净才好,有些草是跟果树互补的,草的存在能刺激果实长得更好。如此,他要把馥谷园打造成农林牧相结合的生态田园综合体,让"山岭薄地"变成"米粮仓"和"花果山"。

致力于农业事业的高志勇是个文化人,他的朋友圈里时常有图文并茂的农场播报。他一直喜欢读书,再忙,身边都有书籍。当初给基地命名"馥谷园",是取意《诗经·小雅·信南山》"既霑既足,生我百谷……黍稷彧彧……",即谷田茂盛的美好景象。而今的馥谷园谷米芬芳、桃李峥嵘、禽畜欢叫,是胶州大地上熠熠生辉的田园,呈现茂盛芬芳、生机勃勃之态。这就是新农村该有的样子,也应了《诗经》里的情境。

2020年8月28日是个吉祥的日子,高志勇在他的朋友圈发布了"开镰收割谷子"的信息。8月31日,他在朋友圈发出一条干净平坦的柏油大路的照片,配文"乡村振兴,道路先行",并作诗一首:"昔日尘共土,今朝柏油路。关心在乡村,着意绘宏图。"这就是我们去的时候,因汛期耽误只铺好路坯的那条路。现在政府已将其完全修好。

我给他朋友圈留言说:"双脚踏上幸福路。"

他回:"一心守望山水间。"

殷殷白菜情①

"城门高，板桥长，三里河边出菜王；寒霜降，小雪藏，系个红绳上汴梁。"离开胶州城，这童谣似乎就不是这个味了，只有胶州古城的城墙根下，才会生长这样的童谣。从白牙红唇的儿童口中甜甜地唱出来，在鹤发童颜的老者唇间慢慢流淌，这童谣才真纯有味。这是一段被岁月包浆的童谣，吟咏着胶州的一大骄傲——大白菜。

童谣描述的年代是宋朝，作为江北最大的港口码头，那时候的胶州叫"板桥镇"，沿袭了唐朝御赐的名字。作为朝贡之菜，胶州的白菜驰名中外。

时光流淌了这么久，那一棵白菜"叶卷如纯束、味清而腴"的鲜美滋味不仅没有变，反而变得更加真纯。

胶州大白菜古已有之，是胶州著名的"三大"之一。"胶州三大"分别是大秧歌、大白菜和胶州大嫚。我到外地去，一做自我介绍，他们就呵呵笑着说："胶州大嫚来了。"我便知道这是个了解胶州历史文化的人。

胶州大白菜俗称"胶白""胶菜"。别处也产白菜，可一个

---

① 发表于《齐鲁周刊》2020 年第 22 期，题目《胶州白菜，从厨房走向花园》。

地方的风水养出一个地方的口味，只有"胶菜"久负盛名，从唐代即享有盛誉，有一千多年的种植历史。《舌尖上的中国3》热播后，以胶州大白菜为原料制作的民间小吃白菜卷，成为全国"吃货"心目中的精品菜色。据了解，鲁菜菜系中，五十多道菜都含胶州大白菜。大白菜是大众菜，平民的餐桌上一年中有数月都被鲜美的大白菜"霸屏"。大白菜也是国菜，古代宫廷御宴，当今招待国宾，白菜仍是一道无可替代的鲜美菜品。大俗大雅的白菜是无数人的舌尖记忆。

最好的大白菜产自胶州。在我童年时，秋冬时节到处是绿浪涛涌的白菜地，收白菜的时候，一辆辆大货车在菜地头排着队，把我们村的白菜运到城市和远方。那时候我们很骄傲，我们村的白菜替乡亲们进了城。上学后读到鲁迅的名句时，我们一帮学娃子骄傲得撒欢。我们在学堂里大声诵读："大概是物以稀为贵吧。北京的白菜运往浙江，便用红头绳系住菜根，倒挂在水果店头，尊为'胶菜'。"胶州的白菜是好到要被冒充的。我们到菜园里把这话说给种白菜的人听，他们嘿嘿笑着，笑纹里都是白菜般的鲜甜。

平原丘陵地势为主的胶州是白菜之乡，广阔的平原土质肥沃，湾畔河流众多，里岔良乡、张应安家沟、胶河流域、洋河流域、传统的三里河流域，都成为大白菜的主产地。每年收白菜的季节，各类采购车川流不息，胶州城乡一片欢腾。有一年白菜特别贵，采买的人直接跑到菜地里占了一片，自己雇人收菜，菜农不需要动手，只在地头数钱。据说那年的白菜都被韩国收去做了泡菜。

岁月之河的大浪不仅淘尽英雄，也淘尽许多物种，在残酷的生态法则面前，胶州大白菜也数度遭劫。

荆世新是胶州大白菜"渡劫"中的"保护神"。多年之前，这个"白菜迷"自己注册了胶州大白菜研究所并一直担任所长，开始了他的痴迷研究。二十世纪九十年代，作为一名农校教师的他，当时看到胶州大白菜品种有陷入绝种的危险而心痛不已。"那时候人们的良种保护意识差，胶州大白菜面临困境，一些品种因抗病能力差濒临绝产，新品种培育又尚未解决。"他当时就想，不能让祖辈留下来的好东西在我们这一代人手里遗失。于是，他下决心要把最纯正的胶州大白菜找回来。

从消失的河流里找回流水，那是逆天的事情。荆世新多方寻访老菜农都没有找到曾经的白菜种子，他决定重塑良种。他跟农业科研专家一起收集当地的一些资源，又和外地的科研部门争取种质资源，从 1992 年开始在试验农场里反复试验、杂交组合，最终用三年时间培育出了"胶白一号"。

"帮嫩薄、汁乳白、味鲜美、纤维细、营养好"是"胶白一号"的特点，也是记忆中传统胶州大白菜的五个特点。新品种保留了传统优点的同时，有了更深入的改进，抗病性更强，产量也比原来提高了 30%。

"胶白一号"问世后，很快得到了胶州农民的认可。"老白菜回来了！"人们兴奋地说。

荆世新的白菜科研一发不可收，在他和农科人员的带动下，涌现了更多新品种的胶州大白菜，这也让"胶州大白菜"的名号在市场上叫得越来越响。

也正是如此，假冒"胶白"一度冒头，让胶州人意识到，不仅要保证品种的多样性，更要抱团抓质量。

2004 年，胶州市大白菜协会成立，专门从事胶州大白菜的品牌打造和产业开发。荆世新不再是单打独斗的战士。组织的标杆是严格的:正宗的胶州大白菜必须产自协会认证的生产基地,而基地的所有环节,包括土壤、水、空气、肥料以及最后收获时的检测都受到严密的监控。只要有一个环节出了差错,都不能贴上"胶州大白菜"的商标。

一家成熟,发展一家,这个严密的组织既不会给谁徇私情,也不会让任何一个优良的白菜基地得不到应有的政策保护。三十余家大白菜基地陆续被认证,六千多亩大白菜在胶州的大地上汲取着充足的养分,雄赳赳气昂昂地走向全国、走向世界。它们按照标准化规范生产,统一包装,统一标识,唯一编码,棵棵都有"身份"。每一棵胶州大白菜都是有身份和成长史的,扫一下商标上的追溯系统,什么时间播种、共浇了几遍水、怎么灭的虫、用了什么有机肥,都能查得到。

"你鼓捣了这么多年大白菜,最得意的是什么?"我问荆世新。"优质白菜在我们手里被发扬光大。我们还开发出几十个品种,不仅丰富了老百姓的菜篮子,还提升了白菜的实用价值。一棵白菜既能以高营养、寻常价被端上老百姓的餐桌,又能身价昂贵地出口创汇,这是咱胶州人的骄傲。"他说。

既可玉堂金马登高第,也能高山流水遇知音。这就是胶州的大白菜。

几年前,优质培育的礼盒装胶州大白菜的售价是每箱两棵六十元,后水涨船高,卖一箱八十元甚至更高的价格。高价是以优良的农品品质作为保证和支撑的。

荆世新种白菜玩出了花样。一棵白菜开出一百八十八元的高价,还供不应求,这样的新鲜事要追溯到几年前。田垄地头间的大白菜怎么会想到,它们的族群里还出了"艳冠群芳"的观赏类菜品。大白菜研究所竟然培养出了"百财花王"。

那是一棵形状像一朵花的漂亮白菜。白菜是菜中之王,花形白菜自然就是花中之王,所以它被命名为"百财花王。"

人们日子富裕了,对精神生活也有了更高的要求,"百财"是白菜的谐音,老百姓非常喜欢,把花形的"百财之王"摆在家中,不论是观赏性还是寓意都不逊色于那些花卉。

五年前,荆世新在做白菜育种的时候发现了一棵异形白菜。这棵变异的白菜吸引了荆世新的目光,作为传统蔬菜中的白菜,它本应被淘汰,但是它有独特的审美价值。这个胶州大白菜的培育人的脑海中突然有了一个不便声张的念头。于是,他用心地侍弄着这棵"病"菜。同行中有说闲话的:"那么一棵破白菜,你那么爱惜它干什么?扔了吧。"而此刻的荆世新要这白菜变成"花"的想法越来越强烈。"我对它特别有感情,每天到了菜地,我的第一个任务就是先去看看这棵观赏白菜。"

那年,全国白菜大丰收,白菜的价格也像"过山车",离胶州三百千米的济南,白菜贬值到六分钱一公斤,即使在北京的超市,白菜也不过四毛钱一公斤。可是胶州优质白菜的价位居高不下,而这棵一百八十八元的花形白菜更是拔得了当年的头筹。

从一棵花形白菜到一批花形白菜,整整五年的时间,荆世新吃住在菜地,他收集白菜生长的各种数据,稳定地控制了这些花形白菜的生长态势。"付出心血是肯定的,不费事得到的东西五元一棵也卖。费了这么大的劲捣饬出来的东西卖一百八十八元一棵不贵。"

花形白菜与其说是白菜,不如说更像一种大叶花卉。随着温度的变化,它的花蕊会逐渐变成绿色、黄色、红色、绛紫。它的生长周期长达十个多月,最后还能开出近百朵黄色的小花。

用来吃的白菜可以当花看,也是一景。它开着密匝匝、金灿灿的小花,被摆在客厅像大礼花在蓬勃燃放,非常喜庆、吉祥。

观赏白菜当花卖——使用价值的变化给白菜赋予了新的内涵。以往被用来食用的白菜不再限于走进厨房、端上餐桌,它还走进了老百姓的客厅,走进了校园、花园、博览园。

花形白菜在销售的过程中除了走高端的花卉市场,还可以配合胶州大白菜共同作为礼品来出售。荆世新第一批培养的几百盆花形白菜没过多久便被销售一空。

看来,对于大白菜品种的研究有无限大的空间。这个研究白菜许多年的人,还是这样痴迷,在基地蔬菜间奔走,在试验室中观察,在大棚里采集数据。他的衣袖间有清晨的露水,他的鞋子上有隔夜的泥巴,他的脸上荡漾的是养育白菜的慈母般的笑容。

轮椅变成翅膀 ^①

"恨不能生双飞翼，搏击一线抗毒疫。身残志坚力所及，共赴国难不缺席。"这是 2020 年新冠疫情防控期间，在胶州市西南乡流传的一首小诗，同时流传的还有写诗人"烧鸡王"张文利的故事。

1974 年，张文利出生在铺集镇铺上三村。张文利原本健健康康、活蹦乱跳的，三岁那年突然腿脚不利，时常无故摔跤，而且越来越频繁。父母忙带着他到胶州、平度、青岛等地求医，诊断结果让全家人大吃一惊。

从此，一个巨大的魔咒般的标签贴在他幼小的身躯上——先天性进行性肌营养不良症。在家人无微不至的照顾下，张文利的病情逐渐稳定。他可以像普通孩子一样上学，但须处处谨慎，别的小朋友上体育课，他只能在旁边看，跑跑跳跳于他而言是奢侈和危险的事。张文利作为一个体育见习生读完了小学和初中。1993 年，他高考落榜，心情灰暗了一阵子。求学的路断了，他只能在这个小镇里谋生了。他虽身体不便，但性格要强。他并没有待在家里，而是隐瞒病情在镇上鞋厂找了份手工活。他拖着缺陷的身体，干一个正常人的工作，该加班的时

---

① 发表于《青岛晚报》2021 年 6 月 5 日副刊。

候加班,从不叫苦。经过三年的辛苦劳作,他攒了点钱。他想:
"不能这样劳碌一辈子,咱也是有些文化的人,得干点自己的事
业。"脑子灵活的他,想自己创业。他发现铺集人特别喜欢吃
烧鸡,逢年过节、走亲访友,都要买烧鸡;一桌大席,没有烧鸡
不行。既然烧鸡这么有市场,不如开个养鸡场。那一年,他事
业和爱情双丰收,不仅开办了自己的养鸡场,还与张燕青喜结
良缘。

小两口恩恩爱爱,勤勤恳恳地经营着他们的养鸡场,过得
顺风顺水。可是天有不测风云,第二年,他遭遇了一场车祸。
他原本就脆弱的身体遭受了重创。恢复期漫长,他对体力劳动
越来越无法胜任。拌料、喂食、清理鸡粪这样的重活儿,全部落
在年迈的父母和柔弱的妻子肩上。看着他们辛苦的身影,作为
家里应该做顶梁柱的男人,张文利暗中垂泪。

逐渐地,周边的养鸡场越开越多,生意不太好做,生活日见
艰难。张文利决意寻找新的商机。

尽管他乐观豁达,也努力配合医生的要求和治疗,尽管他
在生活中从来就没有屈服过,但病魔并没有放过他。他的腿的
情况越来越差,后来只能依靠轮椅活动。肢体二级残疾的他不
想拖累家人,必须尽快想出办法,改善生活。一个摇摇摆摆的
身子却有一颗打不倒的心。深思良久,他开始研究烧鸡的技艺。
养鸡不行就烧鸡。永不服输的张文利受到铺集镇胶州西南乡
烧鸡制作传统的启发,决意研制出自己的烧鸡品牌。

说干就干。2007年他先是遍阅书本资料、上网查询,摇着
轮椅实地走访或打电话咨询本镇及周边乡镇烧鸡制作方面的
前辈,向他们虚心请教。这些老前辈诸如管师傅、马师傅被张
文利的诚恳与自强所打动,倾他们所会进行悉心教导。选鸡、

杀鸡、收拾、腌制、煮制,这些烦琐而繁重的劳动张文利都不怕,他怕的是没有特色。为独辟蹊径、打造自己的品牌,他既继承老一辈传统,又不落窠臼,打破原有的制作烧鸡用老汤的习惯,拜访中医并向其请教,研究出养生配方。张文利萃选了无禁忌的三十多味中药材作为配方调料,采用批批换新料的制作工艺,前后试验五百多次,每一种调料他都亲自品尝直至确定对人体有益无害。他终于熬制出自己独特的烧鸡制作汤料。

2012年底,经过反复试验的张文利正式推出了"张记溢香鸡",受到了广大消费者的青睐,被评为2013年胶州市饭店和烹饪协会年度推荐品牌,收获"胶州十大地方名吃"优秀奖等称号。酒香也怕巷子深。随着时代的迅猛发展,头脑灵活的他,率先使用快捷的现代通讯方式,采用微信、电商平台等销售推广方式,迅速博得胶州乃至青岛地区广大"吃货"的好评,不仅销售量大增,而且名气日盛,很多人都叫他"烧鸡王"。

身有残疾却心怀大爱的他深知自主创业的十几年里,来自家庭、社会、政府等方面的关爱与呵护是多么重要。每每在他遇到挫折与困难的时候,家人总是鼓励呵护和默默付出,乡邻们也帮扶支持。七十三岁的老父亲张思进始终以乐观向上的精神激励着张文利,使张文利永不气馁;妻子张燕青默默地扛起家庭重担,从不抱怨,还不断安慰他。亲人让他看到生活的希望,不断奋力前行。政府部门也一次次探问并为他申请资金帮扶,在他遇到困难的时候帮他想办法,使他一次次地鼓起勇气渡过难关。现在他的生意稳定了,品牌打出去了,他开始回馈社会。逢年过节,他们夫妻二人都会准备好二三百只烧鸡,送给村里的孤寡老人和生活困难的家庭。每年重阳节,他都会开展全镇七十岁以上的老人到店大优惠活动。平时他尽最大努力实行让利经营,做良心买卖,为社会奉献一片爱心,赢得了人们的好评。

庚子年春天,面对汹涌而来的新型冠状病毒肺炎疫情,他忧心如焚,恨自己不能冲到一线。张文利多次申请到值班站点执勤。"我虽身有残疾,但是执勤的工作还能胜任。"多次申请被拒后,张文利为自己在国家危难时没能出力感到很痛苦。一天,他突然有了好主意。他协同父亲、妻子,收拾已经停产的店面,速起炉灶,克服重重困难,利用两天的时间,赶制了一百余只美味的烧鸡,委托老父亲和妻子送到铺集镇二十余个防控疫情检查点,慰问一线的"战士"。同时,他写了首小诗:"恨不能生双飞翼,搏击一线抗毒疫。身残志坚力所及,共赴国难不缺席。"

虽然生活充满了坎坷,可是张文利的脸上永远挂着微笑,没有抱怨,只有感恩。2018年,他获评"最美胶州人"之最美工商户荣誉称号。

他说:"生活就是这样,很多时候我们没有选择,轮椅选择了我,我不憎恨,轮椅上也可以长出翅膀,一个人的内心没被打倒,就永远能够飞翔。"

甜蜜的葡萄 ①

在朋友圈里看见小学同学启辉的照片,我几乎没有认出他来。他插班来我们南朱郭村小学的时候,还是没长起个头的半大男孩。他白白净净的,说着很好听的东北话,有些羞涩。而现在,他也已经是头发花白的中年人了。

小学毕业后我们很少见。关于他和他的家,村里有些传奇的说法:他父亲是个孤儿,早年衣食无着就下了东北,在东北发家致富之后念念不忘老家,于是回到家乡,在村里买了村人的房子,把全家迁回来。据说,他在东北做着不小的买卖,是我们村闯外的人里面数一数二的能人。这位能人父亲在村里开起小卖部,红红火火半个村。这位父亲是个活泛人,最早在自己的小卖部里安装了公用电话。乡下人往外打电话的少,大多是从城里回家的人,坐车到巩家庄下车,打电话让家里人去接。所以公用电话没赚什么钱,净赚了给村人跑腿捎话。而他父亲显然是精明的,赚到了全村人的口碑。后来,他父亲又把村里的代销店包下来,交由我同学启辉夫妇经营。商店开在大街上,我有时候回老家,也去买些东西。商店大部分时间是同学的妻子在经营。村人说,启辉两口子真能干。那时候,他妻子在家

---

① 发表于《半岛都市报》2021 年 1 月 23 日副刊。

经营商店，他开着车拉货赶四乡集，后来他还买了炒花生、瓜子的炉在商店门前兼营炒货加工。

偶尔在他商店里见着他，也就是道一句"回来啦！""嗯，忙呢！"感觉他就是个忙里忙外的生意人。而这一次，他竟然因为种植冬熟葡萄，被乡镇通讯员重点报道了。我看见这个消息的时候已是初冬，可他家的葡萄园却果实累累，完全颠覆了人们的季节经验。

趁回老家的时机，我去他家商店询问，他媳妇说："咱农民嘛，就要在土地上下点心思琢磨，你去看看吧，满大棚的葡萄，真是很喜人。我娘（婆婆）一天到晚不离开葡萄园。"

我开车来到那块原地名叫作"康家埠"的土地上，现在有几家在这里种葡萄，乡人大半称呼它葡萄园了。远远就看见他家的大棚插着鲜艳的红旗。启辉的母亲正在棚里干活，她说自己七十六了，别的不做，就跟儿子做这片葡萄园。我进棚一看，惊呆了，比我在图片中看见的更壮观，紫艳艳的葡萄穗子密密地悬挂在葡萄架上，太喜人了。我顾不得吃葡萄、摘葡萄，拿相机一个劲地拍照。葡萄入口，滋味甜，果肉韧。他老娘嘻嘻笑着说："我别的也不会，就会干活。"我以为她老两口一起帮儿子打理葡萄园，她说："你叔才不掺和呢，你看。"她指着一片还没有落尽叶子的桃林说。"他种桃，我们每人负责一片。"那是一片六亩多的桃林，用启辉父亲流转的土地做起来的。桃子是新品种，每年不需要联系销售，都是客户自己找上门来，前段时间就已销售完毕。

在葡萄大棚门口，我遇见了旁边菜地砍白菜的萍，萍说："看这葡萄这么好，怪馋人的，可管理起来也很辛苦。夏天的时候需要剪枝，葡萄藤长得太快，一天长这么长（她比画给我看），启辉天天要剪。白天天太热,他晚上干,每天干到凌晨三四点钟。"她指着自己的电动三轮车补充道:"他每天早晨拉这么一车剪下来的蔓子出去。"

世人皆知葡萄甜,谁道汗水浇灌成。这满园的葡萄也不是一日之功。几年前,决意做农业的启辉筹措了二十万元,考察了村里一块水土较为适宜种植水果的土地进行流转。在一百亩新流转来的土地上,他建立了果树种植专业合作社,种植桃、樱桃、葡萄及小麦、玉米等。经过实践和筛选,他最终将主要精力放在种植葡萄上。

2014年,他开始外出学习,请教科研院所专家并进行论证。启辉的父母都是脑筋活络的时尚老人,大力支持儿子在土地上创业。启辉自秦皇岛购进三千棵"冰美人"葡萄苗,开始了他的甜蜜事业。水是农业的命脉,庄稼、蔬菜和果树都靠水养着,在比较干旱的村庄做农业,必须找到长流水才行。于是他找人勘测,一共在自己的土地上打了十八眼井,却只有两眼成功出水。他采用最先进的技术来配套果园,采用水肥一体化滴管技术。为提高果品品质,他大量使用牛羊粪改良土壤。

他在六亩土地上建起五个连体大棚,专门种植"冰美人"葡萄。"冰美人"是一种晚熟葡萄,启辉看好的就是这种错季销售。在夏秋季节,人们吃葡萄是寻常事,但到了冬天,草木凋零,再看见架上紫艳艳的葡萄,人们会更为欢喜。他的计划很大,要在淳朴的村庄里发展一处葡萄采摘园,让葡萄不仅担任水果的身份,还在当下时尚的乡村休闲娱乐游中扮主角。

一年又一年,葡萄由初挂果的稀疏到植株慢慢长大,果实密密匝匝,启辉对"冰美人"倾注的心血就像这架上的葡萄,终于有了收获。看着红得亮紫的葡萄,尝着甘甜的美味,启辉的老母亲堆满褶皱的脸上满是笑容。这几个葡萄大棚里有她和儿子多少汗水啊。

"冰美人"品质好,价位也高,普通葡萄在市面上是一斤五元左右,而"冰美人"到棚里采摘却卖十元一斤。我问老人,价位高对销售有没有影响。老人说:"咱价位高是因为成本高,咱的葡萄是无污染的好葡萄,吃葡萄的人懂这个。你看,才销售了半个月,这六棚葡萄就卖出一大半了。我今天还得摘二十箱,都是启辉在网上订出去的。"我问葡萄有没有最佳采摘期。老人说:"这些品种的葡萄不怕放,成熟后可以一直在架上保鲜好久。这些葡萄,留到过年摘都没问题。"

想想过年时,有从葡萄架上新摘下的鲜葡萄吃,那是多么幸福的事啊。

回城后,我在朋友圈晒出葡萄架上的"冰美人"图片,朋友们接二连三地询问地址和电话。不到一个月,青岛的朋友想去我家乡的"冰美人"葡萄基地采摘,让我问问还有没有葡萄,别大老远去了扑个空。我拨通了启辉的电话。他说:"葡萄早就卖完了,今年供不应求。老同学,真不好意思,明年吧。"

我说:"你母亲说可以留到过年吃的。"启辉说:"本来留了半架葡萄准备过年时亲朋好友分一分,可上门采摘的客人来了,不能拒之门外,就都摘去了。"

"好容易在最里头的架上拿旧衣服遮掩着,给我老娘藏了大约十几斤葡萄。她说过年时,家人也该尝尝自己种出的葡萄。"电话那边启辉嘿嘿地笑着说。

深爱这土地 ①

　　娟是我的初中同学，中学毕业后，她在家帮着父母种了半年葡萄和菜园，就进城打工了。她性格泼辣，能吃苦，从工厂的流水线干到海鲜批发市场，自己给自己当老板。我们几个上高中的同学都对她羡慕得要命，毕竟她进了县城。我大学毕业的时候，她已经是海鲜市场里一个名声响亮的小老板。她穿着水鞋和大油布围裙，双手冻得通红，将一条大鲤鱼从冒着氧气泡的水池里捞出来，"啪"地甩在案板上，随即用刀的平面"啪"地一拍，那鱼就晕了。于是，她庖丁解牛一般，把鱼剖腹掏脏，几分钟就将鱼收拾得干干净净。她的手弥漫着腥气，有泡胀的红肿，还带着鱼血，站在那里"嘎嘎"地同相邻的摊主说笑。

　　旁人说："这个女娃子可野了，男人干不好的事她都能干了。"没几年，娟的活鱼销售就有了固定的主顾群，县城的政府招待所都成了她的送货单位。

　　可是几年后，生意红火的娟却回了乡下，在自己家门口娶了倒插门女婿，又做回了地道的乡下人。同学聚会时说起来，

---

① 发表于《青岛日报》2021 年 1 月 7 日副刊、《农村大众》2021 年 1 月 20 日副刊。

大家都替她可惜："那么能闯，要是一直干下去，也许早就是大款了。在家帮着父母种地，有啥奔头？"

据娟的同村人说，娟的父亲是个老脑筋，一步也不离开农村。娟是四个姐妹中最小的一个，三个姐姐都嫁出去了，她就留下来给父亲养老。娟的父亲一直把她当个男娃养，宠她、惯她，也锻炼她，把她养成一副泼辣的气质。

娟为她爹舍弃了在城里打拼所获的一切。那些年，我们都忙得一头雾水，也没有方便的联络工具，有相忘于江湖的味道。几个在县城工作的同学偶尔见面，会说起娟，说起刚毕业那几年春节时候去她家玩，想起在她村结冰的东河溜冰玩耍的场景，不免唏嘘一番。

我们再去看娟的时候，已经是她回到农村很多年之后。我是从初中班级的微信群找到她的，见她的朋友圈偶尔晒晒庄稼和花草，偶尔晒晒农民大舞台的节目，她晒的更多的是她的丰收——饱满的葡萄、鲜灵灵的蔬菜、金黄的粮食。娟也曾是个文艺女，经常大大咧咧地唱着歌，给我印象最深的是她唱的"爱是不变的星辰，爱是永恒的星辰"。那时候我们读初中，许多个晚自习后，我们匆忙端着脸盆排队打水，小跑着去厕所，快速地洗漱，准备就寝……她的《昨夜星辰》一直唱，一直唱，让那段日子不至于在记忆里荒芜。

去娟的村庄看她是在夏天，我们四个初中最要好的同学隆重踏上胶州西南乡——我们青春的故地。我们在路上听说同去的芬的母亲患了老年性失明，进城多年后刚刚回到乡下，就决定拐个弯，先去看看这位老人。娟打电话问："估计时间早该到了，迷路了吗？"我们逗她说："已经进村了，快到你家门口了，出门迎接吧。"她说："我家的监控一直照到村口，大路上连辆车也没有，别忽悠我了。"

娟家的监控是全村覆盖面最广的，别人家的监控是照着自己家的庭院和正宅，娟家的摄像头能看到村里的几条街。我开玩笑说："你当安保主任吗？"娟说："村里治安那么好，原本不需要安监控，今年刚安装的这个是目前村里最好的监控设备，完全为了老爹。老爹八十多岁了，去年开始糊涂，有时候找不到家门。有监控，爹出门走到哪里，我在家一看就知道。"

娟的丈夫在城里打工，她在家照顾老爹和小儿子。女儿正在读大专，娟说："要上本科就让她上本科，要上研究生也供，自己决不拖孩子的后腿。"娟在自己村的小工厂做零工，比较自由。其实那些加工活可以拿回家干，但是她喜欢跟大家一起干，嘻嘻哈哈的，不觉得是在干活。因为能说笑，她被自己的孩子誉为"黔陬（村）三傻之一"。有什么傻的呢，无非就是不愁不忧，无非就是爱笑，娟在村前说笑，村后都能听见。

受新冠疫情影响，大家对粮食又有了兴趣，我打趣说让她给存点麦子。她说："给你们一人一千斤没问题。"她把院子里的很大一块空间封了透明板，存放着很多麦子。她说："这只是很小的一部分，大部分在别人家院子里存着，那户人家的院子闲着，我就租了当粮仓。"

得知她一个人种了六十亩地后，我们就喊她"地主婆"。娟说："我这样的，连个'小地主'都算不上。我的地都是小地块，人家多的，一片地有上百亩呢。"她又说："现在种地一点也累不着，干啥都有人给做。种地的时候，你只要告诉他们你的地用什么种子和化肥，他们就一条龙地给服务好了。收获更简单，只要告诉他们把粮食放在哪里就行。要是嫌麻烦、怕没地方放，他们就直接给送到收购站和面粉厂。喷洒农药就更简单了，专门喷药的公司用无人机作业，你只要和他们合作过一次，那无人机就记住了你的地块，一点都不会错。一亩地才六块钱，太便宜了。可是地要成片，三亩、两亩的，人家的飞机不值当起飞。前几天我家的一小块地要喷药，我不好意思找专业的公司，就自己背着药箱干了一下午，结果累地躺了两天，实在不合算。"

"俺邻居家种了二百多亩地，但是人家常年住在城里，一切事都是打电话安排。我现在一点也不向往城市生活，在自己宽敞的院子里晒晒太阳，养养花草，赶农村集市买卖东西，有时候去看看庄稼，有时候去做个工赚点零花钱，真挺好。"是啊，当农民当到这个份上，我们上班族可真羡慕。我说："你租给我几亩地，我退休后来种！"她哈哈大笑说："幸亏你说得早，我给你留着。"

深冬，娟在我们几个好友的小群里说："东河今年水满，记得正月里在河上滑冰的事吗？"我们踊跃回答并一个劲儿要组织重游东河。我们约定，等东河结冰的时候，要一起去滑冰。我突然怨天冷得慢；而三十分钟前，我刚刚以天冷不便出行为由拒绝了来自一个远方城市的邀约。看来我虽身居县城，但和娟一样，仍深爱着故乡的山河和土地。

人力经纪

　　多年之前，我对"经纪"这个词很没好感，原因是听到有的农户到集市上交易牲口，被经纪蒙骗。经纪在我们那里被使用狭窄了，专门指大牲口交易中的牵线人。有的人家有不好的牲口，如有病，有咬人、不干活、难使唤的毛病，会找经纪给遮掩着不折价地卖出去。买的人吃了亏，自然就骂经纪故意遮掩。

　　前几年我去安丘，遇见一个人力经纪。我为亲戚中的晚辈婚事而去，与亲家那边的一个中年女人（晚辈的婶婶）坐在同一个饭桌上。这是一个乡镇酒店，我们亲家的村庄离这里很近。他们这里也跟我的家乡村庄一样，人来客去的多半是下酒店。

　　那个女人酒席间不停地接到电话，有些不好意思，说："下午有一个菜园要出菜，需要三十个人去干活。"于是我了解到，她原来是这一带有名的人力经纪人。她手里有多家菜园和农场的客户，也有一百多名固定的农村闲余人员。她每天的工作就是接农场和菜园的用工订单，然后就行论价地找工人。其实，她手头的一百多名工人，并不是她直接领导，她将他们分成几个小组，有的以村为单位，有的以亲友团为单位，多的二十几个人，少的几个人。这些人都是自己家种地比较少，主要靠做日工赚钱。这个女人说，她就是个对接，农场要多少人干活，她

把人调集了去，就完事。工人的工钱一般是当日结，干完活由
雇工单位直接给工人，除非是时间比较长的大活，人员相对稳
定，才会有不当日结款的个例。所以，干活的很自由，雇工的也
方便。

她还说，像她这样的经纪在这里有不少，其实也不容易，每
天有大量的工作要对接。安丘的这个地方，蔬菜种植比较多，
有的规模很大。很多农场的活不是固定的，忙的时候需要很多
工人参与，闲的时候几乎不用工人。这种临时雇工的方式既节
省开销，农民们也方便。他们不用签合同上长班，自己家里也
种着庄稼或者少量蔬菜，在打理自己土地的闲余，随时都能通
过经纪人找到零工赚钱，也是一件方便的事。

几年前，我的家乡胶州铺集也出现了这样的经纪人。农
庄主需要工人的时候，便通过某一个村里一个打零工的头儿找
人。常出门打工的彼此都熟悉，那个工头一联系，大家就能立
即投入劳动。不同的是，我们村的人力经纪不是专职的，她也
是个打工者。安丘那位亲戚是专门做人力经纪的，已经做得比
较成熟。

雇工现象的出现源于农业科技的进步和土地集中。我记
得刚开始实施土地承包的时候，家家都忙活自己土地上的庄
稼，尤其是在麦收季节，家家户户缺人手。那时候用镰刀收割，
慢且辛苦。后来用收割机割倒麦子，还需要捆绑、运送，在场院
中晒干，再用脱粒机打出麦子，程序烦琐，耗时耗力。割麦子是
个很苦的差事，天热，麦芒扎人，而且割麦人要弯腰工作，很煎
熬。我大哥在镇上当合同工时很不愿意回家割麦子，他对我母
亲说："我给你钱，你雇人干吧。"母亲说："雇谁去？谁家不在
抢收自己的粮食？"母亲说的没错，那时候是二十世纪八十年

代初，一是雇不到人，麦收季节根本就没有闲人；二是雇人这种行为不能被接受。"这不跟旧社会地主剥削人似的吗？咱家可是贫农出身！"那时候"雇"这个字挺刺耳，好像谁被"雇"、给别人做点活，就有低人一等的意思。所以乡下很多年都只有"帮"，没有"雇"。相互帮衬，类似于换工的协作，有盖房子、打井等请人帮忙的事，也只是用酒席招待一下，双方都不好意思谈钱。

这样的处理方式逐渐变得尴尬起来。其实很多人出去帮干一天活，并不愿意在人家那里吃一顿好饭，他宁愿拿回家一点钱，给全家人改善一下。请人帮忙的人家也尴尬，一顿酒席花费的并不少，如果用钱雇工可以省很多，还避免了做饭菜的忙活。但是这种尴尬在人们的传统中存在了好多年。

有一年麦收时节，我大哥从他工作的镇上领回来四个青年，他们在我家麦田里猛虎一般收割着。大哥告诉我母亲："中午管饭，简单点就行。"家里来了帮着割麦子的人，母亲当然很感激，哪里肯简单，恨不得倾尽所有招待他们。大哥似乎有些不太高兴。有四个青年来我家帮工，很快就把麦子割好，并帮助运送到场院，我家麦收突飞猛进的进度，让一家人都轻松了很多。

后来母亲才知道，那几个给我家割麦子很卖力气的青年，是大哥从镇上花钱雇来的。镇上人口多、土地少，人力就闲。大哥当时的行为，似乎是冒了天下之大不韪，开了新时期我们那个观念陈旧地域雇工的先河。母亲说起这件事时态度不明朗，她一面为付费雇工劳动心疼钱，毕竟庄户人吃再多的苦都愿意，他们就是用汗水和辛苦来换钱的，哪能贪图享受花钱雇工呢！她一面也为当年麦季没有像往年那样累得骨头散架而满意。但是母亲叮嘱大哥不准声张，我们家不能因为雇人干活而遭到别人仇视。她还是把雇工跟剥削联系在一起。

改革开放后，村里陆续有人外出打工，有去营海海边盐场晒盐的，也有去青岛盖楼房的。后来，我们村成立了建筑队，队员是常年给这家那家帮工盖房子的人，他们进城打工时，看见出工赚钱天经地义，也就更新了观念，率先走出这一步。"你出工，我花钱，天经地义，两不相欠，这样最好。"那些包工给建筑队的人家后来这样说。

就这样，村庄的旧俗被一点点打破，请人帮工干活要付工钱代替了以前的人情帮忙。

我老家一个嫂子特别能干，自己种几亩地之外，农闲里就到邻村的菜园和工厂打零工。零工有时候可以干很长，十天，二十天，哪天有事或者累了就不必去。农场活儿急的时候，她甚至被央求先去农场和菜园干活，价钱也高。这样，她就把自己的农活往后推，甚至把在城里打工的丈夫追回来帮忙收拾。

用钱解决用工问题是最好的办法，但用钱办妥一切，人情似乎显得薄了。

以前农村人邻里间有什么重要花销会相互借钱帮衬，现在更多的人选择去银行办贷款，因为跟银行打交道，只需要付利息，不需要欠人情。在亲友间借钱，这情分就大了，不如破费点钱，心里轻松，谁也不欠。

十几年前，我家翻盖老屋，我们村当时有三支建筑队，在雇用哪一支上有了难处。我父亲一定要用我叔的那一支，因为叔做任何事情都认真仔细，盖房这么大的事，交给叔去操心和参与是最好的。但是雇用叔所在的那支建筑队，就等于叔给自己哥哥家盖房子也要拿雇佣金。这对于重情重义一辈子的叔来说,他是万万不肯的。果然,父亲跟叔一商量盖房的事,叔立即说,自己来帮着建房,但是不参与自己那个团队,他以主人身份参与劳动。父亲跟叔争执了很久,叔都很难接受这个现实——给自己亲哥哥家盖房子,自己不帮工,竟然来挣工钱。情与利在乡下仍然是一种争夺,而越来越多的雇工表明,曾经的互助已被雇工代替。不用说大的庄园,就是一户人家雇工做点啥都很容易。一家人在工厂上班,趁礼拜天雇人一起把庄稼收回来,然后委托工头找几个妇女,快速把花生果摘完,这在我们村已经不稀奇。一位婶子年纪很大了,自己的土地给儿子耕种,一个秋天,她被别人家雇去帮忙摘花生,竟然挣了三千多块钱。

雇工显然是进步的、方便的,利于生产和集中使用劳动力,能够提高效率。它把劳动力变成资本和收入,是社会的进步。那传统的互帮互助的人情关系却显得尴尬,越来越多的人不喜欢欠人情,他们说,钱能解决的事就不要求人。雇工的潮流是时代的潮流,潮流中那衔接对缝的经纪人也是一个不可或缺的身份。

大地书香

数年前，我与王法伦老师有过一面之缘，在胶州市宣传部"十佳书香使者"的颁奖典礼上，我们同台领奖。听说他的农家书屋给那片土地播散了知识的种子，鼓舞了无数农民和学子励志求学，而他一身清贫，多年矢志不移。我对他充满崇敬，总想去他的书屋沾染些书香。

数年后，我来到胶莱镇石门子口村，因那一味书香的吸引。

这是胶莱平原上一个极普通的小村庄，近几年却因为这个农家书屋吸引了很多人前来参观和捐赠书籍。寻常的农家院落门前是花圃，四季梅小花簇簇，开得浓艳，高大的月季，花朵芬芳四溢。这是深秋时节，门前粮囤里，苞米穗金黄耀眼，红高粱如火把，别在墙头上。门前还竖着一面五星红旗，在高天的蔚蓝里随风招展，鲜艳夺目。巷口立着一块招牌，写着"怡弘斋"三个大字，带着比阳光还炽烈的温度。

叩开这寻常的大门，我立即就被书香和墨香包围。门内过道里有桌案，有笔墨纸砚，主人新写的对联墨迹尚润。三间南屋就是藏书万卷的"怡弘斋"书屋。这万卷书不是主人的，它们属于所有来书屋的人，谁读就是谁的。那些书是六代书香门第的积累，是一年年他勒紧生活的腰带添置的，也有爱心人士的捐赠。在曾经文化金贵、信息闭塞的年代,这个乡村书屋不仅是一缕光,它的照耀和温暖深远而绵长。

这是石门子口村一个永远不缺人的门厅,是王法伦的家。这位退休教师把书香遍洒养育自己的土地,润泽了父老乡亲。

王法伦出生于六代书香之家,祖上一代代做私塾先生,都在为村庄播撒知识,传承下来的是"忠厚传家久,诗书继世长"的家风。出生于 1954 年的王法伦,从十八岁就开始就在村小学当民办教师。二十世纪八十年代,土地包产到户后,农民用在庄稼地上的精力多,常常早出晚归,孩子放学后往往大人还没有回家。孩子们到处乱逛,既不安全,也不利于读书和学习。于是,王法伦让那几个没处落脚的孩子留在他的办公室,他辅导孩子们写作业,写完作业还让他们练习书法、读读书。别的老师放学后去自己的地里劳动,王法伦却继续留在学校,为的是让爱学习的学生有地方用功。就这样,他的办公室成了小书屋,学生放学后在他办公室里读书学习逐渐成了习惯。

1987 年,他所任教的石门子口村小学和邻村官路小学合并。他在官路小学的办公室不适合继续留孩子们自修,那些本村习惯放学后在他办公室里读书的孩子们无处可去。看着孩子们在大街上、野地里胡乱溜达,他心里不是滋味。他思索着,如何才能让那些爱学习的孩子有个稳定的地方读书学习。自己家是六代书香门第,家里藏书近万卷,何不腾出间房子办个书屋,让孩子们有书读,也让这些书发挥价值呢?他跟父亲商量,父亲非常赞同他的想法。于是,他们对家里的几间南屋进行了整理改造。装饰了墙面,购置了书架、桌椅和新书,并隆重地在门口挂起了"怡弘斋"的书屋牌子。"怡就是高兴快乐,弘就是传播弘扬,我这个'怡弘斋'有着'传播好东西,让人快乐'之意。"王法伦说。

书屋建成后，不仅对孩子们开放，众乡亲也可以来读书。开始时，乡亲们有些像看热闹，来看看村里的学生娃如何在这里学习，书屋里都有些什么书。他们浏览时忍不住拿起书坐下来读。初建书屋时，这里只有大约两千本书，如今已经有过万册。每年，王法伦都要给怡弘斋添置新书，这些书大多是赶上节会促销从新华书店买来的，从少儿期刊，到小说故事，再到农业技术，藏书满足了学生和多数庄稼人的需求。王法伦爱惜他的每一本书，很多书都用报纸、牛皮纸包了书皮，用毛笔在书皮上写了书名。

创办书屋以来，他几度家境困困，但他从没动过关闭书屋和卖书的念头，相反，为了继续把书屋办下去，他两次变卖祖上流传下来的旧物，如今说起他仍心疼不已。二十世纪八十年代末，农民的日子普遍好转，但王法伦家却没有多少起色。自小读书教书的人，对农活并不在行，他是民办老师，工资太低，从两元涨到八元，村民到乡镇企业打工每月能挣到一百元时，他的工资只有二十四元钱。因生活困迫，他权衡再三，把祖传的一把明朝的红木太师椅变卖了五百元钱贴补家用、维持书屋。又过了几年，他再度陷入困窘，又把家里珍藏的清朝王玿的书法作品四条屏拿出来变卖了三千元钱。为此，他一直心下不安。这四条屏是他的挚爱，他临摹过多次，已烂熟于胸，后来每每提笔，他都忍不住写这四条屏，竟然练得与真品很相似。我去采访他的时候，他遗憾地说，家里一直挂着他临摹的四条屏，前几天一位办要喜事的新郎来取他给写的对联，非常喜欢这幅临品，王法伦便摘下送给了他。

　　王法伦转成公办教师后,家里条件转好,他书屋里书的品质和数量也随之好起来。每到节假日,书屋里的人特别多,他的父亲王金梓常常带学生吟诵。只要不是全家人都出门,早上七点多怡弘斋书屋就开门了,直到晚上九点多熄灯。即便王法伦不在,老伴杨淑琴和父亲都在,读书的人直接进来就行。书屋免费供应热水,偶尔还有瓜子。到了寒暑假,有些家长就把孩子送到这里来学习书法。孩子们自带纸笔,在墙边围成一圈写大字,王法伦看着心里喜欢。书屋也吸引老人。"年轻人上班,小孩子上学,留在家里出不去的就在这里看看书、说说话,挺好的。不会打电脑、用手机的老人,嫌看电视费眼睛,不如来这里看书读报有意思。"

　　三十多年书香的晕染,令王法伦亦受益颇多。他每天练习写毛笔字,还坚持写下对生活的感悟之语。他的书屋长年墨迹不干,时常有人来求写对联。他对传统嫁娶习俗非常熟悉,几乎成了民俗专家,除了所在的村子,周边的村庄,远至高密、平度的很多村庄,王法伦也常常被人家请去写对联和主持婚礼。"最远的能去一百多里地,一年下来能去六十多场。我也不图钱,顶多喝个喜酒,家里的喜糖倒是很多。"过道的桌案上是一副墨迹未干的对联:"既定乾坤位,当思父母心。"王法伦说:"这副对联是以前新媳妇过门时必须张贴在家里的,教育新人一定要孝敬父母。"他还说:"现在农村人结婚,也请婚庆公司,但都是讲排场。咱传统的婚俗带有教育意义,很庄重,所以很多人愿意请我去主持。"

　　书香晕染中,学习风气正潜移默化地影响着每一位来访者。这家简单的农家书屋就像一个港湾,求知者在这里遇见灯盏。从这里走出去数不清的人,他们天南海北,有打工的、经商的、从教的,也走出过两个清华大学的学生。王清奎是本村的学子,现在海外从业。李健是三里外曹戈庄的,周末总是过来学习。李健一来就是一天,他带着干粮,午饭的时候,王法伦的妻子杨淑琴就给放在大锅里热一热。李健和王法伦一家人一起吃过饭后,就又一头扎进书屋,继续读书学习。

三十多载岁月无声消逝,门前花朵谢了又开。书还在那里,被翻过一次又一次,没有人嫌弃它旧,反而越来越喜欢它。一双粗糙的农人之手来翻阅过,他在寻找土地深处的密码;一双幼稚的孩童之手来翻阅过,经由它,他打开了一个宏大的世界;一双洒扫庭院、喂猪养鸭、带着柴米油盐气息的农妇之手翻阅过,从它这里,她解开了生活的疙瘩、捋顺了日子的根结。多少人回望曾经的岁月,胶莱大地上那个农家书屋里的书香,是他们一辈子的感动和无尽的温暖。

临走的时候,王法伦一定要我们尝尝果盘里的零食,说花生和红枣都是自己家产的。我每样都尝了一颗,香的、甜的。这时候,它们代表了我的心情。这个小小的书屋是香的,这位七十多岁的老人坚守的快乐是甜的,他守住的是我们文化的根。这书屋的香与甜如今也恩泽于我,它还会更持久、更广博。